Tobias Elsäßer
MUTE
Wer bist du
ohne Erinnerung

TOBIAS ELSÄSSER

MUTE

WER BIST DU
OHNE ERINNERUNG

HANSER

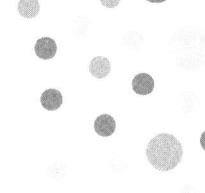

Die Arbeit des Autors am vorliegenden Buch
wurde vom Deutschen Literaturfonds e.V. mit
einem Jahresstipendium gefördert.

 *HANSER hey! Schau vorbei und
teile dein Leseglück auf Instagram*

1. Auflage 2024

ISBN 978-3-446-27920-9
Alle Rechte vorbehalten
© 2024 Carl Hanser Verlag GmbH & Co. KG, München
Umschlag: formlabor, Hamburg
Motive: Shutterstock / © Serhii Mudrevskyi; © grynold
Satz: Satz für Satz, Wangen im Allgäu
Druck und Bindung: Friedrich Pustet, Regensburg
Printed in Germany

 MIX
Papier | Fördert
gute Waldnutzung
FSC® C014889

Für Jana.
Du bist Heimat und Zuhause.
Du bist Liebe.

Unter Persönlichkeit versteht man die charakteristische Art und Weise, wie eine Person sich verhält, wie sie das Leben erlebt und wie sie sich selbst, andere Menschen, Ereignisse und Situationen wahrnimmt und interpretiert.
(WHO ICD-11, 2022)

PROLOG

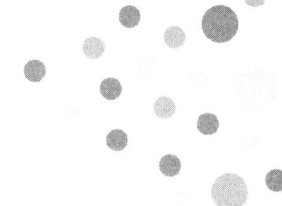

BLUT FRISST SICH DURCH den staubigen Schnee, lauwarmes Blut, mein Blut. Ich hebe meine verletzte Hand, halte sie neben mein rechtes Ohr und schließe die Augen. Das Geräusch, dieses kaum wahrnehmbare helle Knistern, wenn Eiskristalle unter dem Einfluss von Hitze ihre perfekte sechseckige Form verlieren und zu Wasser werden, hat etwas Beruhigendes. Ohne Sina würde ich das Geräusch nicht kennen. Ohne Sina hätte ich vieles nicht gesehen oder gehört, was sich im Verborgenen abspielt. Sie kam als Erste in unsere Familie, als Einzige auf natürlichem Weg, lässt man die schwierigen Umstände ihrer Geburt (Kaiserschnitt, zehn Wochen zu früh) außen vor. Von uns vieren war sie nach klinischen Gesichtspunkten die Normalste. Im fünften Kapitel der ICD-11, der internationalen statistischen Klassifizierung von psychischen Störungen, wird man sie nicht finden, weil Hochsensibilität keine anerkannte Krankheit ist, sondern ein Persönlichkeitsmerkmal. Nur wenn diese Eigenschaft auf anderer Ebene sichtbar wird, weil man sich beispielsweise in der Schultoilette einschließt, um Turnschuhquietschen auf Linoleumboden, aufdringlichen Blicken, Schweiß- und Mattengestank zu entkommen, kriegt man irgendwann einen Code und somit eine offizielle Bestätigung für sein Leiden, was nicht heißt, dass das Leben dadurch leichter wird.

In den Gesprächsprotokollen der Polizei zeigt sich, wie sehr sich Sina bemühte, die Anschuldigungen gegen unsere Eltern zu entkräften, während sie selbst verzweifelt nach Antworten suchte. Meine kleine Schwester – ich nenne sie Schwester, nicht Adoptivschwester, weil unsere Verbindung kaum enger sein könnte – stand unter Schock, wie wir alle. Die Vergangenheit war zersplittert in eine Abfolge trügerischer Erinnerungen, die sich mit unzähligen Informationen zu immer neuen Versionen verdichtete. Nachdem die Richterin ein halbes Dutzend Sachverständige (Ethiker, Psychiater, Psychologen und Wissenschaftler, bis auf eine Psychologin alles Männer) angehört hatte, die sich in den wichtigsten Punkten widersprachen, und der Fall in den Medien hochgekocht wurde, entschied sie, dass wir, die Kinder, unsere Aussagen unter Ausschluss der Öffentlichkeit machen sollten. Ein enttäuschtes Raunen ging durch den Gerichtssaal, als das bekannt wurde. Im Fernsehen gab es Sondersendungen, und der kleine unbedeutende Ort, der unsere Heimat hätte werden sollen, wurde von Journalisten, Sinnsuchern und allerhand schrägen Gestalten belagert, die jedes Fitzelchen, das sie irgendwo in einer Kneipe, an der Tankstelle oder sonst wo aufschnappten, an den Meistbietenden verhökerten.

Vorsichtshalber hatte die Gemeinde einen Bauzaun um unser Haus und das Grundstück gezogen und Überwachungskameras installiert, damit die Plünderungen aufhörten. Jetzt, wo der ehemalige Gutshof, die Scheune und die Stallungen leer standen und man sich Geschichten erzählte, was man bei den Durchsuchungen in den Kellerräumen unter dem Gesindehaus alles entdeckt hatte (oft war von Andachtsräumen, Technik-Labors, Gummizellen und dergleichen die Rede), verwandelte sich das Stückchen Land mit der Pferdekoppel, dem zugewucherten Gemüsegarten, der Obstwiese, dem Weiher und dem halb zerstörten Skulpturenpfad in einen mystischen Ort.

Yuma, meiner anderen jüngeren Schwester – wie ich adoptiert –, hatte das gefallen. Als sie davon gehört hatte, dass man im Sommer vor unserer Ankunft Kornkreise in den angrenzenden Feldern entdeckt hatte, war sie regelrecht euphorisch gewesen. Um jeden Preis wollte sie an das Werk von Außerirdischen glauben. Wie Farid hatte auch sie immer Trost in der Vorstellung gefunden, Teil eines übergeordneten, vielleicht göttlichen Plans zu sein und trotz des unglücklichen Starts in dieses Leben einen Platz in der Welt zu haben.

Aber wie soll es einem auch gehen, wenn man weder die Namen noch die Gesichter seiner leiblichen Eltern kennt und sich nur auf Vermutungen stützen kann? Das hinterlässt Spuren. Das macht einen verletzlich. Notdürftig versucht man die Lücken in der eigenen Biografie mit Wahrscheinlichkeiten zu stopfen, aber das Gefühl bleibt, dass die Teile nicht zusammenpassen, weil am Ende das Wichtigste fehlt: Gewissheit.

Eine verzweifelte junge Mutter legt ihr Kind vor die Stufen eines Klosters. In einem aus Palmblättern geflochtenen Körbchen. Bei Regen. Eine Szene wie aus einem Film. So habe ich mir diesen Abschied immer vorgestellt. In blassen Farben. Blau, Weiß, Gelb und dem fleckigen Rot eines mächtigen, doppelflügeligen Holzportals. In dieser Vorstellung finde ich auch jetzt wieder Trost, obwohl ich weiß, dass sie falsch ist. Dass es diesen Augenblick nicht gegeben hat. Dennoch will ich ihn behalten. Zusammen mit dem beruhigenden Geräusch des prasselnden Regens.

Mein Atem geht tiefer, wenn ich mich dieser Illusion hingebe. Dicht vor meinen Augen sehe ich meinen Namen. Espe – Hoffnung –, in krakeligen Buchstaben auf ein abgerissenes Stück Pappe geschrieben. Tränen. Die Tränen meiner Mutter. Ein letzter Kuss. Die Zukunft als größtes Geschenk. Allein gelassen mit der Frage nach dem Warum. Allein gelassen mit der Suche nach dem Ursprung, der Wahrheit, dem Anfang.

Hoffnung.

Damit beginnt meine Geschichte, und damit wird sie auch enden.

PSYCHIATRISCHES KRANKENHAUS MARIA HILF ALTERNSTADT

AUFNAHMEPROTOKOLL

DATUM 23.02.2024

NAME DER PATIENTIN Espe Maria Simwe

ANLASS DER AUFNAHME Posttraumatische Belastungsstörung; Erinnerungslücken; zeitliche Orientierungsstörungen, die sich durch inkohärente Zeitsprünge äußern.

BEGUTACHTENDE PSYCHOLOGIN Patricia S. Condemi

HINTERGRUNDINFORMATIONEN Das siebzehnjährige Mädchen, Espe Maria Simwe, wird aufgrund von erlebten traumatischen Ereignissen und ihren psychischen Symptomen begutachtet. Espe Maria Simwe ist adoptiert. Sie zeigt Anzeichen einer posttraumatischen Belastungsstörung (PTBS), die sich in Erinnerungslücken, zeitlichen Orientierungsstörungen und aggressiven Verhaltensausbrüchen äußern. Zudem hat sie die Verantwortung für ihre drei Geschwister übernommen, was in Anbetracht der Umstände zusätzlichen Stress und Belastung bedeutet.

DIAGNOSTISCHE BEURTEILUNG Posttraumatische Belastungsstörung(PTBS): Das Mädchen zeigt Symptome, die auf eine PTBS hindeuten, einschließlich der Erfahrung von Erinnerungslücken und emotionalen Reaktionen, die mit traumatischen Ereignissen zusammenhängen könnten.

UNGESUNDES BINDUNGSMUSTER Aufgrund der Adoption hat Espe Maria Simwe ungesunde Bindungsmuster entwickelt. Dies äußert sich in einer übermäßigen Abhängigkeit von ihren Eltern und in Schwierigkeiten, enge und gesunde Beziehungen zu anderen Menschen aufzubauen.

VERANTWORTUNGSÜBERNAHME FÜR GESCHWISTER Die Übernahme von Verantwortung für ihre Geschwister deutet auf eine reife und fürsorgliche Persönlichkeit hin. Allerdings kann dies auch auf einen Bewältigungsmechanismus zurückzuführen sein, um Sicherheit und Kontrolle in ihrem Leben zu empfinden.

AGGRESSIONSSCHÜBE Die Aggressionsschübe können ebenfalls ein Bewältigungsmechanismus sein, den Espe Maria Simwe entwickelt hat, um mit dem Stress und den Herausforderungen nach der Verhaftung ihrer Eltern umzugehen.

ERSTER TEIL
INTUITION

Intuition: [ɪntuiˈts̡ioːn] Die Fähigkeit, impulsiv und unbewusst zu entscheiden und zu handeln.

Vorahnung: In der wissenschaftlichen Forschung wird die Vorahnung oft als eine Form der Intuition oder des »sechsten Sinns« betrachtet, da sie sich selten auf logisches Denken oder rationale Beweise stützt. Stattdessen basiert sie oft auf unbewussten Wahrnehmungen, emotionalen Eindrücken oder Erfahrungen.

ANFANG IN SCHWARZ

DIENSTAG, 27.02.2024

15:23 UHR *Ich finde keinen Anfang. Die Psychologen sagen, ich soll alles aufschreiben. Sie sagen, dass es mir helfen wird, meine Gedanken zu ordnen. Das schreiende Chaos in meinem Kopf nach meinem Zusammenbruch zu beruhigen. Aber ich schaffe es nicht. Wie soll ich meinen Erinnerungen, meinen Gedanken je wieder trauen? Woher soll ich wissen, was wahr ist und was nicht? Ich kann mich auf nichts verlassen und am wenigsten auf mich selbst – was immer dieses »Selbst« noch sein soll. Ich bin ein Wirbel von unzusammenhängenden Splittern.*

16:04 UHR *Anne war da. Ich war zu schwach, um sie wieder wegzuschicken, obwohl sie mich belogen hat. Genau wie meine Eltern. Doch deren Schuld ist größer.*
»Wir setzen dich wieder zusammen«, hat Anne gesagt. Ich hab geschwiegen. Ich weiß nicht, was ich von diesem Satz halten soll. Kann er doch so vieles bedeuten. Die Pflegerin hat mir eine neue Tablette gegeben. Die soll mich ruhiger machen.
Ich schlaf jetzt.

20:47 UHR *Ich will es versuchen. Ich will schreiben. Ich habe keine andere Wahl. Ich bin es mir und meinen Geschwistern schuldig, nicht verrückt zu werden. Ob ich es auch meinen Eltern schuldig bin, weiß ich nicht. Manchmal glaube ich, dass es leichter wäre, verrückt zu werden, anstatt den Weg zurück in dieses Leben zu finden. Daran ändern auch die Medikamente nichts. Blaue und gelbe Pillen und*

Tropfen. Wenn ich so negativ denke, herrscht mich meine innere Stimme an. Beschimpft mich, ist ungehalten. Ich hätte allen Grund, glücklich zu sein, zischt sie. Und dankbar. Das auch. Trotz allem. Stell dich nicht so an!

Also raffe ich mich auf, greife nach dem Bleistift und dem Notizbuch und setze mich an den schmalen weißen Tisch, der vor dem Fenster steht. In der Hoffnung, dass es irgendwann da oben bei mir wieder funktioniert. Dass es klick macht und die Schaltkreise in meinem Gehirn, die Verzweigungen, Umleitungen wieder auf »normal« schalten, Sperren aufgehoben werden und ich glauben kann, was ich sehe. Eine Amsel zum Beispiel (immer kurz vor Mittag), die mit dem Schnabel gegen die Scheibe klopft. Ich traue mich nicht, ihr das Fenster zu öffnen, obwohl ich sie gerne hereinlassen würde. Sie sieht sympathisch aus, aber ich habe Angst, dass sie mit mir spricht. Durch das Schreiben kann ich den »Schock« verarbeiten, sagt meine Bezugstherapeutin, Frau Gramm. Sie lobt mich. Zwei Seiten, immerhin. Alles muss raus, gibt sie als Parole für die nächsten Wochen aus. Unsortiert. Wie es kommt. Das befreit. Ich will ihr gerne glauben. Also werde ich schreiben.

Zeit spielt in meinem Zimmer keine Rolle. Nur die Wahrheit. In all ihren Fragmenten.

MITTWOCH, 28.02.2024

09:12 UHR Die Psychologen hier denken, dass alles mit der Verhaftung unserer Eltern anfing. Mit dem Poltern an der Haustür, in der Dunkelheit, um fünf Uhr am Morgen. Mit lautem Geschrei. Mit vermummten Gestalten, Maschinenpistolen und Lichtkegeln von Taschenlampen, die durch das Treppenhaus huschten, wussten, wo das Zimmer unserer Eltern war. Mit Händen, die sie grob aus dem

Bett rissen, auf den Boden warfen und in Handschellen abführten. Dabei beginnt die Geschichte viel früher. Noch vor meiner Geburt. Das weiß ich mittlerweile. Mit der Neugierde unserer Eltern, beides Wissenschaftler. Aber so weit will ich heute nicht zurückgehen. So weit kann ich heute nicht zurückgehen, ohne dafür mit schrecklichen Kopfschmerzen zu bezahlen. Also beginne ich mit dem Tag des Umzugs. Mit heftigem Schneefall und leeren Straßen und einer Chipspackung, die im Wagen, in der Sitzreihe hinter mir, von meinem Bruder Farid aufgerissen wurde.

Das Geräusch kam mir unnatürlich laut vor. Der Geruch nach Paprika und Ketchup breitete sich explosionsartig im Wageninnern aus. Farid reichte die Packung an Yuma weiter, nachdem er sich eine Handvoll Chips genommen hatte.

Sie saß in der letzten Reihe. Yuma saß immer in der letzten Reihe. Das war ihr Stammplatz.

»Sind wir bald da?«, fragte Sina und nahm den Kopf von meiner Schulter. Der Unterton in ihrer Stimme war überraschend scharf. Daran erinnere ich mich noch genau. An den vorwurfsvollen Klang ihrer Stimme. Als würde Sina, der Seismograf unserer Familie, zum Sprachrohr meiner unterdrückten Wut werden. Sie presste ihre Stirn gegen das Gepäcknetz auf der Rückseite des Fahrersitzes. Ihre dünnen Arme baumelnd neben dem Oberkörper.

Sind wir bald da?, echote es in meinem Kopf.

Etwas an der Frage machte mich stutzig, holte mich aus meinem Dämmerschlaf zurück in die Wirklichkeit, wo es unter dem Chipsgeruch nach feuchtem Hundefell und Kaugummi mit Kirsch-Menthol-Geschmack roch. Eine eigenartige Mischung, die ich seit diesem Tag nie wieder gerochen habe. In meinem Bauch, jetzt wie damals, ein stärker werdendes Ziehen, als würde ich meine Tage bekommen. In meinen Ohren das Summen der Reifen, die ihre stumpfen Gummizähne in den Schnee gruben.

Ich beugte mich zwischen die Vordersitze, um das Navi sehen zu können, zögerte einen Moment und sagte mit gespielter Zuversicht: »Zwanzig Minuten.« Obwohl das Display die doppelte Zeit anzeigte.

Sina richtete sich auf, zog einen Schmollmund und ließ sich wieder in den Sitz zurückfallen. Auf ihrer Stirn ein quadratisches Muster. Meine Mutter nickte unauffällig in meine Richtung. Nur mein Vater und ich konnten dieses Nicken sehen. Eigentlich hasste sie es, wenn wir logen – *grundlos* logen –, aber in dem Fall ging es um das Wohl unserer sechsköpfigen Familie, und das stand über allem.

Sina, elf Jahre alt, war ungenießbar, wenn sie schlechte Laune hatte oder heimlich Diät hielt, weil sie sich nicht mit dem physischen Ende ihrer Kindheit abfinden wollte. Da halfen dann weder gutes Zureden noch über Gehirnwellen gesteuerte Hightech-Meditationsübungen, wie sie unser Vater mit seiner Firma entwickelte. Am besten, man ging ihr aus dem Weg, bis das aggressive Funkeln aus ihren Augen verschwunden war. Leider war das im Moment keine Option, weil wir zu sechst, eingepfercht zwischen Kleidersäcken, Bettzeug und einem halben Dutzend Koffer, in einem Camper saßen, der durch einen Tunnel aus umherwirbelnden Schneeflocken rollte. Windböen rüttelten am Wagen und klebten die feuchten Flocken über Schilder und Markierungen. Ein Blizzard hatte die Welt im Zeitraffertempo in eine konturlose weiße Einöde verwandelt. Blitz, Donner und Sturm im Winter. Dramatischer konnte uns der »Naturpark Südschwarzwald«, wie es auf einer Werbetafel in verstümmelten Buchstaben zu lesen war, kaum in Empfang nehmen. Alle paar Sekunden piepte der automatische Spurassistent, bis Paps im Menü des Bordcomputers endlich den richtigen Befehl gefunden hatte, ihn auszuschalten.

»Noch unübersichtlicher, und die Ingenieure hätten dafür einen Preis verdient.« Er widmete sich wieder dem endlosen Programmcode auf seinem Laptop. Was seine Konzentrationsfähigkeit betraf, war er unschlagbar. Wie in Trance tippte er in die Tastatur, als wäre er ein Komponist, ein tauber Beethoven, der den endlosen Code in seinem Kopf zu einer wohlklingenden Symphonie zusammenfügte. Wie bei vielen Leuten, die auf irgendeinem Gebiet außergewöhnlich talentiert und (wie er von sich selbst sagte) leicht autistisch waren, musste man auch bei unserem Vater nicht lange nach der Schattenseite seiner Inselbegabung suchen. Mit emotionalen Ausschlägen (egal, in welche Richtung) konnte er nicht gut umgehen. Waren die Ausschläge zu heftig, wirkte er schnell überfordert. Auf den Moment der Hilflosigkeit folgte eine schnelle Umarmung und – nachdem der erste Schock überwunden war – eine detaillierte Erklärung, wie die Krisensituation Punkt für Punkt am effektivsten zu bewältigen wäre. Für Yuma hatte Paps sogar mal ein Schaubild gezeichnet, als sich zwei ihrer Freundinnen in die Haare gekriegt hatten und sie nicht wusste, zu wem von den beiden sie halten sollte. Obwohl er es gut meinte, waren die wenigsten seiner Vorschläge im echten Leben zu gebrauchen. Menschliches Handeln folgte nun mal selten mathematischen Gesetzmäßigkeiten, auch wenn er das nicht wahrhaben wollte.

Aus den Lautsprechern plätscherte eine Mischung aus Jazz und Klassik. Cello, Klavier und Schlagzeug. Ermüdende Variationen über ein und dasselbe Thema. Unaufgeregt und harmlos. So ziemlich genau das Gegenteil von dem, was ich für den Übergang in dieses neue Leben am Ende der Welt für passend hielt. Aber der Fahrer (in dem Fall die Fahrerin) bestimmte das Programm, und die Akkus in meinen Ohrstöpseln hatten soeben den Geist aufgegeben. Um Sina von meinem Zeit-Betrug abzulenken, hielt ich ihr den Rucksack mit dem Reiseproviant hin. Sie drehte sich weg. Einen Versuch war es wert.

»Wir sind gleich da«, sagte ich und strich ihr eine blonde Haarsträhne aus dem Gesicht. Sie würde später einmal genauso aussehen wie unsere Mutter. Die vollen Lippen, der elegante schlanke Hals. Selbst die kleine Lücke zwischen den Schneidezähnen hatte sie von ihr geerbt. Nur die blauen Augen mit den gelben Einsprengseln und die helle Haut legten die genetischen Spuren zu unserem Vater. Etwas von seiner Ausgeglichenheit in ihrem Charakter wiederzufinden wäre mir an Tagen wie heute ganz recht gewesen.

Polly, unsere kleine Mischlingshündin, schnarchte zu Sinas Füßen. Im Traum bewegten sich ihre Pfoten, als würde sie rennen. Fiepende Geräusche drangen aus ihrem Maul. Schwer zu sagen, ob es sich um einen Albtraum handelte oder eine Erinnerung an früher, als sie noch jung gewesen war und stundenlang mit anderen Hunden herumtollen konnte. Wenn möglich, sollte man sie nicht aufwecken. Das hatte uns Mum, die mit Hunden und Katzen aufgewachsen war, schon früh beigebracht. »Träume sind für Hunde wie eine Parallelwelt. Vor allem alte Hunde, die viel schlafen, finden dort ein zweites Zuhause, das ihr Leben bereichert und sie auch Schmerzen vergessen lässt.«

Ungeduldig wischte Sina ein Guckloch in die beschlagene Scheibe. Ihr Anblick steigerte meine eigene Unruhe. Gleich am Montag mussten wir in die neue Schule gehen, ein Internat, das auch externen Schülern aus der Gegend den roten Teppich ausrollte, wenn sich die Eltern die Gebühren leisten konnten oder sie sich durch »herausragende schulische Leistungen oder besonderes soziales Engagement« für ein Stipendium qualifiziert hatten.

Außer Sina erfüllte keiner von uns diese Voraussetzungen. Aber bei vier Kindern gab es mit Sicherheit Mengenrabatt. Auch wenn sie es nicht offen sagten, war es unseren Eltern wichtig, dass wir eine gute schulische Ausbildung bekamen, um später an die entsprechenden Unis (Cambridge, Oxford, Yale, jedenfalls irgendwo draußen in der weiten Welt) gehen zu können. Manchmal kam es mir so vor, als wollten sie sich beweisen, dass Umfeld, Erziehung und Bildung die ausschlaggebenden Faktoren waren, um Kindern eine glückliche Zukunft zu bieten, und nicht die Herkunft. Gegenüber öffentlichen Schulen, egal, ob Stadt oder Land, waren sie skeptisch eingestellt. Weil das Internat zum selben Bildungskonzern gehörte wie die anderen Schulen, auf denen wir bisher gewesen waren, ging der Wechsel problemlos über die Bühne. Sogar die Namen und Passwörter unserer Accounts blieben dieselben.

»Hast du schon die Schokokekse probiert?«, fragte ich an Sina gerichtet. »Die sind verdammt lecker.«

Sie wandte sich mir zu, traf mich mit einem wütenden Blick und schüttelte energisch den Kopf. »Nein.«

»Dann wäre jetzt der richtige Zeitpunkt für eine Zwischenmahlzeit.« Ich weiß nicht, warum ich sie unbedingt provozieren wollte. Irgendwas an der Situation und Sinas Verhalten kam mir merkwürdig vor. Jedenfalls ging ich näher an ihr Ohr und flüsterte mit Nachdruck: »Oder wann hat das Fräulein das letzte Mal etwas gegessen?«

»Du bist gemein, hundsgemein!«, gab sie zurück.

»Ich will nur dein Bestes. Immer nur dein Bestes.«

»Gib schon her, nervige große Schwester.« Sie riss mir den Rucksack aus der Hand und zog den Reißverschluss auf. Widerwillig nahm sie die zerfledderte Kekspackung heraus und bediente sich. Aus dem Augenwinkel beobachtete ich, wie sie mit den Zähnen den Schokoladenguss von der Oberseite eines Kekses abschabte, bevor sie ihn – ohne länger als nötig zu kauen – hinunterschlang und sich ihr Gesicht etwas entspannte. *Nur der Hunger*, dachte ich. Die Aussicht auf ein eigenes Pferd war ein kluger Schachzug gewesen, um ihren Widerstand zu brechen, als sie nicht umziehen wollte. Farid und ich, wir beide hatten uns bis zum Schluss gegen diesen Umzug gewehrt. Selbst dann noch, als unsere Eltern den Spieleinsatz auf unmoralische Weise um neue Laptops und Handys erhöht hatten. Im Ratgeber für Adoptiveltern mussten sie das Kapitel übersprungen haben, in dem es um Geborgenheit, Heimat, ein sicheres Umfeld und solche Sachen ging. Auch wenn unsere Wohnsituation mit jedem Umzug luxuriöser wurde – eigene Zimmer, größere Zimmer, eigener Fernseher, eigener Computer und so weiter –, war es schwer zu begreifen, dass unsere Eltern mit jedem Job auch gleich noch den Wohnort wechseln mussten. Mal war es unser Vater, dem die Leitung eines Biotech-Start-ups angeboten wurde, dann war es unsere Mutter, die nach einer neuen Herausforderung suchte oder, wie im jetzigen Fall, nicht länger in der stressigen Notaufnahme eines Krankenhauses arbeiten wollte. Das Ankommen und Abschiednehmen, neue Freunde zu finden, verbunden mit dem haltlosen Versprechen, in Kontakt zu bleiben, hatte etwas Zermürbendes. Nur an Yuma schien das nomadenhafte Umherziehen unserer Familie spurlos vorüberzugehen. Sie war die Gelassenheit in Person. Alles, was geschah, bekam einen positiven, manchmal altklug oder nach Räucherstäbchen und Esoterik klingenden Anstrich. In der Bereitschaft, ihre eigenen Bedürfnisse einem elterlich bestimmten Gemeinwohl unterzuordnen, war sie uns weit voraus. Kein Murren, kein Klagen. Solange die Familie zusammenhielt, war Yuma zufrieden. Heimat war für sie der Ort, an dem unsere Sippe ihre Zelte aufschlug.

Ihre dunkelbraunen Augen leuchteten jetzt voller Zuversicht, als sie ihre Online-Zeit dafür aufbrauchte, um amüsiert durch TikTok-Filmchen zu scrollen, während der Scheibenwischer hinter ihr graue Schlieren über unser altes Leben in der Großstadt fächerte.

Zweitausend Einwohner, vier Museen, eine Burgruine, ein Internat, ein Eiscafé, zwei Hotels, mehrere Kneipen, Restaurants, Dönerläden, eine Kirche, zwei Bäcker und ein E-Bike-Verleih. Das waren nicht nur statistische Größen, das waren die Vorboten der Langeweile. Dazu Tannenwipfel und enge Täler, Felder und Wiesen und Aussiedlerhöfe, die wie Satelliten um einen dünn besiedelten Planeten namens St. Engbert kreisten.

»Ich muss mal, und schlecht ist mir auch«, quengelte Sina weiter.

Paps blickte von seinem Computer auf. »Warum bist du vorhin an der Raststätte nicht aufs Klo gegangen, Liebes?«

»Weil ich da noch nicht musste!« Sina blickte zu Yuma und Farid. »Bin ich wirklich die Einzige, die aufs Klo muss? Ist das euer Ernst?«

»Ich muss auch, kleine Schwester«, erklärte sich Farid solidarisch.

»Danke.«

»Okay«, seufzte Mum, die nicht Mum oder Ma genannt werden wollte, sondern Mama oder Sibel. »Bei der nächsten Möglichkeit halte ich an.«

Auf Befehl des Navis verließen wir den Kreisverkehr und nahmen die zweite Ausfahrt. Die Anzeige im Armaturenbrett blinkte rot auf. Ein Reifensymbol erschien. Der Wagen machte einen heftigen Schlenker. Der Kopf meines Vaters schwang hin und her. Das Automatikgetriebe plärrte auf und schaltete einen Gang tiefer, um den steilen Anstieg zu bewältigen. Schroffe Felswände, die mit Stahlnetzen überspannt waren, erhoben sich rechts von uns. Die schneebedeckte Straße schlängelte sich in Serpentinen nach oben. Kurve um Kurve.

»Da ist ein Parkplatz angeschrieben«, rief Farid über unsere Köpfe hinweg. »Noch fünfhundert Meter.« Er wuschelte Sina durchs Haar. Das durfte nur er, kein anderer in der Familie. Ihre langen, glänzend blonden Haare waren ihr Heiligtum. Farid war ihr Beschützer. »Halte durch, Prinzessin.«

Wie aus dem Nichts tauchte hinter uns ein schwarzer Jeep auf, aus dem lauter Hip-Hop dröhnte. Der Wagen fuhr dicht auf, überholte uns wie auf Schienen und scherte kurz vor der nächsten Kurve wieder ein, als wollte er einen Unfall provozieren. Schneematsch klatschte gegen unsere Frontscheibe und versperrte die Sicht. Die Scheibenwischer stockten, die Belüftung drehte hoch. Trotzdem beschlugen die Scheiben. Mum ließ ihr Fenster herunter. Zigarettenrauch streifte meine Nase. Es roch nicht bitter, sondern süßlich. Es roch nach Cannabis. Wieder das rote Blinken im Armaturenbrett, greller als vorhin, begleitet von einem ansteigenden Warnton.

»Idiot!«, schimpfte Mum und trat hart auf die Bremse. Ein Ruck durchlief den Wagen. Tannenwipfel schwankten uns entgegen. Das Heck brach aus. Der Camper stellte sich quer und rutschte seitwärts auf die Leitplanke zu. Dahinter ging es steil nach unten. Dreißig Meter, vierzig. Räder suchten Halt auf matschigem Grund. Vergeblich. Bremsenstottern laut wie Hammerschläge. Das alles geschah in extremer Zeitlupe. Bild für Bild für Bild. Polly jaulte einmal kurz auf und kroch unter die Sitzbank.

Ich dachte an den Tod, und in mir regte sich nichts.

Ich dachte an das Ende und war neugierig auf die Brücke, von der Yuma neulich erzählt hatte. Die gläubige Yuma, meine geliebte Schwester.

Eine kitschige rosenverzierte Brücke. Eine Bogenbrücke.

Der Übergang vom Hier zum Dort. Die Verbindung.

Angst spürte ich nicht. Wenn sie da war, wurde sie von einer unsichtbaren Wand abgeblockt.

Ich war am Leben, mit allen Sinnen war ich am Leben, aber nicht dazu bereit, für das Überleben zu kämpfen, nach einem Ausweg zu suchen, falls es den gab. Kein Adrenalin, das in meine Adern schoss, meinen Selbsterhaltungstrieb aktivierte und mich dazu zwang, gegen das Unvermeidliche anzukämpfen, Heldin zu sein. Kein Impuls, mich an der Kopfstütze des Vordersitzes festzuklammern, als sich der Wagen um die eigene Achse drehte.

Ich war da und gleichzeitig nicht.

Ich war ich und gleichzeitig eine andere.

Vor meinem geistigen Auge sah ich den Wagen durch die Leitplanke brechen und in die Tiefe stürzen. Ich hörte Schreie. Spürte Sinas Fingernägel, wie sie sich in meinen linken Arm krallten. Sah Körper, *unsere* Körper, mit Gliedmaßen aus Gummi, die in Sicherheitsgurte geworfen wurden.

Dann.

Harter Schnitt.

Außenperspektive.

Der Wagen schlitterte erneut über die Fahrbahn, als würde die Szene ein zweites Mal abgespielt. Eine neue Version. Eine Wiederholung.

Ein lauter Knall. Der Wagen bockte wie ein scheues Pferd.

Aufblende.

Ich saß wieder auf der Rückbank.

Ich sah Mum. Ihre Hände, wie sie das Lenkrad mit Gewalt herumrissen. Im Rückspiegel: ihre vor Panik geweiteten Augen.

Yuma stieß einen gellenden Schrei aus.

Angst.

Der Geruch von Angst.

Schwarz.

Die Farbe Schwarz.

Dunkelstes Schwarz mit ausgefransten Rändern.

Fremde Angst.

Die Finsternis riss auf.

Helligkeit. Dahinter ein flirrendes Muster, das pulsierend an Schärfe gewann, als würde es in Zeitlupe näher kommen oder: als würde ich ihm entgegenfallen.

Der Sturz verlangsamte sich.

Steine. Grob behauen, in unterschiedlichen Farben und Größen. Stumpfe Glasstücke am Strand. Undurchsichtig und kalt. Salz auf der Zunge. Ein Tuch. Schmutzig weiße Spitze mit Brandlöchern, durch die mir fremde Augen feindselig entgegenstarrten.

Was ist mit dem Kind?, fragte eine Stimme, eine Männerstimme, die ich nicht kannte.

Was sollen wir mit ihm machen?

Entscheide du.

INTERVIEW VOM 17.01.2024 VIA TELEFON

REPORTAGE: EIN DORF SUCHT DIE WAHRHEIT (ARBEITSTITEL)

CAROLIN MARQUART Die ersten Gespräche liefen alle über Zoom, haben Sie gesagt. Welchen Eindruck hatten Sie von Frau Dr. Simwe?
   B. Nett. Sehr gebildet und wortgewandt, ruhig und nett. Und sie sah so jung aus, so unglaublich jung. Das macht wahrscheinlich der dunkle Teint, wenn man das so sagen darf. Da sieht man ja kaum Falten.

CAROLIN MARQUART Wie war die Stimmung in der Gemeinde vor der Ankunft? Können Sie sich daran noch erinnern? Sie als Ortsvorsteherin haben da ja bestimmt einen guten Einblick.
   B. Wir waren natürlich alle gespannt auf die Familie. Aber vor allem waren wir froh darüber, dass die Praxis von Dr. Felber doch nicht geschlossen werden musste, dass uns diese Katastrophe erspart blieb. Das nächste Krankenhaus liegt ja nicht gerade um die Ecke, müssen Sie wissen. Das ist der Nachteil, wenn man so weit draußen wohnt. Vor und während der Pandemie war es quasi aussichtslos, jemanden Geeigneten zu uns aufs Land zu locken. Selbst mit großzügigen Prämien war da nichts zu machen. Vor allem die jungen Menschen haben ja Angst, auf dem Land zu versauern. Dabei haben wir hier alles, was es braucht, um glücklich zu sein. Auch schnelles Internet.

CAROLIN MARQUART Lassen Sie uns über die Familie sprechen. Wie war Ihr erster Eindruck? Was haben Sie gedacht, als

Sie die Kinder zum ersten Mal gesehen haben? Woran können Sie sich erinnern?
 B. Was ich gedacht habe? Na ja, die Umstände waren ja besondere (seufzt). Es tat uns allen schrecklich leid, dass die Familie den Unfall hatte, nur weil so ein verwöhnter Bengel aus dem Internat vor seinen Freunden mit seinem neuen Wagen angeben wollte. Ein Riesenglück, dass die Leitplanken gehalten haben. Nicht auszudenken, was sonst hätte passieren können. Eines der Mädchen hat geschrien wie am Spieß, nachdem der Unfall passiert ist. Sie ist davongerannt. Hatte schlimmes Nasenbluten. Das hat mein Mann erzählt. Daran erinnere ich mich noch. Er ist bei der Freiwilligen Feuerwehr, müssen Sie wissen. Daher kennt er auch den Jungen, diesen Farid, ganz gut. Der Junge hat Anschluss im Dorf, bei den anderen Jugendlichen, gesucht. Er wollte irgendwo dazugehören ...
CAROLIN MARQUART   Hat Ihr Mann vielleicht gesagt, welches der drei Mädchen nach dem Unfall geschrien hat?
 B. Ich glaub, es war Yuma, aber sicher bin ich mir da nicht. Es war ja seine erste Begegnung mit den Kindern.
CAROLIN MARQUART   Nicht vielleicht die Jüngste?
 B. Sina? Nein, ich ... ich glaube nicht. Das hätte er sich gemerkt. Wie geht es Sina denn? Wissen Sie, wo der kleine blonde Engel jetzt ist? Sie war so ein nettes, so ein hübsches Mädchen. Hat zusammen mit Yuma in der Kirche geholfen, und singen konnte die Kleine, dass es einem die Tränen in die Augen getrieben hat. Stimmt es, dass sie es war, die die Polizei gerufen und ihre eigenen Eltern hat verhaften lassen?
CAROLIN MARQUART   Soweit ich weiß, hat die Polizei anderweitig Hinweise bekommen, aus dem Ausland. Im Zuge von internationalen Ermittlungen.

B.   Dann ist das mit der Sekte vielleicht doch nicht nur ein Gerücht? Wie schrecklich. Wie schrecklich, dass Eltern ihren eigenen Kindern so etwas antun.
CAROLIN MARQUART   Von einer Sekte weiß ich nichts. Können Sie mir vielleicht sagen, woher Sie das haben? In meiner Reportage will ich ja auch darüber schreiben, wie ein ganzes Dorf nach der Wahrheit sucht und was die mediale Aufmerksamkeit mit den Menschen hier gemacht hat. Das soll ja alles mit einfließen.
B.   Ungern.
CAROLIN MARQUART   Ich werde Sie natürlich außen vor lassen. Aber es wäre wichtig, die einzelnen Quellen zu verfolgen. Der Prozess hat ja noch so viele Fragen offengelassen. Es wäre auch wichtig für die älteste Tochter. Für Espe. Sie hat ja sehr schwer zu kämpfen mit den Folgen.
B.   Sie haben Kontakt zu Espe? Das arme Ding. Die Wahrheit kann manchmal so schrecklich sein. Wie geht es ihr denn?
CAROLIN MARQUART   Das weiß ich nicht genau. Aber vermutlich werde ich sie treffen, wenn ich das Okay von ihren Eltern bekomme und sie dazu bereit ist.

FIGUR AUS TON

DONNERSTAG, 29.02.2024

09:26 UHR *Vor dem Frühstück Sport gemacht. Eine halbe Stunde, zusammen mit Laura (Magersucht) und Josip (Angststörung) im langsamen Dauerlauf durch den Park. Hab das Gefühl, dass die neuen Medikamente aus mir einen Zombie machen. (Haben Zombies wirklich nur ein Geschlecht? Haben Zombies Sex?) Kann nicht weinen, wenn mir danach ist. Tränen werden von einer unsichtbaren Schranke zurückgehalten. Also schreibe ich in mein Notizbuch und male Tränen an den Rand, dicke Tropfen, als wäre ich ein kleines Kind.*
Meine Eltern haben auf der Station angerufen. Ich will nicht mit ihnen reden, auch wenn ich jetzt wieder dürfte. Es gibt nichts zu reden. Ich muss erst wieder denken können. Und fühlen. Und so lange will ich keinen aus meiner Familie sehen. Auch wenn es wehtut.

Die eingedrückte Front des Vans war repariert, keiner verletzt, und Yumas Panikattacke und ihre Schreie waren fast vergessen. Nur das Bild der schmutzigen Tischdecke wollte mir nicht aus dem Kopf gehen. Und diese glasigen Augen, die mich angestarrt hatten. Sobald ich sie vor mir sah, hatte ich den Impuls, mich irgendwo zu verstecken, und bekam Gänsehaut. Ich versuchte, mich mit dem Gedanken zu beruhigen, dass die Erinnerung noch aus meiner frühesten Kindheit, aus der Zeit im Waisenhaus stammen musste. Vielleicht hatte ich mich dort mal unter einem Tisch versteckt. Vielleicht war es ein Spiel gewesen.

Auf einem Bild in meinem Fotoalbum waren am Rand graue

Bodenfliesen zu erkennen, die von farbigen Steinen durchsetzt waren. Doch der Tisch dort, neben der Nonne, die freundlich in die Kamera blickt und mich an meinem speckigen Arm hält, hatte keine Tischdecke.

Auch Polly hatte den Schock des Aufpralls noch nicht überwunden. Sie folgte Yuma auf Schritt und Tritt, wich ihr nicht mehr von der Seite, als müsste sie zur Stelle sein, wenn meine Schwester das nächste Mal die Kontrolle verlor. Seit dem Unfall, der mit Feuerwehr, Polizei und Rettungskräften das halbe Dorf in Alarmbereitschaft versetzt hatte, wollte Polly sogar in Yumas Bett schlafen, was bisher Sinas Privileg gewesen war. Das Privileg der Jüngsten. So hatte ich mir das immer erklärt.

Polly war kurz nach Sinas Geburt zu unseren Eltern gekommen. Als Welpe. Irgendein herzloser Mensch hatte sie zusammen mit ihren drei Geschwistern im Abfallcontainer eines Burgerrestaurants entsorgt. Polly hatte sich unter einem Stück Alufolie versteckt und halb verdurstet in der sengenden Mittagshitze überlebt. Als Einzige. Das war noch in den USA gewesen, in der Nähe von Boston, wo unsere Eltern an der Uni gelehrt hatten, bevor sie mit vier Kindern und einem Hund nach Deutschland zurückgekehrt waren.

Von den ersten Tagen nach Pollys Rettung gibt es eine Serie mit fünf Bildern. Darauf ist sie als winziges graues Wollknäuel mit entzündeten bernsteinfarbenen Knopfaugen zu sehen. Schlafend in einer großen Transportbox, in einem Meer aus blauen und weißen Decken. Jedes Mal, wenn ich diese Bilder anschaue, denke ich daran, wie zufällig dieses Leben ist. An welchem Ort man geboren wird, in welchem Haus, bei welchen Eltern.

Alles Zufall.

Die kleinformatigen Bilder von Pollys zweiter Chance kleben

auf den ersten Seiten von Sinas Fotoalbum. Die Ankunft der beiden lag ja nur wenige Wochen auseinander. Unser Vater hatte das Album mit dem beigefarbenen Leineneinband kurz nach Sinas Geburt angelegt. Dasselbe hat er später auch für uns Adoptivkinder getan. Für jeden von uns. Mit derselben Sorgfalt. Versehen mit Daten und Bildunterschriften und feierlich geschwungenen Buchstaben aus königsblauer Tinte. Jedes Album reicht bis zum Ende der Grundschule. Nicht nur Fotos finden sich darin, sondern auch Erinnerungsstücke, Relikte, die eine Verbindung zu dem Ort haben, an dem das zweite Leben von uns Waisen in den Armen der neuen Eltern beginnt.

Bei mir ist es das abgerissene, leicht gewellte Stück Karton mit meinem Namen drauf (mit Haarspray konserviert), bei Yuma sind es getrocknete Blumen, die zur Zeit ihrer Adoption im Garten des ehemaligen Dominikanerklosters geblüht haben, wo sie die ersten Jahre ihres Lebens in einem Waisenhaus verbracht hatte. Bei Farid war es ein verschrumpeltes blaues Plastikarmband mit Barcode und eine flache Figur aus ungebranntem Ton, die aussieht wie eine Frau im langen Kleid, die mit ausgebreiteten Armen dem Himmel entgegentanzt.

Zur Tradition unserer Familie gehörte es, an Geburtstagen das eigene Album aus dem Regal zu holen und es gemeinsam anzuschauen, besser gesagt, zu bestaunen. Unsere Eltern erzählten dann, wie glücklich sie waren, als sie uns das erste Mal gesehen haben. Dass es Liebe auf den ersten Blick war und solche Sachen. Ich glaube, dieses Ritual war jedem von uns Kindern wichtiger als das Zerschlagen der Piñata vor dem Essen und die Geschenke danach.

Mum sagte, dass Pollys Verhalten normal sei. Durch die Panikattacke von Yuma seien ihre Mutterinstinkte geweckt worden. Polly habe Yuma als schwächstes Glied in unserem Rudel identifiziert.

»Wahrscheinlich genügt es, wenn Yuma ihr auf spielerische Weise zeigt, dass sie keinen besonderen Schutz braucht und wieder die Alte ist.«

Doch das war nicht so. Yuma war nicht mehr die Alte. Meine Schwester hatte sich quasi über Nacht verändert. Mit der Ankunft in St. Engbert schottete sie sich ab. Sie war da und doch nicht. Sie war ein mürrischer Geist mit langen schwarzen Haaren, dem man am besten aus dem Weg ging. Als hätte sich durch den Unfall ein Schalter in ihrem Kopf umgelegt, wirkte sie auf eine Weise ernst und verschlossen, wie ich es nicht von ihr kannte. Dunkle Schatten lagen unter ihren Augen, als würde sie kaum schlafen. Die Mundwinkel trocken und eingerissen. Mum gab ihr Vitamin- und Eisentabletten, die Yuma nicht anrührte. Paps stellte ihr frisches Obst hin, klebte Post-its mit lustigen Strichmännchen und Smileys auf Orangen und Bananen, um Yuma zu zeigen, wie wichtig sie ihm war.

Nicht mal ihr Bett hatte Yuma bisher aufgebaut. Keine Regale an die Wände gehängt, keinen ihrer Teppiche ausgerollt. Obwohl sie normalerweise die Erste war, bei der alles am richtigen Platz stand. Das Einzige, wofür sie ihr handwerkliches Geschick nutzte, war ein großes »Betreten verboten«-Schild aus Pappe, das schief an einem Haken neben ihrer Zimmertür hing und mit drohenden Ausrufezeichen versehen war. Yuma schlief auf ihrer harten Futon-Matratze, eingeklemmt zwischen Kartons, Klamotten, Büchern und ihren Zeichensachen. Unsere Hilfe lehnte sie ab. Offiziell hatte bisher nur Sina ihr Zimmer betreten. Yuma nannte den großen rechteckigen Raum mit den beiden Bogenfenstern und der hellen Stuckdecke verächtlich »Lager« oder »Kammer«, je nachdem, was sie in Gegenwart unserer Eltern für das treffendere Wort hielt, um sie zu provozieren. Unsere Versuche, sie zum Reden zu bringen, um dahinterzukommen, was mit ihr los war, ob es mit dem Unfall zu tun hatte, endeten meist mit Beschimpfungen, Türenschlagen und Vorwürfen.

Yuma ließ keine Gelegenheit aus, um ihrem Unmut Luft zu machen, Regeln zu brechen und gegen unsere Eltern zu rebellieren. Sie hatte sich so darauf gefreut, geradezu euphorisch war sie gewesen, als Mum uns die ersten Fotos von der Landarztpraxis und dem Gutshof gezeigt hatte. Ständig hatte Yuma Storys vom Schwarzwald und seinen Sehenswürdigkeiten gepostet. Doch mit dem Tag des Einzugs hatte sich ihre Euphorie ins Gegenteil verkehrt. Bei jeder Gelegenheit gab sie uns zu verstehen, wie unwohl sie sich »am Arsch der Welt«, inmitten unzivilisierter »Dialekt sprechender Neandertaler« fühlte. Ich hatte sie noch nie so abschätzig über andere Menschen reden gehört. Das passte gar nicht zu ihrem empathischen Wesen. Das war nicht die Yuma, die ich kannte. Nur mit dem Unfall ließ sich ihre plötzliche Verwandlung nur schwer erklären. Auch wenn sie in den Sekunden vor dem Aufprall vielleicht Todesangst gehabt hatte, wie Mum mutmaßte, und länger brauchte als wir anderen, um den Schock zu überwinden, musste es noch eine andere Erklärung für ihr verändertes Verhalten geben. Aber Yuma redete nicht. Sie wollte nicht reden. Deshalb versuchte es unser Vater mit einem Trick, der vielleicht auch keiner war. Am Morgen hatte der genervte Paketbote die Prototypen der neuen VR-Brillen gebracht und die Spezialauflagen für die Liegen, auf die Paps so sehnsüchtig gewartet hatte. Sobald der linke Flügel im Gutshaus fertig renoviert war, würde er seine Software zum ersten Mal unter idealen Bedingungen testen können und die letzten Anpassungen vornehmen. Bis es so weit war, musste das große Wohnzimmer als Testraum herhalten. Wir Kinder waren seine Probanden und stolz darauf. Die Auflagen waren aus einem speziellen Schaumstoff, der sich unter Druck aufwärmte und an den Körper anpasste. Davon hatte Paps uns erzählt. Wie üblich wollte er die neuen Sachen so schnell wie möglich ausprobieren. Am späten Nachmittag, draußen war es schon dämmrig, rief er uns ins Wohnzimmer. Farid hatte im großen offenen Kamin ein Feuer angezündet. Unsere Mutter hatte ihn gebeten, nicht zu übertreiben, aber Farid fand Gefallen daran, die viel zu kleinen Holzscheite wie beim Jenga übereinanderzustapeln und dabei zuzusehen, wie sie von den Flammen, zischend und fauchend, verschlungen wurden. Nur mit den Heizkörpern unter den Fenstern bekam man den großen rechteckigen Raum nicht warm. Auch in den anderen Räumen war es ein Problem, die Temperatur konstant über achtzehn Grad zu halten. Deshalb hatten unsere Eltern in elektrische Heizdecken investiert, die man wie Ponchos überziehen konnte. Bis zum nächsten Winter wollten sie das Haus nachrüsten, versprachen sie uns hoch und heilig.

Als ich das Wohnzimmer betrat, lagen die Matten bereits im Halbkreis auf dem dicken Perserteppich vor dem Kamin. Vier Matten. Am Fußende, sauber zusammengefaltet, hellbraune Wolldecken, davor jeweils eine VR-Brille, klobige Kopfhörer und ein Gewirr aus Kabeln, das zu den beiden Laptops führte, die auf dem Glastisch vor dem großen Sofa standen. Ich wunderte mich, dass Yuma gekommen war. Nach dem, wie sie sich beim Mittagessen aufgeführt hatte, hatte ich nicht mit ihr gerechnet.

»Die sehen ja jetzt viel kleiner aus«, sagte Farid bewundernd und setzte eine der VR-Brillen auf.

Sina folgte seinem Beispiel. »Ich sehe, dass ich nichts sehe«, sagte sie lachend, legte sich auf die Matte und ließ sich von Farid zudecken.

»Ist das die neueste Version?«, fragte Yuma skeptisch. »Und wie werden jetzt die Hirnwellen gemessen?«

»Vorerst gar nicht«, antwortete Paps ruhig. »Heute gibt es nur Sound und Bilder, um zu entspannen.«

»Das heißt, wir sehen alle dasselbe?«, hakte Yuma nach.

»Ja, das heißt es.«

»Der Test bringt also keine neuen Erkenntnisse?«

»Doch, aber vor allem auf physischer Ebene. Es würde mich interessieren, wie sich die Auflagen anfühlen, ob ihr das Gefühl habt, dass der Spezialschaum euch beim Entspannen unterstützt. Und die VR-Brillen arbeiten jetzt mit einem feiner abgestimmten Lichtspektrum.«

»Na gut«, sagte Yuma, setzte die Brille auf und streckte sich auf der Matte aus. »Wegen mir kann's losgehen. Ich bin bereit.«

Farid und ich tauschten Blicke. Wir konnten uns keinen Reim auf Yumas Verhalten machen. Jedes Wort, das aus ihrem Mund kam, klang hart und patzig. Und der Ausdruck in ihrem Gesicht war arrogant. Polly schien das nicht zu stören. Sie quetschte sich in die Lücke zwischen uns beide, schlief sofort ein und begann zu schnarchen.

Sobald man die neue, deutlich leichtere VR-Brille aufgesetzt hatte, dauerte es einige Sekunden, bis sich die Augen an die leicht gekrümmte Fischaugenperspektive gewöhnt hatten. Währenddessen wärmte sich die Matte auf, wurde weich und schmiegte sich von allen Seiten an den Körper. Das Spezialglas der Brille war halb durchlässig. Das Bild auf dem gewölbten Monodisplay ergänzte die Wirklichkeit und umgekehrt. Aus der Bodenperspektive sah der Kronleuchter an der Decke fast bedrohlich aus. Zuerst erschien ein tiefblauer Himmel im Display mit langsam vorbeiziehenden Schäfchenwolken. Sanfte Windgeräusche drangen durch die Kopfhörer. Das Knistern des Feuers blendete aus. Kaum hatten sich die Augen an die gemischte Realität gewöhnt, verdunkelte sich das Display. Wie im Zeitraffer war die Nacht über die virtuelle Welt hereingebrochen. Ein Sternenhimmel wölbte sich über mir. Polarlichter an den Rändern. Der tiefe Blick in die Galaxie. Immer mehr Sterne, je länger man hinschaute, wie in der Natur, nur ohne den Lichtnebel der Straßenbeleuchtungen. Die Augen gewöhnten sich an die dunkle Umgebung. Dann erloschen die Sterne, einer nach dem anderen. Übrig blieb ein einzelner heller Lichtpunkt, ein langsam pulsierender Fixstern. Der Stern wurde dreidimensional und größer, flog auf einen zu, bekam glänzende Flächen und Kanten und sah wie eine doppelte Pyramide aus. Kurz passierte gar nichts, dann begann der Stern zu vibrieren, wie Icons auf dem Handy, wenn man sie verschieben will, und sendete im Wechsel blaue und violette Lichtreflexe aus. Ein wärmender Strom. Ich zuckte kurz zusammen. Unsichtbare Finger bewegten sich tastend über meine Wirbelsäule nach oben. Das fühlte sich gut an. Meine steife Muskulatur wärmte sich auf und wurde lockerer. Mein Atem wurde tiefer. Plötzlich roch es nach Citrus und Rosmarin. Ich fragte mich, wo der Duft herkam, ob er Einbildung war oder ob Paps wieder mit irgendwelchen Raumsprays experimentierte. Zusammen mit dem Geruch des Feuers ergab sich eine besondere Mischung, die meinen Puls langsamer werden ließ. Die Doppelpyramide vor meinen Augen entfernte sich, wurde zu einem unscharfen Punkt am fahlen Horizont. Ein Punkt, der sich hektisch und im Zickzack bewegte, wie eine Stubenfliege unter dem Lampenschirm. Meine Pupillen folgten den wie zufällig aussehenden Flugmanövern ganz automatisch. Der Punkt wurde von Sekunde zu Sekunde langsamer, die Bewegungen runder, als würde er zur Ruhe kommen. Und diese Ruhe übertrug sich auf mich. Irgendwann erinnerte die halbrunde Bewegung an ein Pendel, von einer unsichtbaren Schnur gehalten, gefolgt von einem violetten Glitzerschweif. *Sternenstaub*, dachte ich. Ein Wort wie aus einem Märchen. Ich sank noch tiefer in die warme weiche Liege. Seit Mum erklärt hatte, dass alle Materie von den Sternen stammte, gab es für Sina nur noch Lebewesen aus Sternenstaub. Das klang poetischer als Kohlenstoff. Passend zu dieser romantischen Vorstellung hatte ihr Yuma einen Song von Joni Mitchell auf unsere gemeinsame Playlist gesetzt. Irgendwann konnte jeder von uns die Zeilen des Refrains auswendig, weil Sina sie bei jeder Gelegenheit sang:

We are Stardust, we are golden,
And we've got to get ourselves back to the Garden.

Während ich im Kopf Sinas glockenklare Stimme hörte, fühlte es sich richtig gut an, einfach nur dazuliegen, der Blick dem pendelnden Stern folgend, das Kommen und Gehen der Gedanken, dieser schlafähnliche Zustand. Da und doch nicht. Körperlos. Irgendwann hatte es sich wie ein Schweben angefühlt. Diesen besonderen Moment nannte unser Vater »Floating Experience«. »Ein Moment absoluter Ruhe und Geborgenheit«, wie im Imagefilm seiner Firma eine Frauenstimme säuselte.

Ich wollte mich gerade dem sanften Gleiten über eine blühende Sommerwiese hingeben, dem Summen der Bienen und dem Plätschern eines Bachlaufs, der sich glitzernd über die Wiese schlängelte, als mein Körper unwillkürlich zusammenzuckte. Nicht nur einmal, so wie manchmal kurz vor dem Einschlafen, sondern mehrmals hintereinander. Die Erde brach auf. Unter mir klaffte ein dunkles Loch. Kurz schwebte ich über dem Loch, bevor ich das Gefühl hatte zu fallen, von einer unsichtbaren Ebene auf die nächste. Endlos zu fallen. Und ich konnte den Fall nicht stoppen. Oder wollte ich ihn nicht stoppen? Wollte ich in die Tiefe stürzen? Wollte ich sehen, was mich nach dem Aufprall erwartete?

Ich versuchte, meine Augen zu öffnen. Aber es ging nicht. Da war eine unsichtbare Sperre. Um mich herum Dunkelheit. Ich versuchte, mich zu bewegen, aber Arme und Beine gehorchten nicht. Plötzlich stoppte der Fall. Etwas Hartes bohrte sich in meine Wirbelsäule, ein brennender Schmerz kletterte mein Rückgrat empor, beschleunigte und explodierte in meinem Kopf. Und dann blitzte vor meinen Augen die Szene des Unfalls auf. Ich im Wagen. Der Geruch von Cannabis. »Weed«, wie Farid dazu sagte. Das Wummern der Bassdrum in meinem Magen. Schwarzbild. Gejohle. Stimmen? Eine Fehlzündung. Und dann wieder die schmutzige Tischdecke. Aufgebauscht von einem warmen Luftzug. Und dahinter: die glasigen braunen Augen, die mich unentschlossen anstarrten. Als Nächstes: Angst. Nein, mehr noch: Panik. Panik, die in meinen Körper schoss, meine Muskeln in Brand setzte und den Sauerstoff schlagartig aus meiner Lunge presste. Ich hielt den Atem an. Hatte das Gefühl, dass gleich etwas Schreckliches passieren würde. Etwas, was sich nicht verhindern ließ. Und Erstarren. Eingemauert in diesen Moment. Ich riss mir die VR-Brille vom Kopf, kratzte mir mit den Fingernägeln über die Stirn und spürte einen hellen Schmerz. Der Schmerz holte mich zurück in die Wirklichkeit in das Wohnzimmer. Auf einen langen Moment der Orientierungslosigkeit folgte Erleichterung. Das Gesicht von Farid. Das Kaminfeuer spiegelte sich in seinen dunklen Augen. Seine Hand auf meinem Oberarm, seine Stimme dumpf. Er zog mir die Kopfhörer ab.

»Willkommen zurück«, sagte er und grinste. »Du bist eingeschlafen.« Er deutete neben mich. »Wie Sina.«

»Was?« Ich blickte nach links. Sina lag neben mir. Ihr Gesicht eingerahmt von ihren blonden langen Haaren. Ihre Lippen umspielte ein sanftes Lächeln. Ihr Atem ging ganz ruhig.

»Wo ist Yuma?«, fragte ich und drehte mich zu Paps, der mit gerunzelter Stirn auf die beiden Laptops starrte.

»Sie hatte keine Lust mehr.« Er blickte mich besorgt an. »Hattest du einen Albtraum?«

Ich nickte. »Der Unfall«, sagte ich und musste mich schütteln. »Ich glaub, das ist noch vom Unfall. Ich hatte plötzlich das Gefühl, zu fallen.«

»Zu fallen«, wiederholte er und machte sich Notizen. »Das sollte eigentlich nicht passieren, dass man einschläft und in eine Traumphase wechselt. Wird Zeit, dass der Testraum fertig ist. Jetzt lassen sich Fehler im Ablauf noch korrigieren. Später, wenn noch die Resonanz dazukommt, wird es schwieriger.« Paps sah besorgt aus.

»Aber ... aber sonst, sonst hat es sich gut angefühlt«, sagte ich, obwohl ich erneut ein Flashback von der Tischdecke und den fremden Augen hatte. Mein Puls beschleunigte wieder. »Die Auflagen sind echt krass«, redete ich benommen weiter. »Fühlt sich an, als würde einem jemand die Wirbelsäule massieren.«

Ich drückte mit der flachen Hand auf die Matratze. Jetzt war sie wieder hart und kalt. Der Stoffbezug fühlte sich klamm an. Wahrscheinlich hatte ich geschwitzt.

»Im Matratzenkern befinden sich mehrere Kugeln, die durch Elektromagnete gesteuert werden, um die Muskeln zu stimulieren. Auf ähnlichen Unterlagen sollen später Astronauten liegen, die man auf eine Marsmission schickt. Sind nur eine Leihgabe.«

FÜR ALLE DAS BESTE

DONNERSTAG, 29.02.2024

20:30 UHR *Jan, im Zimmer neben mir, hat vorhin beim Abendessen einen Annäherungsversuch gestartet. Wahrscheinlich hat er meinen Blick falsch gedeutet.*
Die Bezugstherapeutin sagt, dass ich versuchen soll, langsamer zu atmen. Das würde auch meine Gedanken beruhigen. Sie hat ein altes Metronom benutzt, um mir das Wort »Geschwindigkeit« zu erklären. Sie wollte, dass ich im Rhythmus meines Atems schreibe. Langsam. Extrem langsam. Silben sollen Silben sein, nicht Genuschel, wenn ich mit heiserer Stimme rede. Klarheit kommt durch Langsamkeit. Verwirrung durch zu schnelles Denken und Reden und Schreiben und Schlaflosigkeit. Mein Ruhepuls liegt noch immer bei über achtzig. Nicht bei sechzig oder etwas darüber, wie es sein sollte. Auch dagegen kriege ich jetzt Tabletten, gegen die Geschwindigkeit.
Jan ist unbeholfen, schüchtern, aber irgendwie macht ihn das sympathisch. Ich mag Typen nicht, die sich für die Größten halten, nur weil sie gut aussehen. Aussehen ist zu siebzig Prozent Vererbung, nichts, was man ohne Chirurgen wirklich beeinflussen kann. Nichts, worauf man stolz sein sollte. Gefühle sind auch Vererbung. Aber daran lässt sich arbeiten. Jan hat sich zu viel mit sich selbst beschäftigt, sagt er. Und gekifft hat er auch und Zeug eingeworfen, das einem dabei hilft, »Telefonbücher auswendig zu lernen, während im Hintergrund die Apokalypse losbricht«.
Sein Vater ist Arzt, seine Mutter tot (Krebs). Sein großer Bruder ein Arschloch.
Ich mag Jan.

23:12 UHR Am selben Abend in St. Engbert nahm ich all meinen Mut zusammen und beschloss, dem Rätselraten ein Ende zu setzen. Die Tür zum Bad war nur angelehnt. Yuma hatte bestimmt zwanzig Minuten geduscht, obwohl wir, wegen Sinas Klimaangst, fünf Minuten als Maximum festgelegt hatten.

Yuma wirkte kurz überrascht, als ich eintrat, sagte aber nichts. In aller Seelenruhe rubbelte sie sich mit dem Handtuch trocken.

»Ist es das Haus, die Kälte oder wirklich nur der Ort, weshalb du seit unserer Ankunft so miese Laune verbreitest?«, ging ich in die Offensive. Vielleicht hatte Yuma seit dem Unfall auch Flashbacks. Vielleicht war das der Grund, weshalb sie sich seltsam verhielt. Ihre Augen waren von der Hitze gerötet.

Sie trocknete sich das Gesicht ab. »Ist alles zusammen.«

»Und was nervt dich am meisten?«

Sie zögerte. »Lass mich überlegen ...« Sie legte den Kopf schief. »Vielleicht die Psychospielchen unseres Vaters.«

»Das sind keine Psychospielchen. Was redest du da? Keiner zwingt dich, mitzumachen.«

»Das werde ich auch nicht mehr tun. Die Software ist totaler Schrott. Die ... die ...«

»Was hast du gesehen?«

»Nichts. Ich ... ich habe nichts gesehen. Nichts, worüber ich mit dir reden will. Und jetzt lass mich in Ruhe!«

In ihren Augen begann es zu glitzern. Ihr rechter Mundwinkel begann zu zittern. Wenn sie gleich losweinte, würde ich sie in die Arme nehmen. Das hätte ich längst tun sollen, ihr zeigen, dass ich für sie da war, dass ich unseren Schwur nicht vergessen hatte.

Ich streckte meine Hand nach ihr aus, aber sie wich zurück.

»Lass mich, ich ... ich brauch dein Mitgefühl nicht.«

»Es tut mir leid«, sagte ich leise.

»Was tut dir leid?«

»Dass es dir so schlecht geht.«

Sie drehte sich von mir weg. Ich sah, dass sie zitterte, aber ich traute mich nicht, sie zu berühren. Ich blieb stehen und spürte ihren Schmerz. Vielleicht hatte Mum tatsächlich recht und es war der Unfall, der Yuma so zusetzte. Ich hatte sie noch nie so laut schreien gehört. »Hilfe«, hatte sie gerufen, war über Farid drübergeklettert, aus dem Wagen gestürzt und die Straße hinuntergerannt, als wäre der Teufel hinter ihr her. Ihr Gesicht angstverzerrt. Und dann hatte ihre Nase wie verrückt geblutet. Der Schnee war voller Blut gewesen.

Was hatte sie gesehen, als der Wagen auf den Abgrund zugesteuert war? Oder war es der harte Aufprall gewesen? Hatte der diesen Schock bei ihr ausgelöst?

Sie holte tief Luft. »Es ist, wie es ist«, sagte sie, mehr zu sich selbst als zu mir und zuckte mit den spitzen Schultern.

»Warum bist du davongerannt, als wir den Unfall hatten?«, fragte ich vorsichtig. »Weißt du das noch?«

Sie kniff die Augen zusammen. »Warum willst du das wissen?«

»Weil ich mir Sorgen mache.«

»Wow. Jetzt redest du schon wie unsere Mutter. Ihr werdet euch immer ähnlicher.« Sie knüllte das Handtuch zusammen und ließ es auf den Klodeckel fallen. Jetzt war sie nackt. »Splitterfasernackt«, wie Sina dazu sagte, weil sie das altmodische Wort mochte. Wir Kinder schämten uns nicht voreinander, wenn wir nackt waren. Das war nie so gewesen und würde wahrscheinlich auch nie so sein. Auch nicht bei Farid oder unseren Eltern.

Yuma nahm den Föhn aus der Halterung und schloss ihn an. »Ich hatte Angst. So einfach ist das. Angst. Aber jetzt habe ich keine Angst mehr. Vor nichts und niemandem.«

»Hattest du Angst, zu sterben?«

»Nein, keine Ahnung, ist doch auch egal.« Sie drehte mir den Rücken zu, schaltete den Föhn an und richtete ihn auf den beschlagenen Spiegel. Ich hockte mich auf den Badewannenrand und schaute ihr dabei zu, wie sie mit fahrigen Bewegungen, Streifen für Streifen, den kondensierten Wasserdampf verschwinden ließ. Doch so leicht ließ ich mich nicht vertreiben.

»Geht schneller mit dem Eingewöhnen, wenn du dich auf die neue Umgebung, das Haus und so einlässt und nicht zurückblickst«, sagte ich laut, um den Föhn zu übertönen. »In ein paar Wochen zeigt sich vielleicht schon der Frühling, dann sieht die Welt wieder anders aus, wenn es nicht mehr so kalt ist.«

Sie schaltete den Föhn aus. »Die Kälte?« Sie legte die Stirn in Falten. Woher kam diese Wut? »Du meinst also, es könnte am Wetter liegen, dass es hier kaum Menschen gibt und man nachts beim Einschlafen seinen eigenen Atem hört. Wenn du meinst.« Sie holte tief Luft, dann stellte sie das Fenster auf Kipp und blickte den Dampfwolken nach, die nach draußen wirbelten.

»Farid kann auch nicht gut schlafen«, sagte ich, um das Gespräch am Laufen zu halten.

»Dann bin ich ja beruhigt, dass es nicht nur mir so geht.«

»Wir können doch mal wieder ins Kino gehen«, sagte ich sanft. »Im nächsten Ort gibt es ein Programmkino. Zeigen auch alte Filme, und Popcorn gibt es auch.«

»Was du nicht sagst. Popcorn. Das ist wirklich allerhand.«

Yuma drehte mir den Rücken zu, cremte sich ein und begutachtete ihren nackten Körper im Spiegel. Dampf stieg über ihrer dunklen Haut auf. Ihre Narbe am rechten Schulterblatt schimmerte hellrosa. Sie drehte sich langsam ins Profil, hob das Kinn leicht an, legte den Kopf schief und drückte den Rücken durch. Ein kleines Lächeln kräuselte sich in ihren Mundwinkeln, als würde sie mit einer imaginären Person flirten. Auch wenn Yuma schön war, *objektiv* schön, überraschte mich ihr Verhalten. Sie hatte sich nie viel aus ihrem Aussehen gemacht, Latina-Klischees verachtet, die Frauen zu Lustobjekten degradierten. Die Haare, meist nur die Spitzen, ließ sie sich von Farid oder mir schneiden, je nachdem, wer gerade Zeit hatte. Nicht nur einmal hatten wir uns darüber lustig gemacht, wie sehr sich die lächelnden Puppengesichter auf Instagram und TikTok mittlerweile ähnelten. Jetzt pinselte Yuma Glossy-Balm auf ihre Lippen, als würde sie sich für eine Verabredung fertig machen und nicht zum Schlafengehen.

»Hast du heute noch was vor?« Ich konnte mir einen ironischen Seitenhieb nicht verkneifen.

»Geht dich das was an, *große* Schwester?« Sie tupfte sich die Lippen mit einem Stück Toilettenpapier, ohne den Blick zu wenden. Dann beugte sie sich nach vorne und schlug ihr nasses Haar in ein frisches Handtuch ein. Damit missachtete sie die zweite von Sinas Umweltregeln: maximal ein großes Handtuch alle drei Tage.

»Ja, ich würde allerdings sagen, dass es mich was angeht.« Mein Magen krampfte. Yuma war mir so fremd. »Wie redest du eigentlich mit mir?« Ich suchte ihren Blick im Spiegel. »Du hast mir doch sonst immer alles erzählt. Und das kannst du jetzt auch noch.«

Die Art, wie sie mich jetzt aus kalten Augen anschaute, war schlimmer als die harten Worte, die sich Silbe für Silbe über ihre glänzenden Lippen schoben. »Machst du jetzt einen auf Psychologin, oder was? Willst du mir allen Ernstes sagen, was ich denken und fühlen soll? Ausgerechnet du, die selbst kein eigenes Leben hat, weil sie zu feige ist? Bist du gekommen, um mich zu ›belehren‹? Glaubst du, elf Monate Altersunterschied geben dir das Recht, mich zu bevormunden?«

»Was?«, sagte ich. »Das ... das hab ich nie getan.«

»Natürlich hast du das. Das tut ihr doch alle. Mir eure Sicht auf die Welt und das Leben aufzwingen. Ich ...« Yuma redete nicht weiter. Sie angelte sich ihre Klamotten vom Badewannenrand. »Glaub mir, du ... du weißt gar nichts«, zischte sie, die Augen leicht zusammengekniffen. »Gar nichts weißt du.« Sie marschierte aus dem Bad.

»Sag doch endlich, was mit dir los ist!«, rief ich ihr nach. »Und mach nicht immer bloß Andeutungen. Ich hab keine Lust mehr auf dieses beschissene Spiel!«

Ich folgte ihr nach draußen. Yuma war vor ihrer Zimmertür stehen geblieben, die Hand auf der Türklinke. Sie schien zu überlegen, was sie mir noch alles an den Kopf werfen konnte. Dann holte sie tief Luft. »Das ist kein Spiel«, sagte sie mit harter Stimme. »Gespielt hab ich lange genug. Jetzt ist es Zeit für die Wahrheit.«

»Wovon redest du?« Ich seufzte schwer. »Was haben wir dir getan, dass du uns so ... so behandelst?«

»Was *ihr* mir getan habt?« Sie schnaubte verächtlich, nahm die Hand von der Türklinke und wandte sich zu mir. »Nichts habt ihr mir getan. Gar nichts. Farid und du, ihr seid wie immer. Dankbar, dass ihr hier sein dürft, in dieser Familie, in dieser verlogenen Idylle.« Sie machte eine Pause. Ihre Stirn kräuselte sich, als würde sie etwas zurückhalten.

Sina ist außen vor, dachte ich erleichtert. So viel hatte ich verstanden.

»Können wir bitte in Ruhe reden?«, unternahm ich einen weiteren Versuch, die Situation zu entschärfen.

Yuma knubbelte unentschlossen an ihren Fingernägeln. »Wozu soll das gut sein? Du bist doch auch nur daran interessiert, dass unser hübsches kleines Bullerbü keine Risse bekommt.«

Ich hatte keine Ahnung, was sie meinte.

Sie blinzelte hektisch. »Weißt du, ich hab keinen Bock mehr auf die ganze Scheiße! Ich will nicht immer nur das tun, was für uns *alle* das Beste ist.«

»Das verlangt doch auch keiner von dir.«

»Ach, ja? Bist du dir da so sicher?«

»Ja, da bin ich mir sicher. Du wolltest hierher. Du hast gesagt, dass du dich auf das Landleben freust. ›Kornkreise in den Feldern und uralte Bräuche.‹ Das waren deine Worte. Das kannst du doch nicht so schnell vergessen haben?«

Wieder dieses seltsame Blinzeln. »Und wenn schon: Dann habe ich mich eben geirrt. Aber Fehler kann man ja korrigieren. Sie sind ja nicht in Stein gemeißelt. Das haben unsere Eltern uns doch beigebracht. Dass sie zum Leben dazugehören, um seinen eigenen Weg zu finden.«

»Kannst du nicht einfach sagen, was mit dir los ist?«

»Mit mir?« Sie schüttelte den Kopf. »Du willst wirklich wissen, was mit *mir* los ist? Mit mir ist gar nichts los! Ich bin nur, wie ich bin, wie ich wirklich bin! Daran solltest du dich gewöhnen. Daran solltet ihr euch alle gewöhnen. Dass ich ab jetzt mache, was *ich* für richtig halte!«

Ohne ein weiteres Wort zu sagen, verschwand sie in ihrem Zimmer und drehte die Musik auf. Ich blieb im Flur stehen, beobachtete die Abdrücke ihrer Füße auf dem glänzenden Dielenboden, wie sie sich auflösten, und versuchte, nicht zu weinen.

TRAUERWEIDEN
UND TIERSHOWS

FREITAG, 01.03.2024

05:32 UHR *Geschlafen und Schwachsinn geträumt. Vermisse meine Geschwister. Will ihnen sagen, dass wir bald wieder zusammen sein werden. Denke an Schnapspralinen und Bonn und Shakespeare. Heute gelernt: Es gibt echte und falsche Erinnerungen. Fantasie und Fiktion. Und im Rückblick werden Erinnerungen fast immer Fiktion. Ob sie schön sind oder nicht. Das passiert automatisch. Ich soll den schönen Erinnerungen genügend Raum geben. Ich soll nicht alles anzweifeln, was in meinem Kopf ist. Ich soll die Gedanken kommen und gehen lassen. In der Reihenfolge, die mein Gehirn dafür vorsieht. Also starre ich an die Decke, atme in den Bauch und erinnere mich. Ich höre Musik, aber nur in meinem Kopf.*
Alles passiert nur in meinem Kopf.

08:10 UHR »Bis in den Tod«, hatte Yuma mal im Spaß gesagt. Es war ein besonderer Abend gewesen. Drei, vier Jahre vor dem Umzug nach St. Engbert, damals noch in Bonn, in der Mozartstraße. Ein Ereignis, wie Anne, die Psychologin, Erinnerungen, die auf mehreren Sinnesebenen abrufbar waren und etwas in mir auslösten, später nennen würde.

Es war der zehnte Hochzeitstag unserer Eltern gewesen, sie hatten Karten fürs Theater und ließen uns alleine zu Hause, was, selbst als ich schon alt genug war, um auf meine Geschwister aufzupassen, nur selten vorkam. Auch wenn einige Journalisten nach der Verhaftung unserer Eltern etwas anderes behaupteten. Normalerweise engagierten sie jemanden aus der Nachbarschaft, der nach uns schaute, doch Elli von gegenüber hatte kurzfristig abgesagt, also übertrugen sie die Verantwortung an die Älteste, an mich.

Sina war schon über einem Buch eingeschlafen. Ich musste sie nur noch zudecken und das Licht der Nachttischlampe »löschen«, wie sie in ihrer unschuldigen Affektiertheit sagte. Die Tür zu ihrem Zimmer musste immer einen Spaltbreit offen bleiben. Ein schmaler Streifen Licht wies den Weg zu uns. Wir anderen waren noch hellwach. Wir holten zwei Schachteln mit Schnapspralinen aus Mums Vorratsschublade, die zum größten Teil aus Süßigkeitengeschenken von Patienten bestand. Angeschickert lasen wir uns Passagen aus Shakespeares »Sommernachtstraum« vor. Das dicke Buch mit dem speckigen Ledereinband sah wie die Geheimschrift eines Magiers aus. Yuma war sich sicher, einer verborgenen Botschaft auf der Spur zu sein, die das Tor zu einer anderen Welt öffnete. Sie begann laut und überbetont zu lesen und weitete dabei die Augen.

Farid, bei dem die Schnapspralinen besonders stark anschlugen, tanzte zu den unverständlichen Worten, die wir mühsam Satz für Satz entzifferten und in einen vagen Kontext brachten. Er tanzte wie eine Puppe, an unsichtbaren Fäden, zum holprigen Rhythmus der komplizierten Sprache. Irgendwann trauten wir uns, ans Plattenregal unserer Eltern zu gehen. Davor genehmigten wir uns von dem Schlehenlikör, den Paps selbst angesetzt hatte.

Yuma nahm eine der Platten vorsichtig aus der Hülle, legte sie auf den Plattenteller und drückte den Schalter für den Tonarm, damit die Mechanik ihre Arbeit tat. Aus den Lautsprechern drang lautes Knistern, dann setzten Simon and Garfunkel zu einem schmalzig schönen »Bridge over Troubled Water« an.

Träumend lagen wir uns in den Armen. Farid stand auf, drehte sich im Kreis, viel zu schnell für die ruhige Musik. Er trotzte dem aufsteigenden Schwindel, hob die Arme, lächelte und ließ den Kopf in den Nacken fallen. Er hatte sich eines der Kleider unserer Mutter angezogen. Ein orangefarbenes langes Kleid mit schmalen Trägern, das seine Füße verschwinden ließ. Ab und zu blitzte ein lackierter Zehennagel hervor. Sina hatte Farid mit Tipp-Ex die Zehen angemalt. Die anderen Farben aus Mums Schminkköfferchen hatten ihm nicht gefallen. Wir rechneten damit, dass er irgendwann auf den goldenen Saum des Kleids treten würde, aber er stolperte nicht. Irgendwann drehte er sich so schnell im Kreis, dass das Kleid sich in Wellen hob und zu fliegen begann. Jetzt kamen seine Füße zum Vorschein. Sie verschoben sich in harten Winkeln, dockten aneinander an. Ferse an Innenspann. Innenspann an Ferse. In Sechzig-Grad-Winkeln. Achtelnoten, gegen den Uhrzeigersinn, mit geschlossenen Augen. Es war das erste Mal, dass ich begriff, welches Talent er von seiner leiblichen Mutter geerbt hatte, wozu sie ihn befähigte. Und es war das erste Mal, dass ich mich fragte, welches Talent ich von meiner biologischen Mutter bekommen hatte, außer mir darüber den Kopf zu zerbrechen, was andere dachten. Über dieses Leben. Über diese Welt und über mich. Fremde und Freunde, meine Geschwister und meine Eltern, die Frau an der Supermarktkasse oder die Lehrer in der Schule. Ich wollte in ihre Köpfe sehen, eine allwissende Erzählerin sein, in der Hoffnung, mich selbst zu verstehen. Die Rolle, die mir dieses Leben zugewiesen hatte.

Kaum war der Song vorüber, ließ sich Farid auf den Boden sinken. Atemlos und mit flackernden Pupillen berichtete er, den Himmel und die Sterne berührt zu haben. Er sagte, dass er seine Mütter (wie selbstverständlich benutzte er die Mehrzahl) über alles und für immer lieben würde. Sie beide. Er war glücklich über dieses Leben, wie wir alle. Und dankbar, dass wir einander hatten. Im Gegensatz zu mir schien er den festen Boden unter den Füßen zu spüren, die Wurzeln, die neuen und die alten, die ihn festhielten. Unsichtbare Hände, die ihn führten.

Bis in den Tod.

Das waren Yumas Worte am Ende dieser besonderen Nacht gewesen. Ich hatte sie wiederholt, ohne das Versprechen zu verstehen, das damit verbunden war. Der Alkohol wärmte mir noch immer den Magen.

»Bis in den Tod«, sagte Farid, setzte sich zwischen uns, umarmte und küsste uns überschwänglich. Yuma wollte, dass wir uns mit ihrem Schweizer Messer, das sie zum Geburtstag bekommen hatte, in den Daumen ritzten und die Wunden aneinanderdrückten. Sie wollte, dass sich unser Blut miteinander vermischte. Doch Farid konnte kein Blut sehen, also musste der Todesschwur genügen.

Freundschaft, unsere Freundschaft, die Freundschaft von uns Kindern, sollte genauso viel wert sein wie die Blutsverwandtschaft richtiger Geschwister, vielleicht sogar mehr. Wir wollten die anderen niemals alleine lassen. Immer füreinander da sein. Das war nicht nur so dahingesagt, das war ernst gemeint. Und wir wollten keine Geheimnisse voreinander haben. Niemals. Das alles sollte uns dabei helfen, mutig zu sein, dieses zweite Leben anzunehmen und uns in dunklen Augenblicken nicht in der Frage zu verlieren, was unsere Mütter dazu gebracht hatte, die Spuren zu ihnen zu verwischen.

Es gab kein Register, in dem wir hätten nachsehen können, wer die Menschen waren, die diese Entscheidung für uns getroffen hatten. Wir kannten nicht ihre Namen. Nicht ihr Alter. Nicht die Umstände. Wir drei waren Waisen ohne amtlichen Herkunftsnachweis. Armut, Flucht und die Suche nach dem Traum von einem besseren Leben, das hatten sie in unsere DNA geschrieben. Das war die einzige Verbindung – dachten wir.

21:17 UHR Der morgendliche Bus hier im Schwarzwald, am Ende der Welt, fiel entweder aus, kam zu spät oder war so voll, dass ich das Gefühl hatte, keine Luft zu bekommen. Von der Fahrt über die Dörfer, es waren knapp drei Kilometer, bekam ich kaum etwas mit, weil die Fenster beschlagen waren und ich mich darauf konzentrieren musste, keine Panikattacke zu bekommen. Ich wunderte mich, dass Yuma die ruckeligen Fahrten entlang des Abgrunds nichts ausmachten.

Ab der dritten Woche ging ich zu Fuß zur Schule. Zwar guckten mich unsere Eltern komisch an, als ich ihnen davon erzählte, waren aber damit einverstanden, weil sie diese Entscheidung als Zeichen meiner Selbstständigkeit betrachteten und Sport, neben Kunst und Musik, von ihnen als wichtig erachtet wurde. Ein gesunder Geist in einem gesunden Körper. Dieser Leitsatz stand auch über dem Eingang zur kleinen Turnhalle, die zum Internat gehörte. Dort natürlich auf Latein, wie es sich für ein humanistisches Gymnasium gehörte. *Mens sana in corpore sano.*

Paps kaufte mir eine Stirnlampe, damit ich nicht auf das schwache Licht meines Handys angewiesen war. Farid klärte mich darüber auf, dass es auf einem Abschnitt von etwa dreihundert Metern ein Funkloch gab. Er sorgte sich um mich. Er sorgte sich um jeden von uns.

Luftlinie waren es knapp zwei Kilometer bis zur Schule. Auf der Rückseite unseres Grundstücks führte ein schmaler Pfad direkt in den Wald hinein. Es dauerte ein paar Wochen, bis ich mich an die steilen Anstiege gewöhnt hatte. Ich zog mir den Schal vors Gesicht und versuchte, durch die Nase zu atmen, damit meine Lunge nicht brannte. Auf halber Strecke querte man eine Lichtung mit Jägerhochstand und kam an Reihen mit Baumstümpfen und Hinweistafeln zur Borkenkäferplage vorbei. Die Käfer waren gezeichnet und hatten die Größe eines Kaninchens. Sie sahen wie monsterhafte Wesen aus, die mit ihren Fresswerkzeugen auch vor Menschen nicht haltmachten. Überall gab es Spuren von Rehen, Wildschweinen und Vögeln. Anfangs hatte ich mir vorgestellt, wie ich von einer Wildschweinrotte aus dem Hinterhalt überrascht würde und mich auf einen Baum rettete. Doch das passierte nicht. Um die frühe Uhrzeit und im Dunkeln war ich bisher nur einem Feldhasen begegnet, der mich kurz angeschaut hatte, bevor er ohne große Eile hinter einer Tanne verschwunden war. Im Schein der Stirnlampe kam es mir vor, als würde ich durch einen langen Tunnel in eine andere Dimension wandern. Hügel, eine Brücke und eine Steintreppe mit siebenundneunzig Stufen (die Büßertreppe der Mönche, die hier im Mittelalter mal gelebt hatten), das war von nun an meine morgendliche Strecke. Wenn ich auf der Rückseite der Schlossfeldschule ankam, brannten meine Oberschenkel, aber ich hatte einen klaren Kopf.

Meine Geschwister nahmen weiterhin den Bus. In der Schule angekommen, schloss ich meine Schuhe im Spind ein, wechselte mein T-Shirt und zog Sneakers an, weiße Sneakers, wie vorgeschrieben. Ich setzte mich in den Unterricht und freundete mich mit ein paar Leuten aus der Kunst-AG an. Als Folge der Pandemie waren viele der internen Schüler erst seit den Sommerferien auf dem Internat. Das machte die oberflächliche Kontaktaufnahme leichter.

Yumas Lachen klang unecht, wenn sie in der Cafeteria in der Schlange vor mir stand. Schon bald nach unserer Ankunft war sie in den Pausen von Gleichaltrigen umringt, die nach einer neuen Anführerin gierten und nach einer Verbindung nach draußen. Für die Internen waren solche Verbindungen Gold wert. Vor allem unter der Woche, aber auch an den endlosen Wochenenden, ging es für neunzig Prozent der internierten Schüler um Alibis und »grüne Scheine«, die das Verlassen des überwachten und mit unsinnigen Regeln ausstaffierten Schulgeländes für mehr als die üblichen zwei bis drei Stunden erlaubten. Dazu brauchte man die Einverständniserklärung der Gastfamilie, die man besuchte, die genaue Adresse und das Okay der eigenen Eltern. Es war nicht schwer, all das zu fälschen, und das Geschäft florierte. Auch bei Yuma entdeckte ich einige dieser Scheine, sie konnte die kryptisch aussehende Unterschrift unseres Vaters perfekt fälschen. Mit dieser »Serviceleistung« beschleunigte sie ihren Aufstieg.

Zu Hause, im Kreis der Familie, fing sie damit an, Sachen aus der Vergangenheit hervorzukramen, an die wir uns – wenn überhaupt – nur vage erinnern konnten. Ein Besuch in Disneyland Paris zum Beispiel, vor drei oder vier Jahren. Damals hätten wir nicht bemerkt, wie schlecht es Yuma gegangen war, und sie gegen ihren Willen in »widerliche« Tiershows gezerrt. Oder: Eine Wanderung auf Teneriffa, bei der wir unbedingt in einer Bucht baden wollten, obwohl wir gewusst hätten, wie sehr sie sich vor Fischen und Algen fürchtete, was uns völlig neu war. Eigentlich war Farid immer derjenige gewesen, der maximal bis zur Brusthöhe ins Wasser gegangen war, und auch das nur, wenn es keine hohen Wellen gegeben hatte und er auf den Grund sehen konnte.

Die Liste ihrer Vorwürfe schien endlos. Yuma konnte Szenen und Dialoge detailgetreu wiedergeben, als würde sie den Text irgendwo ablesen. Wenn sie damit anfing, Szenen in wechselnden Rollen nachzuspielen, nahm ihr Gesicht den Ausdruck des jeweils Sprechenden an, als wäre die Vergangenheit ein Theaterstück, das nach jahrelangen Proben endlich zur Aufführung kam.

Immer wieder sah ich Hass in ihren Augen aufblitzen. Hass, nicht nur Wut, als hätten wir ihr etwas angetan, was unverzeihlich war. Ihre dunklen großen Augen schienen um Hilfe zu rufen, während uns ihre Worte mit Wucht trafen. Nicht mal vor Sina, unserem Nesthäkchen, machte sie mit ihren Anschuldigungen halt. Wenn Sina murrte, weil sie keine Lust hatte, den Müll rauszubringen, beschimpfte Yuma sie als verwöhntes Gör, obwohl wir das alle waren, verwöhnt und privilegiert. Nicht nur in materieller Hinsicht. Wir hatten Eltern, die für uns da waren, sich um uns kümmerten und nicht müde wurden, uns von den »Wundern der Welt« zu erzählen und unsere Neugierde auf das Leben anzustacheln.

Unsere Eltern waren fassungslos. Sie schienen genauso wenig zu verstehen, weshalb Yuma sich so plötzlich verändert hatte, wie wir Kinder. Immer häufiger gingen sie zusammen spazieren, um ihre Ratlosigkeit vor uns zu verbergen. Sie begegneten Yuma mit Verständnis, aber ihre Beschwichtigungen prallten von ihr ab oder wurden zum Bumerang.

Ich klammerte mich an die Hoffnung, dass die Veränderung mit dem Unfall und dem unglücklichen Start in St. Engbert zu tun hatte und wieder vorbeigehen würde.

Vielleicht hatten wir Yuma, ohne es zu merken, in die Rolle des stets gut gelaunten Mädchens gedrängt. Vielleicht hatte sie es als ihre Aufgabe gesehen, ein Gegengewicht zu Farid und mir zu bilden. In den letzten Jahren hatte die elterliche Aufmerksamkeit ja vor allem bei uns beiden gelegen. Bei mir, wegen meiner Krankheiten, dem Asthma und den Panikattacken, und bei Farid, weil er in der Schule unbedingt den Clown spielen musste und seine Noten in den Keller gerauscht waren.

Yuma und Sina waren seit jeher pflegeleichter, vielleicht hatten wir ihr einfach keinen Raum gelassen, sich gegen unsere Eltern aufzulehnen. Vielleicht wollte sie aus unserem Schatten heraustreten und gesehen werden.

In den Monaten vor dem Umzug hatte es Ärger mit Farid gegeben, weil er heimlich geraucht und sich bei einem Schulausflug zusammen mit ein paar Freunden die Kante gegeben hatte. Unsere Eltern wussten nicht, dass er hin und wieder auch kiffte. In St. Engbert bewahrte er den Beutel mit seinen Utensilien in einer Blechdose auf, die er in einem Loch unter der Trauerweide vergraben hatte.

Bis zur Ankunft im Schwarzwald waren wir beide, Yuma und ich, beste Freundinnen gewesen. Unzertrennlich. Alle Kinder waren wir beste Freunde, natürlich waren wir das. Wie sollte es auch anders sein, bei unserer gemeinsamen Vorgeschichte, den vielen Umzügen und Neuanfängen. Doch bei uns beiden, bei Yuma und mir, war diese Verbindung von Beginn an am stärksten gewesen. Vielleicht lag es daran, dass wir etwa gleich alt waren. Wir hatten Glück, Trauer, Leid und Schmerz und alles dazwischen in einer Weise geteilt, wie es vielleicht nur Menschen können, die unsicher im Umgang mit anderen Menschen sind und trotzdem ihre Nähe suchen.

Yuma und ich.

METAMORPHOSE

SAMSTAG, 02.03.2024

03:17 UHR *Neuerdings wache ich mitten in der Nacht auf. Zwischen drei und vier. Ich könnte mir Schlaftabletten oder Tropfen geben lassen (fast alles gibt es auch in Tropfenform), aber ich bin nicht depressiv, wenn ich aufwache. Auch nicht verwirrt. Was besser funktioniert, wenn es still und dunkel ist und Fenster zu Spiegeln werden, ist das Schreiben. Ich dachte, das sei ein Klischee, dieses Schreiben, wenn der Rest der Welt schläft.*
Ich habe das Gefühl, dass meine Gedanken klarer sind und sich leichter sortieren lassen. Und darauf kommt es ja an. Auf die Ordnung. Ich darf nur nicht den Fehler machen, mich tagsüber hinzulegen, wenn die Müdigkeit übermächtig wird. Wenn ich das mache und mir keinen Wecker stelle oder den Wecker nicht höre, bin ich komplett neben der Spur, wenn ich aufwache. Und tieftraurig. Traurig darüber, nicht mehr zu wissen, wer ich bin. Wenn es geht, weine ich. Oder werde wütend. Es gibt hier einen Boxsack. Aber nachts ist der Raum verschlossen. Die meisten Räume hier sind nachts verschlossen. Ich träume auf Spanisch. Seit ich mir aus dem Bücherschrank ein spanisches Buch mit dem Namen »En Busca de un Sueño« ausgeliehen habe (das Cover ist scheußlich), in dem es um Musik geht, habe ich das Verlangen, meiner Muttersprache, der Sprache – meiner – Mutter (merkwürdig, wie das klingt, wenn man es langsam, Wort für Wort, ausspricht), näher zu sein. Den Klang zu verinnerlichen. Ich habe sie eingetauscht gegen halb gares British-English und hartes Deutsch. Den Sprachen meiner Adoptiveltern. Als kleines Kind lernt man schnell

und vergisst auch schnell. Auf Tränen folgt ein Lachen, auf Enttäuschung Glück.

Und vielleicht wird man ein anderer Mensch, wenn man die Sprache, in die man hineingeboren wurde, nur noch im Unterricht spricht. Vielleicht sieht man die Welt durch andere Augen.

04:17 UHR Wenn ich in meiner Muttersprache träume, fühle ich mich anders, echter, mehr wie ich selbst. Warum habe ich das nicht schon früher getan? Auch wenn ich mir sicher bin, dass es sich für Einheimische scheußlich anhören muss, mit welchem Akzent ich im Traum rede. Das rollende R klappt selbst im Traum nur manchmal. Ich habe wieder damit begonnen, Träume, an die ich mich nach dem Aufwachen erinnern kann, fortzusetzen. Natürlich nicht die Albträume. Das klappt nicht immer, aber manchmal. Träume sind der Schlüssel zur Wahrheit, habe ich irgendwo gelesen. Vielleicht stimmt das ja. Vielleicht bringen sie das zurück, was mir genommen wurde. Zu weinen versuche ich immer noch, Tränen sind Teil der Therapie. Weinen heißt gesund werden. Aber die Medikamente verhindern, dass der Damm bricht, dass Tränen sich ihren Weg bahnen und den Schmerz aus meinem Körper spülen. Und so weine ich nach innen und vermisse dieses befreiende Gefühl, wenn die Tränen kommen, über mein Kinn rennen und lautlos auf dem Boden zerspringen.

04:18 UHR Wenn ich heimlich durch das Schlüsselloch in Yumas Zimmer spähte, weil ich mir Sorgen machte, hockte sie meist mit dem Rücken zur Tür auf der Matratze und hörte Musik. Stücke von Mozart, Rachmaninow, Couturier und Lechner, manchmal auch minimalistischen Techno und Punk, was ich nur schwer mit ihrem ätherischen Wesen in Verbindung brachte. Wie in Trance fertigte sie dabei schaurig-schöne Kohlezeichnungen vom Hof und der Umgebung an. Mit ruhiger Hand versuchte sie sich an länglichen, mir unbekannten Gesichtern, bei denen eine Hälfte im Schatten lag oder sich auflöste wie die schmelzenden Uhren von Dali. Es war verblüffend, wie konzentriert und ruhig sie sein konnte, wenn sie alleine war. Die Gedanken nur auf eine Tätigkeit gerichtet. So stellte ich mir die Stoiker im antiken Griechenland vor, von denen Paps immer so ehrfürchtig erzählte, wenn er Fremden den Zweck seiner Entspannungssoftware erklärte.

Eins mit sich und ihren Gedanken. Das war Yuma. Eine schlanke Silhouette vor mit Batiktüchern abgehängten Bogenfenstern.

Wenn sie wegen der Theater-AG länger in der Schule blieb, schlich ich mich in ihr Zimmer, nahm die Blätter vorsichtig aus der Zeichenmappe und betrachtete jedes Detail. Immer in der Hoffnung, einen Hinweis auf ihre Veränderung zu finden, einen Anhaltspunkt für ihr Verhalten. Selbst Yumas Cellospiel hörte sich mittlerweile anders an. Anfangs dachte ich, es würde an der hohen Decke und der Akustik liegen, doch das war nicht so. Ich presse ein Ohr gegen die dünne kalte Wand, um die Schwingungen zu spüren. Die Töne hörten sich reifer und reiner an, als wäre das Cello in ihren Händen erwachsen geworden oder die Verbindung stärker. Yuma übte fast täglich aus freien Stücken. Stundenlang. Daran hatte sich nichts geändert. Ihr Strich war entschlossener, als wollte sie all das überschreiben, woran sich der alte dunkelbraune Ahorn-Korpus erinnerte. Von den nummerierten Tagebüchern, die Yuma Notizbücher nannte, ließ ich die Finger. Diesen Vertrauensbruch hätte sie mir nie verziehen.

Morgens blockierte Yuma ewig das Bad. Sie schloss die Tür ab und nahm einen späteren Bus zur Schule, um uns aus dem Weg zu gehen. Polly war irritiert, dass sie draußen bleiben musste, während Yuma sich zu Punkmusik von Paps Frust-Playlist fertig machte. Sie zog sich sexy an, enge Tops, Löcher in den Jeans mit eingenähter Spitze, kombiniert mit edlen Blazern aus dem Kleiderschrank unserer Mutter. Lidschatten in dunklen Metallicfarben verstärkten ihre großen Augen. Violett, Blau, Silber. Das war ihre Kriegsbemalung. Harte Eyeliner-Striche, dazu knalliger Lippenstift und Schattierungen mit dunklem Bronzing-Puder, die ihre Wangenknochen hervorhoben. Dafür bekam sie auf ihrem öffentlichen, vor uns geheim gehaltenen Insta-Profil Likes, Komplimente und anzügliche Kommentare von Pädophilen. Hätte ich das damals mitbekommen, wäre ich eingeschritten. Aber online gab sich Yuma einen anderen Namen und zeigte ihr Gesicht nur unscharf und im Profil. Sie wollte sich aus dem Kokon ihres alten Lebens befreien, so viel stand fest. Sie machte sich ihre Schönheit zunutze, um Mitschülerinnen und Mitschülern, Lehrerinnen und Lehrern, all jenen, die sich vom gängigen Idealbild eines jungen Mädchens den Kopf verdrehen ließen, zu imponieren. Wo sie hinkam, erzeugte ihre Anwesenheit ein Spannungsfeld. Sehnsucht, Verlangen, nur selten war es Neid, den ich in den Augen der Umstehenden aufblitzen sah.

Yuma hatte etwas Sanftes und Reines an sich, das sie dagegen schützte. Und sie war gut darin, sich mit denen zu verbünden, die ihr gefährlich werden konnten. Ihre Waffe war ihre zuvorkommende Art. Sie konnte den Menschen das Gefühl geben, gesehen zu werden. Und in ihrer neuen Clique war Aufmerksamkeit das höchste Gut.

Auf Fremde wirkte Yumas neuer Aufzug nicht wie eine Verkleidung oder ein Filter auf Instagram, der einem eine größere Reichweite garantierte, sondern echt. Als hätte sie nie anders ausgesehen. Ihr feingliedriger Körper, ihr Lächeln und die samtig glänzende dunkle Haut waren mehr wert als Louis Vuitton, Gucci und Chanel zusammen. Metamorphose. Die vollkommene Verwandlung. Dieses Wort geisterte mir durch den Kopf, wenn ich sie morgens perfekt zurechtgemacht und nach Parfum duftend aus dem Bad kommen sah. Nur, dass Yuma nie eine hässliche Raupe gewesen war, sondern immer schon geleuchtet hatte, von innen heraus, in einem sanften Licht, in zarten Pastelltönen, das Gesicht hinter leicht gewellten Haarsträhnen halb verborgen, schüchtern. Doch jetzt wollte sie gesehen werden. Jetzt wollte sie, dass man ihre Makellosigkeit auf den ersten Blick bemerkte und sie dafür bewunderte. Sie ging aufrechter, selbstbewusster, an der Grenze zur Arroganz, verhielt sich wie die abgehobenen, auf Perfektion getrimmten Mädchen, bei denen wir uns früher immer gefragt hatten, aus welcher Internatsserie sie ihr affektiertes Getue kopierten. Yuma wollte dazugehören. Unsere Familie genügte ihr nicht mehr. Das war offensichtlich. Sie nahm sich ein Stück von der Selbstsicherheit und dem Stolz der verwöhnten Mädchen und Jungen, die schon ihre Herkunft als Leistung betrachteten, und setzte noch einen drauf.

INTERVIEW VOM 20.01.2024 VOR ORT

REPORTAGE: EIN DORF SUCHT DIE WAHRHEIT (ARBEITSTITEL)

CAROLIN MARQUART Wie haben Sie Yuma kennengelernt?
PATER WIEGAND Sie hat sich eines Nachmittags einfach in den alten Beichtstuhl gesetzt. Ich war gerade dabei, die Messe vorzubereiten.
CAROLIN MARQUART Das heißt, Sie dürfen mir nicht sagen, was Yuma zu Ihnen gesagt hat?
PATER WIEGAND Nein, so ist das nicht, sie wollte keine Beichte ablegen. Sie wollte nur wissen, wie es sich anfühlt, Buße zu tun. Warum Menschen daran glauben, dass ein anderer Mensch im Auftrag des Herrn sie von der Last der Sünde befreien kann.
CAROLIN MARQUART Hat sie das so gesagt?
PATER WIEGAND Ja, das waren ziemlich genau ihre Worte. Ungewöhnlich für ein junges Mädchen, wie ich finde. Und sie kannte sich gut aus mit der christlichen Liturgie. Sie interessierte sich für die Beichte, war interessiert am genauen Ablauf, früher und heute, und wollte beide Seiten ausprobieren. Später haben wir uns in eine der Bankreihen gesetzt und uns unterhalten. Sie war sehr verzweifelt, weil sie sich von ihrer Familie allein gelassen fühlte und auf der Suche nach einem Gott war, der ihr zuhörte, aber auch Antworten gab, auf das, was in der Welt passierte, über die Dualität von Gut und Böse.

CAROLIN MARQUART   Und was haben Sie zu ihr gesagt?
PATER WIEGAND   Ich habe ihr angeboten, unsere Jugendgruppe zu besuchen, da würde es genau um solche Fragen gehen. Aber sie hat abgewehrt. Sie hat gesagt, dass sie das Gefühl habe, an einen Gott glauben zu wollen, aber eben nicht an eine bestimmte Kirche und schon gar nicht an die Musik und die Texte in den Gesangsbüchern. Das sei ihr alles zu traurig und einschüchternd, und an das Jüngste Gericht und solche Sachen würde sie eh nicht glauben.
CAROLIN MARQUART   Hat Yuma noch mehr über ihre Familie erzählt?
PATER WIEGAND   Nein, das nächste Mal – es muss zwei, drei Wochen später gewesen sein – kam sie an einem Samstagnachmittag zu einer Chorprobe. Mit ihrer kleinen Schwester, Sina, im Schlepptau. Beide konnten sie hervorragend vom Blatt singen. Das gibt es heute nicht mehr oft.
CAROLIN MARQUART   Haben Sie verstanden, weshalb Yuma wenige Monate später nachts mit ihrem Bruder in Ihre Kirche eingebrochen ist, um diese Videos zu machen?
PATER WIEGAND   Nein, um ehrlich zu sein, nein. Das hat keiner aus der Gemeinde verstanden. Vielleicht waren es die Rituale der älteren Gemeindemitglieder, die sie verschreckt haben. Vor allem die der Frauen. Ihr Glaube ist noch sehr mit alten Traditionen verhaftet, mit Schutzpatronen und solchen Dingen. Es war ja zwei Tage nach der Prozession gewesen, dass sie den Altar und das Taufbecken geschändet hat und unseren Herrn Jesu. Davor, bei einem zweiten Vier-Augen-Gespräch, hatte sie gesagt, dass sie den Gott in der Musik spüren würde, diese Kraft außerhalb der sichtbaren Welt. Ich habe ihr gesagt, dass die Musik doch ihre Kirche sein kann und sie gerne auch im Kirchenschiff üben dürfe,

weil ihr die Akustik dort so gefiel. Sie hatte entgegnet, dass ein Gebäude wie eine Kirche, in dem es so düster ist, kein Ort Gottes und keines der Musik sein kann. Sie hat so erwachsen geredet. So weise. Nicht wie ein fünfzehnjähriges Mädchen, sie wirkte viel reifer.

CAROLIN MARQUART Hat sie auch über ihren Bruder gesprochen?

PATER WIEGAND Ja, Yuma hat gesagt, dass er etwas bräuchte, an dem er sich festhalten kann, wenn es ihm wieder mal schlecht gehe. Dasselbe sagte sie über Espe und Sina. Sie schien etwas zu ahnen von dem, was kommen würde. Einmal habe ich sie dabei beobachtet, wie sie nach einer Chorprobe heimlich Geldscheine in den Opferstock getan hat. Es waren Hunderte Euro. Unglaublich viel Geld. Darauf angesprochen hat sie gesagt, dass weder sie noch ihre Eltern dieses Geld bräuchten. Und sie sich wünschte, man würde davon Scheinwerfer kaufen, damit die Farben der Bleiglasscheiben hinter dem Altar auch an trüben Tagen zur Geltung kommen und die Menschen sich beim Beten und Singen wohler und zuversichtlicher fühlten und nicht wie eingesperrt.

DAMENGAMBIT

SONNTAG, 03.03.2024

14:25 UHR   »Vielleicht müssen wir Yuma mehr Zeit geben«, sagte Paps.

Ich zuckte wenig überzeugt mit den Schultern. »Vielleicht.«

Einmal die Woche spielten wir zusammen Schach, manchmal auch Poker, wenn Farid, Mum oder Sina dazukamen. Yuma mochte nur Strategiespiele. Mit Magie, Schriftrollen und fantastischen Wesen, die man zur Strecke bringen musste. Gut und Böse. Schwarz und Weiß. Alles klar gegeneinander abgegrenzt und ohne den Drang, zu gewinnen. Den hatten nur Farid und ich.

»Vielleicht sind es auch die Nachwirkungen der Pandemie«, sagte Paps. »Vielleicht hat ihr die Zeit alleine in ihrem Zimmer mehr abverlangt, als wir gedacht haben.«

»Ich glaube, es ist der Umzug«, sagte ich. »Yuma hat sich das Leben hier draußen anders vorgestellt. Sie mag die Stille nicht.«

»Sobald sie in der Schule Anschluss findet, wird sich das wieder legen.«

Paps setzte seinen Läufer auf das freie Feld neben meinem Turm. Der nächste Fehler in einer Reihe von Fehlern. Das wusste er. Ich schüttelte innerlich den Kopf. Unser Vater war nicht besonders gut darin, seine wahren Absichten zu verbergen. Beim Pokerspielen hatte er sich deshalb angewöhnt, Baseballcap und Sonnenbrille zu tragen und schlechte Witze zu machen.

Er runzelte die Stirn, nahm sein Kinn zwischen Daumen und Zeigefinger und kratzte sich über die hellen Bartstoppeln. »Hat

Yuma eigentlich gesagt, ob sie nach einem neuen Cello-Lehrer suchen will?«

Ich schüttelte kaum merklich den Kopf. »Ich glaub, für Valentin gibt es keinen Ersatz. Zumindest jetzt noch nicht.«

»Verstehe.« Paps schmunzelte. »Wird nicht die letzte Schwärmerei sein.«

Ich tat so, als würde ich überlegen, mit dem Turm zu ziehen. Dann opferte ich einen Bauern. Hoffentlich war mein Täuschungsmanöver nicht zu offensichtlich. Aber ich kannte den Weg der Figuren und damit auch den Ausgang der Partie schon seit etlichen Zügen. Ich wusste, was mein Vater im Schilde führte, was der große übergeordnete Plan war, und gab mir Mühe, so zu reagieren, wie er es erwartete: überrascht. Zurückhaltend überrascht, falls es das gibt.

»Und Sina?«, fragte er. »Sie kommt mir so ruhig vor, seit wir hier sind. Spielt kaum Klavier.«

»Sie hat ein Arschloch in ihrer neuen Klasse, das sie anschwärmt«, sagte ich, obwohl das nur die halbe Wahrheit war. Neuerdings durfte auch Sina Yumas Zimmer nicht mehr betreten, was ihr schwer zu schaffen machte. Schließlich hatte sie nur wegen Yuma mit dem Cellospielen angefangen. »Sina muss lernen, Nein zu sagen«, redete ich bemüht ruhig weiter, »wenn solche Typen das ausnutzen und bei ihr abschreiben wollen. Aber Farid kümmert sich um seine Prinzessin. Keine Sorge.«

»Und du?«, fragte er. »Was ist mit dir?«

Er schaute mir in die Augen. Ich wusste, wie viel Kraft es ihn kostete, den Blick länger als ein, zwei Sekunden zu halten. Aber er wollte ein guter Vater sein. Ein besserer Vater als sein eigener. Deshalb gab er sich Mühe, seine eigenen Schwächen zu überwinden.

»Was soll mit mir sein?«, fragte ich. Ich redete nicht gerne über mich und meine Gefühle. Erst recht nicht mit meinen Eltern. Tat ich es doch mal, kam es mir so vor, als würde ich über eine Fremde sprechen, die man ohne Karte und Kompass in dieses Leben geworfen hatte. Bei der Softwareversion, die wir Kinder kurz vor dem Umzug getestet hatten, war diese schreckliche Unruhe für einige Minuten verschwunden, hatte sich in etwas verwandelt, was mich tiefer atmen ließ und mir einen Moment der Leichtigkeit schenkte. Keine Frage nach dem Sinn, sondern das Wissen, wie all das zusammengehört und wo der eigene Platz in diesem Spiel ist.

Das hatte ich anschließend auch in den Fragebogen eingetragen, den wir Kinder nach jedem richtigen Test ausfüllten. Das war deutlich besser gewesen als neulich vor dem Kamin auf den Spezialmatten, als ich eingeschlafen, in die Dunkelheit gestürzt und Yuma gegangen war.

»Mir geht's gut«, sagte ich und lächelte. »Ich find's hier, am Ende der Welt, besser als gedacht.«

»Dann bin ich ja froh. Vielleicht sollten wir das Haus kaufen und für immer hierbleiben, was meinst du?«

Ich grinste. »Das klingt vernünftig. Soll ich Yuma Bescheid sagen? Das wird sie bestimmt freuen.«

Paps verzog das Gesicht. »Damit warten wir vielleicht noch, bis sie sich wieder beruhigt hat.«

Als der letzte Zug gekommen war, ließ ich ein triumphales Lächeln aufblitzen, als hätte ich erst jetzt erkannt, wie Paps diesen Abend beenden wollte: mit meinem Sieg.

»Schachmatt«, sagte ich und mimte die glückliche Gewinnerin.

Paps kippte den König um. »Danke«, sagte er und reichte mir die Hand. »Du wirst immer besser, meine Kleine. Immer besser.«

Sina schlüpfte abends zu mir ins Bett. Das hatte sie schon länger nicht mehr getan. Sie kam nicht damit klar, dass Yuma sie ignorierte, und zum Einschlafen fehlte ihr Pollys warmer Hundekörper. Hinzu kam, dass es in ihrer neuen Klasse von frühreifen Mädchen nur so wimmelte, die sich jetzt schon wie ihre Mütter anzogen und schminkten. Das machte es Sina schwer, Anschluss zu finden. Sie war noch ein Kind und wehrte sich dagegen, diese Position aufzugeben.

Seit wir in St. Engbert angekommen waren, versuchte sie sich an kryptischen Kurzgeschichten und Gedichten. In den letzten Monaten hatte sie sich von dem Zwang, zu reimen, befreit und häufiger zu den dünnen Lyrikbänden gegriffen, die unsere Mutter in das Regal vor dem Klo im Erdgeschoss gestellt hatte. Vermutlich lag es an den Gemälden von ausgezehrten Landarbeitern, mit denen Mums Vorgänger die Treppenhäuser und den Eingangsbereich vollgehängt hatte, und den vielen unbekannten Geräuschen, die das Haus bei Tag und bei Nacht machte, weshalb Sinas Werke neuerdings von Geistern und Zombies handelten.

»Lies vor«, bat sie mich und hielt mir ein gefaltetes Stück Papier hin. »Bitte.«

Sie umklammerte mich mit beiden Armen und schmiegte sich an meine Brust. Seit einer ihrer Texte im Rahmen eines Schulprojekts in der Zeitung abgedruckt worden war, träumte sie davon, Schriftstellerin zu werden und nicht mehr Ärztin wie unsere Mutter.

Ich spürte, wie ihr Herz schneller ging. Sina war jedes Mal aufgeregt, wenn sie mir etwas Neues zeigte. Nicht in dem Sinne aufgeregt wie ein Kind, das ein Lob erwartete, sondern weil sie, wie sie sagte, selbst nicht so recht verstand, was sie da geschrieben hatte, wo in ihrem Kopf sich diese Gedanken versteckt hatten. Im Moment des Schreibens sei das anders, da würde sie die Bedeutung der Worte verstehen, wissen, wie all das zusammengehörte, doch sobald sie den Stift losließ, fühlte es sich für sie an, als hätte ein anderer den Text geschrieben.

Bevor ich vorlas, nötigte ich Sina dazu, zwei von den Keksen zu essen, die ich in einer Schublade neben dem Bett aufbewahrte. Das war der Deal. Ich wollte nicht, dass sie irgendwo auf dem Weg zur Frau eine Essstörung bekam, weil ihr der Abschied vom Kindsein so schwerfiel und dünne, weich gezeichnete Körper ihren TikTok-Feed fluteten.

»Fertig.« Sina hielt den Kopf in den Lichtschein der Nachttischlampe und öffnete den Mund. »Alles aufgegessen.«

»Gut.« Ich hielt ihr mein Wasserglas hin, sie trank es hastig leer. In ihrem Magen gluckerte es. Ich faltete das Papier auseinander. »Willst du's wirklich nicht selbst vorlesen?«

Sie schüttelte den Kopf. »Nein, bei dir klingt es besser.«

In mir
Deine dunklen Augen
In mir
Die Lügen der anderen
Verloren
Der Ort unserer Wiederkehr
Zyklopen
Versteckt in brennender See

UNTER NULL

SONNTAG, 03.03.2024

21:05 UHR Ich mochte den Winter und die klirrende Kälte mehr, als mir vor unserer Ankunft in St. Engbert bewusst gewesen war. In den Städten, wo wir bisher gewohnt hatten, hatte es nur selten eine unberührte Schneedecke gegeben und wenn, meist nur für Stunden. Wohl deshalb bemerkte ich die entspannende Wirkung, die der Nichtduft frisch gefallenen Schnees und die Nichtfarbe Weiß auf mich hatten, erst jetzt. Sogar mein Atem ging tiefer, wenn ich aus dem Fenster schaute oder die Gegend um unser Grundstück erkundete. Mein Asthma-Spray hatte ich seit Wochen nicht angerührt.

Weiß, reines geruchloses Weiß, *Schnee*weiß, wurde zu meiner Insel. Diese Farbe, die wissenschaftlich betrachtet keine ist, weil sie alle Farben gleichzeitig reflektiert, war ein Geschenk. So hatte ich es anfangs gesehen, als Geschenk. Ich konnte atmen, ohne zu denken. Atmen, ohne von irgendeiner Duftspur aus der Wirklichkeit gerissen zu werden. Verstärkt wurde dieses befreiende Gefühl im Schnee durch die natürliche, nicht absolute Stille. Das leise Säuseln des Windes. Das Knacken der Tannen und Fichten unter der schweren Last des Schnees. Das Geräusch mikroskopisch kleiner Eiskristalle, deren Verästelungen unter meinen Füßen barsten, wenn ich frische Spuren in den Schnee trat. Eine Ruhe breitete sich in mir aus, die ich bisher nur vom Joggen kannte, wenn ich mich völlig verausgabt hatte.

Die Stadt fehlte mir nicht. Die Menschen fehlten mir nicht. Nicht der Lärm, nicht das Durcheinander an Stimmen und Gerüchen und die Möglichkeit, an jeder Ecke etwas zu kaufen, ins Theater, ins Kino und auf Partys zu gehen. Dabei hatte ich immer gedacht, diese Unruhe und die Menschen zu brauchen, um mich lebendig zu fühlen, dass das zum Jungsein dazugehörte, um sich selber zu spüren und glücklich zu werden. Richtig glücklich.

Sobald ich im Freien war, die kalte Luft meine Lungen füllte, breitete sich in meinem Kopf eine ungewohnte, aber angenehme Leere aus. Eine Leere, die mich nur auf meine Sinne vertrauen ließ – nur darauf – und auf den Augenblick. Nicht auf Gefühle, die trügerisch und fordernd sein können und unscharfe Ergebnisse liefern, sobald man versucht, hinter ihren Ursprung zu kommen. Für Minuten, manchmal auch länger, hatte ich so etwas wie ein Stufe-I-Bewusstsein. So hätte meine Mutter fachlich korrekt dazu sagen können, als ich ihr zum ersten Mal (beinahe euphorisch) von diesem Gefühl erzählt hatte. Glücklich darüber, diesen besonderen Ort gefunden zu haben. Meine Mutter spielte die Sache herunter, erklärte meinen Zustand mit der reizarmen Umgebung, der frischen Luft und der beißenden Kälte. Das alles zusammen (und meine Weigerung, eine Mütze zu tragen und mir Fettcreme ins Gesicht zu schmieren) würde meine Gedanken herunterdimmen und den Stoffwechsel verringern, sobald ich im Freien war, und mir diesen neuen »Raum« öffnen.

»Raum«, so nannte sie die allumfassende Leere fortan, weil sich das positiver anhörte als »Leere« oder »Vakuum«, wie Farid bewundernd dazu sagte. Auch er kannte dieses Gefühl, das meiner Vorstellung von Glück am nächsten kommt. An besonders guten Tagen fand er es beim Tanzen, seiner großen Leidenschaft, nannte es »Schweben« und sehnte sich danach, das kurzzeitige High wieder und wieder zu spüren. In den Monaten vor dem Umzug nach St. Engbert hatte er – wenn überhaupt – nur noch mit halber Kraft trainiert. Die Absage der John-Cranko-Schule, einer renommierten, wohl eher *berühmten* Tanzakademie, keine zwei Autostunden von unserem neuen Zuhause entfernt, hatte ihn hart getroffen. Viel zu hart für einen sensiblen Jungen, der sich tagtäglich bis zur Erschöpfung geschunden hatte, nur um an dieser einen Schule aufgenommen zu werden. Genauso gut hätten sie ihm ein Messer in die Brust rammen können. In den ersten Wochen nach der Absage war Farid kaum ansprechbar gewesen. Er hatte mit dem Gedanken gespielt, ganz mit dem Ballett aufzuhören, sich mit Süßigkeiten und Chips vollgestopft, die Nächte durch (heimlich, wie er dachte) *Call of Duty* auf Mums Laptop gespielt oder sich zusammen mit uns weinend Tanzfilme angeschaut.

Mit dem Tanzen wollte er, *musste* er weitermachen.

Das war seine Bestimmung, sagte ich.

Das war seine Religion, sagte Yuma.

Das war seine große Liebe, sagte Sina.

Farid fiel es schwer, wieder richtig mit dem Training anzufangen und zu dem durchgetakteten Tagesplan zurückzukehren, der in den letzten Jahren sein Leben bestimmt hatte. Tanzschulen, die seinem Niveau gerecht wurden, gab es nur wenige, verteilt über den ganzen Globus. Berlin, Paris, Amsterdam, London, New York und einige Metropolen Asiens, an diesen Orten könnte er sich noch bewerben, sagte Paps. Dort würden die Balletttänzer von morgen geboren. Aber Farid haderte mit der Vorstellung, mehr als drei Stunden von uns entfernt zu sein. Das war der Radius, den er sich und uns zutraute. Er war unsicher, ob er alleine zurechtkommen würde und es ihm genügte, uns nur alle paar Monate zu sehen. Er brauchte uns, seine Familie, und wir brauchten ihn. Das stand außer Frage.

Die Absage der Akademie hatte ihn vor allem deshalb so schwer getroffen, weil es nicht sein tänzerisches Talent war, weshalb sie ihn aussortiert hatten. Darauf hatte die Jury in dem einseitigen Brief explizit hingewiesen. Die Gründe waren medizinischer Natur. Das Gremium war sich nicht sicher, ob sein im Wachstum befindlicher Körper, die Sehnen, Bänder und Knochen, der Dauerbelastung gewachsen waren. Als wäre irgendein Kinderkörper dafür gemacht, tagtäglich überdehnt und bis zur Erschöpfung malträtiert zu werden. Feige, wie Erwachsene sein können, bezogen sie sich auf das Gutachten eines Vertrauensarztes, der Farid vor der finalen Entscheidung durchgecheckt hatte. Sie hatten nicht mal angerufen, nicht mal das! Die schlecht verheilten Narben an den Waden und die verkürzte Achillessehne links hätten sie dazu »gezwungen«, den Daumen zu senken, weil es durch die dauerhafte Beanspruchung zu »medizinischen Komplikationen« kommen könne. So nannten sie das: »Komplikationen«. Eine Kopie des Arztbefunds lag dem Brief bei. Damit hatte es Farid schwarz auf weiß, ein »Krüppel« zu sein, wie er es nannte. Der Brief, diese Mischung aus Lob für sein Talent und scheinbar sachlicher Begründung für die Absage, klang nach mehrmaligem Lesen wie der versteckte Rat, sich für den großen Traum unters Messer zu legen, um die Spuren der Vergangenheit zu tilgen, um der perfekte Rohling für ihre Talente-Folterkammer zu werden. Und tatsächlich gab es in den USA die Möglichkeit, das Narbengewebe mit Laserskalpell und Haut aus dem Reagenzglas zu behandeln, wie Sina recherchierte, und das Gewebe dadurch wieder dehnbarer zu machen. Doch es war nicht sicher, ob sich diese Methode auch für Heranwachsende eignete, die so schnell wie möglich wieder mit Leistungssport beginnen wollten. Für Farid waren die aufwendigen Operationen aber ohnehin keine echte Option. Er betrachtete seine Narben als Zeichen seiner Stärke und nicht als Makel. Er wollte diese Verbindung zu seinem ersten Leben nicht ausradieren. Zweimal war er dem Tod entkommen. Zweimal hatte er überlebt. Das durfte jeder sehen.

Im letzten Absatz wünschte ihm das Gremium viel Erfolg für seine tänzerische Laufbahn und betonte, dass sie diese Entscheidung schweren Herzens und nur für ihr Haus getroffen hätten und die Risikolage von anderen Häusern eventuell anders bewertet würde. Zur Wiedergutmachung legten sie zwei Freikarten für die Staatsoper bei. Farid ließ sie vor meinen Augen in Flammen aufgehen und pinkelte auf die Asche.

So wenig Fingerspitzengefühl, wenn es darum ging, meinem geliebten Bruder seinen größten Traum zu zerstören. Besser wäre eine Lüge gewesen, damit hätten sie weniger Schaden angerichtet. Bis dahin hatte er seinen sehnig-muskulösen Körper geliebt, ihn gepflegt, seine geschundenen Füße geknetet und mit Salben eingerieben. Sich zufrieden im Spiegel angeschaut, ohne nach Makeln zu suchen. Der Brief hatte Farid seine Herkunft und sein Anderssein vor Augen geführt und ihn in eine schwere Krise gestürzt. Wir hatten uns alle den Kopf darüber zerbrochen, wie wir ihn wieder aus diesem Tief holen konnten, wie lange es wohl dauern würde, bis er sich wieder fing und mit dem Tanzen weitermachte. Auch Yuma, die Yuma, die jetzt selbst kaum noch aus ihrer Höhle kam, hatte sich Sorgen um ihren kleinen Bruder gemacht, ihn stundenlang getröstet und ihm Stücke auf dem Cello vorgespielt. Dass der Umzug in den Schwarzwald sich auf Farids Stimmung positiv auswirken könnte, hatte keiner von uns zu hoffen gewagt. Doch mit der Ankunft in St. Engbert schien es ihm von Tag zu Tag besser zu gehen, obwohl es dafür, zumindest anfänglich, keinen Grund gab. Farid lachte wieder häufiger, kasperte beim Frühstück herum, setzte sich an das verstimmte Klavier im Wohnzimmer und experimentierte mit dem Klang seiner neuen, tieferen Stimme, die zwischen Brüchen und Kicksern heiser durchschimmerte und noch nach einem Platz in seinem dünnen Knabenkörper suchte.

Trotzdem kam Mum nicht zur Ruhe. Jetzt konnte sie sich allein auf Yumas Veränderung konzentrieren, sich den Kopf darüber zerbrechen, was in meiner Schwester vor sich ging, womit sie sich quälte. Unsere Mutter dachte, es würde zu ihren Pflichten gehören, uns Kinder, so gut es ging, vor negativen Einflüssen zu schützen. Sie war keine Helikoptermutter im klassischen Sinne. Sie ließ uns die Finger auch mal an der Herdplatte verbrennen, wenn sie das für den besten Weg hielt, damit wir eine Lektion lernten. Sie traute uns alles zu, was wir uns in den Kopf setzten, unterstützte uns, wo es ging. Verbrachten wir jedoch zu viel Zeit mit Grübeln oder wurden auf irgendeine Weise enttäuscht, dann wurde sie unruhig, beriet sich mit Paps und setzte alles daran, dass wir wieder auf die Beine kamen. Ich glaube, sie war der Ansicht, dass Adoptiertsein als Bürde für unser restliches Leben genügte.

Wegen der vielen Extraschichten, die sie während der Pandemie im Krankenhaus hatte machen müssen, um auf der Intensivstation Menschenleben zu retten, war sie jetzt umso mehr darum bemüht, wieder die fürsorgliche, verständnisvolle Mutter zu sein, die rund um die Uhr für uns da war. Yumas unerwartete Weigerung, in St. Engbert anzukommen, und der enge Zeitplan bis zur Neueröffnung der Praxis erhöhten den Schwierigkeitsgrad und laugten sie aus. Zwar unterstützte Paps sie nach Kräften (auch was Yuma anging), hatte aber mit der Einrichtung von »Frankensteins Labor«, wie Sina seine beiden Etagen im linken Flügel des Haupthauses getauft hatte (sie war in Yumas Hörbuch-Playlist auf Mary Shelleys Gruselroman gestoßen), alle Hände voll zu tun. Damit seine Geschäftspartner nach den Fehlschlägen der letzten Monate nicht die Geduld verloren, musste er so schnell wie möglich mit der Testphase für die neue Version seiner Software beginnen. Im Seitentrakt brannte Tag und Nacht das Licht, und spät am Abend parkte der Lieferservice seines Lieblingsinders vor dem Hof, damit wir nicht vom Motorenlärm aus dem Schlaf gerissen wurden.

NICHTS ALS DIE WAHRHEIT

MONTAG, 04.03.2024

01:17 UHR *Ich schreibe einen Brief an meine Eltern, den ich vermutlich nicht abschicken werde. Ich schreibe ihn zuerst als rohe Skizze in mein Notizbuch und später vielleicht auf Briefpapier. Briefpapier heißt, dass es wichtig ist, von Bedeutung.*
Ich will ihnen sagen, wie es mir geht. Ich will ihnen erklären, weshalb ich nicht mit ihnen reden kann. Ich will ihnen aber auch sagen, dass ich sie immer noch liebe. Das weiß ich.
Auch wenn sich das Bild von ihnen in meinem Kopf verändert hat. Auch wenn ich vieles von dem, was in den letzten Jahren passiert ist, jetzt mit anderen Augen sehe. Szenen, die mein Gehirn ungefragt wieder und wieder abfeuert, bekommen eine andere Bedeutung. Alles sieht anders aus und fühlt sich anders an, wenn man die Wahrheit kennt.

»Vielleicht kannst du Yuma mal dorthin mitnehmen, zu diesem ›magischen Ort‹ im Schnee«, sagte Mum eines Abends bei einem Glas Rotwein. Sie saß in der Küche und versuchte sich an der Formulierung einer neuen Stellenanzeige für den Job der Arzthelferin. Sogar auf Instagram und TikTok wollte sie jetzt Werbung schalten, obwohl sie genau wie Paps Social Media für den Niedergang der Menschheit hielt.

Ich setzte mich zu ihr. Ich mochte das Knistern der Holzscheite und die Wärme, die der alte Kachelofen abstrahlte. Wir alle mochten den Raum mit dem auf Antik getrimmten Gasherd, den Pfannen, Töpfen und Schöpfkellen an der Wand. Es fühlte sich jedes Mal wie eine kleine Zeitreise an. Die Eckbank, der alte wurmstichige Holztisch und die blauweißen Fliesen mit den nostalgischen Szenen vom Landleben. Gemütlicher ging es kaum.

Unsere Mutter hatte es sich nicht so schwer vorgestellt, geeignetes Personal für ihre Praxis zu finden, zumal sie ein überdurchschnittliches Gehalt in Aussicht stellte und einen Dienstwagen. Die bisherigen Bewerberinnen seien alle zu unerfahren und zu jung, beklagte sie sich, dafür aber äußerst selbstbewusst in ihrem Anspruchsdenken.

Resigniert schenkte sie sich von dem Wein nach. Im nächsten Schritt würde sie mit Bonuszahlungen und einer kostenlosen Wohnung werben. Im ehemaligen Gesindehaus könne man es sich mit ein bisschen Arbeit richtig schön machen.

Sie klappte den Laptop zu, gähnte und strich unentschlossen mit dem Zeigefinger über den Rand des Glases. Dann stand sie auf und schüttete den restlichen Wein in den Ausguss. Sie erlaubte sich nur selten, vor uns Schwäche zu zeigen.

»Ein bisschen Bewegung wäre sicher gut für Yuma«, sagte sie gedankenverloren, nachdem sie ein Glas Leitungswasser getrunken hatte. »Sie hockt nur noch in ihrem Zimmer und grübelt. Das tut ihr nicht gut. Zu viel Grübeln tut keinem gut. Man verliert den Blick für das Außen, für die Wirklichkeit. Und das macht einen mürbe.«

Unsere Mutter wusste, wovon sie sprach. Auf dem Gebiet der Wahrnehmung war sie eine ausgewiesene Expertin. In der ersten von zwei Doktorarbeiten hat sie sich mit der Evolution des Denkens und der Entwicklung des menschlichen Gehirns beschäftigt. Sie wollte wissen, wie der Mensch zu dem wurde, der er ist, wo die Grenzen des Bewusstseins liegen, ob und wie sich diese Grenzen durch gezieltes Training erweitern lassen. Dazu hatte sie auch Tierversuche durchgeführt. Unter anderem mit Echsen und Ratten, Zebrafischen und Mäusen. Anscheinend auch mit Affen, doch dazu konnte ich keine Belege finden.

Mit Ende zwanzig hat sie zusätzlich (aus purer Neugier, wie sie in mehreren Interviews sagte) Biologie und Humanmedizin studiert und ihren Facharzt gemacht. Im Gegensatz zu mir fiel ihr das Auswendiglernen leicht. Und das dauerhafte Behalten. Sie musste sich nicht mal besonders anstrengen. Sie konnte aus Filmen zitieren, erinnerte sich an Bücher, die sie vor Jahren gelesen hatte, bis ins Detail. Ein kurzes Zögern, ein Schürzen ihrer Lippen, und die Information lag abrufbereit in ihrem Sprachzentrum.

»Das Urgehirn eines Reptils hat vor allem die Aufgabe, den Fortbestand der eigenen Spezies zu sichern, und ist deshalb mit einer geringen Anzahl Rückkopplungsschleifen ausgestattet«, heißt es einleitend in ihrer ersten Doktorarbeit. Das würde die Entscheidungsfindung vereinfachen und beschleunigen. Dreißig Dollar, und man konnte sich ihre Dissertation in zwölf Sprachen, mit Anmerkungen, Zusammenfassungen, Interpretationen und Verweisen zu aktuellen Studien herunterladen. Das war es mir wert, um mehr über ihre Arbeit zu erfahren.

Wie beim Reden benutzte unsere Mutter auch in wissenschaftlichen Abhandlungen eine einfache klare Sprache. Sie mochte Menschen nicht, die sich hinter komplizierten Formulierungen, Schachtelsätzen und Fachbegriffen versteckten. Uns Kindern hatte sie beigebracht, Sprache als Brücke zu sehen, nicht als Turm, von dem aus man auf Menschen herabschaut, die nicht über dasselbe Vorwissen und Vokabular verfügen oder in einer anderen Muttersprache zu Hause waren. Trotzdem war es ihr wichtig, dass wir uns in Englisch und Deutsch präzise ausdrücken konnten, wobei sie der deutschen Sprache den Vorzug gab.

»Dafür bewundere ich diese Sprache«, sagte sie, die Tochter eines Diplomaten und einer Ärztin, die ihre Kindheit in den USA, England, Indien, Sansibar (dort auf dem britischen Internat, auf dem auch Freddy Mercury gewesen war) und Deutschland verbracht hatte, in einem Radio-Interview. »Dass es für fast alles ein eigenes Wort gibt.«

Ein Reptil bewegt sich, geleitet von Instinkten und genetischer Programmierung, durch eine überschaubare kleine Welt. Sieht diesen Mikrokosmos, wie er ist, nicht, wie es ihn gerne hätte. Nur die Gegenwart, und auch die ohne emotionalen Überbau. Ohne das Verlangen, dem eigenen Lebensraum mehr zu entreißen, als es zur Sicherung der eigenen Existenz und der seiner Nachkommenschaft braucht. Kein Blick in den Spiegel, um das Außen mit dem Innen zu verknüpfen. Kein Bewusstwerden der eigenen Identität. Keine Frage nach dem Ich. Weder Zukunft noch Vergangenheit im Sinn. Nur das Jetzt und Hier. Nur der Augenblick.

In manchen Stunden im Schnee war ich dieses Reptil.

Das Urgehirn stellt Fragen, die es automatisch beantworten kann. Es muss effizient arbeiten. Nur dadurch kann es seine Überlebenschancen erhöhen. Kurze Entscheidungswege, ein simples neuronales Netzwerk und ein begrenztes Bewusstsein sind dafür die Voraussetzungen. Blitzschnell muss es Gefahren erkennen und abwägen. Flucht oder Kampf. Darauf ist es im Ernstfall programmiert. Sprache, Planung und abstraktes Denken sind ihm fremd.

So schrieb es meine Mutter zusammengefasst im Jahr 1998 in einem Artikel für das *New England Journey of Medical*. Damals war sie erst fünfundzwanzig gewesen und hatte schon mehrere Abschlüsse in der Tasche. Wir, die Adoptierten, würden auf keinem Gebiet jemals so viel wissen wie unsere beiden Eltern. Da war ich mir sicher. Neben ihren Überflieger-Genen fehlte uns die Bereitschaft, mehr als nötig für die Schule zu tun, sich fremdes Wissen anzueignen, es zielgenau auszuspucken, nur, um dafür mit guten Noten und gesellschaftlicher Anerkennung belohnt zu werden. Nur Sina würde vielleicht eines Tages, wenn sie all das verarbeitet hatte, was nach der Verhaftung unserer Eltern über uns hereingebrochen war, in ihre Fußstapfen treten. Sie hatte nicht nur ihre Gene abbekommen, sondern auch den Ehrgeiz und das Durchhaltevermögen, das es braucht, um als Wissenschaftlerin Karriere zu machen. Sie musste nur wieder lernen zu vertrauen. Sich selbst und anderen.

Auch uns Adoptierten wurde eine überdurchschnittliche Intelligenz bescheinigt. Ging es jedoch darum, Fakten über einen längeren Zeitraum zu behalten, waren wir nur Mittelmaß oder schlechter. So steht es in zwei von drei psychologischen Gutachten, die aufgrund der vielen Gerüchte, die es zur Firma unseres Vaters, seinen früheren Forschungsprojekten und der unserer Mutter gab, vom Gericht in Auftrag gegeben wurden.

MONA LISAS LÄCHELN

DIENSTAG, 05.03.2024

01:40 UHR *Ich habe gestern Post bekommen. Ein Paket von Farid, meinem geliebten kleinen Bruder. Schokolade und eine Schneekugel mit Tannenbäumen, bei der die Farbe des Lichts wechselt. Bunte Schneeflocken, die glitzernd auf den Boden sinken.*
Er hat mir auch die Tonscherbe mit der Tänzerin geschickt. Wenn er das tut, macht er sich große Sorgen. Die Scherbe ist eine Leihgabe, kein Geschenk, steht auf dem beigefügten gelben Zettel. Sie soll so lange mein Talisman sein, wie ich hier drin bin.
Farid hat eine neue Handynummer. Aber er schreibt, dass er nicht erwartet, dass ich ihn anrufe oder ihm texte. Er ist so erwachsen. Die letzten Monate haben ihn so erwachsen gemacht. Ich bin stolz auf ihn. Auch, dass er unseren Eltern verzeihen kann.

Für Farid, Yuma und mich hatte ich eine eigene Theorie, weshalb Teile unseres Langzeitgedächtnisses schlechter funktionierten als bei ähnlich intelligenten Menschen. Früher, als ich die Wahrheit noch nicht kannte. Ich glaubte, Gehirne von Adoptivkindern müssten zwei Leben leben. Das erste Leben ist das greifbare Jetzt und Hier, mit beiden Füßen auf dem Boden, die sogenannte Realität. Das zweite Leben, das parallel dazu abläuft, beginnt mit der Trennung von der leiblichen Mutter. Es ist immer da und buhlt um Aufmerksamkeit. In Träumen werden daraus Filme, mit wirrer Handlung, mit Fremden und Vertrauten. Verzweifelt suchte ich in diesen Filmen nach einem Spiegel oder einer Scheibe, in der ich mich betrachten konnte. Doch die gab es nicht. Ich sah bunte Gebäude, staubige Straßenzüge, über allem lag der Geruch von scharfem Essen. Die Verbindung zwischen Ursache und Wirkung, die gesamte Logik, war außer Kraft gesetzt. Szenen bei Tag und bei Nacht. Gefühle von Euphorie bis hin zu tiefer Traurigkeit, die auf der ganzen Skala des Menschseins in irrsinniger Geschwindigkeit rauf und runter spielten. Tiere, Hunde, ja, immer waren es Hunde, die an irgendeiner Stelle auftauchten. Abgemagerte Hunde, denen ich begegnete, auf der Suche nach Essen und Wasser in sengender Hitze. In diesen Träumen, die Augen geschlossen, die Augäpfel im flackernden Hin und Her des REM-Schlafs, spürte ich mehr als im wahren Leben. So kam es mir vor. Nach dem Aufstehen war ich eine andere. Ein Mensch, das immer noch, aber weniger verbunden mit der Welt und mir selbst, weniger entschlossen und weniger mutig. Und wenn ich dann in den Spiegel schaute, erkannte ich mich nicht. Wusste nicht, wer ich war. Für Minuten lebte ich in diesem Dazwischen, war eine seelenlose Gestalt, eine Zeichnung auf Papier, die man ohne Aufgabe, ohne Geschichte, zurückgelassen hatte. Doch je länger ich den Blick mit der »Fremden« hielt, je länger ich dieses Ich im Spiegel betrachtete, mit meinen Augen in die Augen dieses leblosen Gesichts eintrat, das meinem Selbst die äußere Form gab, entdeckte ich ein Dahinter. Und dieses Dahinter ließ mich nach Luft schnappen, als sei ich zu lange unter Wasser gewesen. Es ließ mich atmen, an der Oberfläche, über Schichten aus blauem Eis. Die Verbindung zwischen Traum und Wirklichkeit, zwischen beiden Welten und beiden Leben, die wir Adoptierten führen, ist die Frage, wer man in den Armen der leiblichen Mutter geworden wäre. Welche Eigenschaften verbinden das Hier mit dem Dort, das Jetzt mit dem Früher? An manchen Tagen und im wachen Zustand stellte ich mir vor, wie mein anderes Ich den Himmel gesehen hätte, wie die Luft gerochen, wie das Essen geschmeckt hätte. Ich suchte nach dem Klang meiner Stimme in der anderen, der *Mutter*sprache. Spanisch. Aber diese Sprache war nicht die Sprache, in der ich träumte – damals nicht –, weil wir sie zu Hause nie gesprochen haben.

Ich achtete auf meinen Gang, meine Gestik und Mimik und fragte mich, was davon in beide Leben gehörte, wo die Schnittmenge lag.

Yuma nannte dieses zweite Leben Schatten.

Farid nannte es Ahnung.

Ich nannte es Nebenstraße oder Fluss. Ein unbegradigter Fluss, der sich entlang einer verlassenen Straße dem Horizont entgegenschlängelt. Alle drei haben wir keine Fotos von den Frauen, die uns geboren haben, aber eine Vorstellung. Das lässt sich nicht vermeiden. Ein Bildnis, das uns ähnelt, sich mit den Jahren verändert, wie auch wir uns verändern. Unsere Mutter ist eine Mona Lisa, ein unvollendetes Porträt, vielleicht von uns selbst. Ein Rätsel, das vergeblich darauf wartet, gelöst zu werden.

Je weniger man über seine Herkunft weiß, desto größer wird das Verlangen, sich diese zweite Biografie neben dem echten Leben vorzustellen. Seinen Weg nachzuzeichnen, wie er auch hätte verlaufen können. Man rafft alles zusammen, was man über den Anfang des Lebens weiß, studiert Landkarten und Reiseführer, schaut Dokumentationen und Filme, um seinem anderen Ich in dieser Parallelwelt zu begegnen, und plant, eines Tages dorthin zu reisen, dorthin, wo alles begonnen hat, und den Spuren der biologischen Mutter zu folgen. Auch wenn man seine Adoptiveltern damit verletzt, mit dieser Sehnsucht nach den eigenen Wurzeln. Auch wenn man spürt, dass sie Angst haben vor dem, was diese Suche mit einem macht. Aber man hat keine Wahl, das Verlangen, seine Herkunft zu kennen, ist stärker.

Yuma würde sagen, dass dieser Teil des Lebens vorbestimmt

ist. Dass sich dieses Verlangen nicht wegdrücken lässt wie einen schlechten Gedanken. Man *muss* sich selbst auf dieser anderen Seite begegnen, auch wenn es dort vielleicht keine befriedigenden Antworten gibt. Man will es wenigstens versucht haben. Doch bevor es so weit ist, bevor man alt genug ist, um die Reise in die Vergangenheit alleine oder (wie Yuma und ich uns heimlich in der Grundschule geschworen haben) gemeinsam anzutreten, muss man sich mit dem begnügen, was einem der Kopf an Geschichten zusammendichtet. Zwar sagt einem der Verstand, dass es nicht gut ist, zu viel Zeit mit Vermutungen zu verbringen, aber das ist keine freie Entscheidung, das hat man nicht in der Hand. Es passiert einfach. Nicht nur in dunklen, in einsamen Momenten, wo man sich selbst fremd ist und der Boden unter den Füßen zu Treibsand wird, sondern vor allem in glücklichen Momenten. Dann möchte man dieses Glück mit der leiblichen Mutter teilen oder ihr mit trotziger Stimme sagen, dass es ein Fehler war, einen weggegeben zu haben. Man will zur selben Zeit hassen und lieben. Verzeihen und anklagen. Und doch immer – und dieses Gefühl überwiegt – die Nähe dieser einen Mutter spüren. Die Nähe der Frau, in deren Bauch man gewachsen war, die einen unter Schmerzen geboren und die Nabelschnur für immer durchtrennt hat. Obwohl der Platz der richtigen Mutter unwiederbringlich und bis in alle Ewigkeit an den Menschen vergeben ist, der einen gerettet und in Liebe großgezogen hat.

Bei mir war es nur selten der leibliche Vater, dem ich in Träumen begegnete. Wahrscheinlich sind Väter für die meisten Waisenkinder nur Nebenfiguren. Bei Farid und Yuma war das jedenfalls auch so. Farid sehnte sich eigentlich nie nach diesem unbekannten Vater, hatte kein Bild, keine Vorstellung in seinem Kopf. Wenn er tanzte, seine Muskeln und Sehnen zum Bersten gespannt, sein muskulöser Körper eine Einheit mit der Musik, dann tanzte er für seine Mutter, *nur* für seine Mutter. Sie war das dritte Auge, das über ihm schwebte, immer bei ihm war und ihn an unsichtbarer Hand durch dieses Leben führte. Er liebte sie. Gab ihr nachvollziehbare Gründe, ihn in den Armen einer fremden Frau übers Meer geschickt zu haben. Nie war er wütend, nie machte er ihr Vorwürfe, ihn alleine auf diese gefährliche Reise geschickt zu haben. Nie zweifelte er an ihren guten Absichten. Sie wollte ein besseres Leben für ihn haben, das stand für ihn fest. Nun war es seine Aufgabe, diese Chance zu nutzen und sie stolz zu machen. Seine Mutter war dieses abgebrochene Stück Ton, das er immer bei sich trug, die Scherbe mit der Tänzerin. Seine Mutter war die Verbindung seiner Seele in dieses andere Leben. Sie war mehr als eine Ahnung. Sie war seine Göttin. Und darum beneidete ich ihn an manchen Tagen. Dass er das gefunden hatte, wonach Yuma und ich uns sehnten: eine eigene Wahrheit, eine Art Schöpfungsgeschichte, die einem Kraft und Hoffnung schenkt, wenn einem alles sinnlos erscheint.

MAKELLOS

MITTWOCH, 06.03.2024

03:19 UHR   »Yuma will eine neue Rolle ausprobieren«, kommentierte Paps ihre optische Veränderung.
»Sie möchte was mit einem Jungen anfangen«, sagte Sina neugierig.
»Sie kommt in die anstrengende Phase der Pubertät«, sagte Mum, wenn wir uns darüber beschwerten, dass Yuma das Bad ewig in Beschlag nahm und so lange duschte, bis kein warmes Wasser mehr im Boiler war.
Meine Vermutung ging in eine andere Richtung. Ich hatte das Gefühl, dass Yuma ihre Schönheit dazu nutzen wollte, um dem »Makel« (sie hatte es ein paarmal so genannt) des Adoptiertseins etwas entgegenzustellen, für das sie bewundert wurde. Sie war es leid, anders angesehen und behandelt zu werden, nur weil sie ihre leiblichen Eltern nicht kannte. Und das passierte eigentlich immer, sobald die Leute über unsere Herkunft Bescheid wussten. In Farids Fall redeten Erwachsene auch gerne von einer Tragödie.

Bootsflüchtling. Das Schiff überfüllt und wenige Seemeilen vor dem Ufer gekentert.
Überlebt.
Nein, nicht Syrien oder Marokko mit Ziel Europa, sondern Kuba mit Ziel USA.
[Verwunderung]
Dann eingesperrt und beim Feuer in einem Aufnahmezentrum beinahe gestorben.

Die erste Reaktion waren geweitete Augen. Ein Anflug von Entsetzen, gefolgt von einer unangenehmen Pause. Dann ein unsicheres Lächeln, weil die Leute nicht wussten, wie viel Mitgefühl angebracht war, schließlich gab es drei von uns. Drei Geschichten von Armut, Verlassenwerden, Glück und Neubeginn.

Der unausgesprochene Gedanke, ob es sinnvoll war, jede Rettung, jeden beschwerlichen Weg in dieses zweite Leben einzeln zu würdigen. Eine Berührung. Oft wurde die entstandene Pause durch eine unbeholfene Berührung gefüllt. Eine fremde Hand, die auf dem Unterarm oder der Schulter landete, um die Betroffenheit komplett zu machen. Dann ein Stirnrunzeln und noch eine Pause. Unsicherheit, ob Mitleid überhaupt die richtige Reaktion war oder Glückwünsche passender wären. Schließlich hatte sich für uns alles zum Guten gewendet. Europa. Eltern. Geld. Privatschule. Das war der Jackpot, aber es blieb ein Makel, ein unsichtbares Zeichen des Andersseins. Ein Unterscheidungsmerkmal zu anderen Kindern, zu Sina, unserer eigenen Schwester, die das Gefühl, Gast und Gerettete, entwurzeltes Geschöpf in einer fremden Welt zu sein, nicht kannte. Die nicht wusste, was es bedeutete, immer wieder daran erinnert zu werden, dieses Leben im Überfluss einem Zufall zu verdanken. Dieses Gefühl kann nur nachempfinden, wem dieser Neubeginn in die Biografie geschrieben wird. Keine Schriftstellerin und kein Schriftsteller, seien sie noch so empathisch, kann dieses Dazwischen in Worte fassen, ohne sich dabei der eigenen Unzulänglichkeit bewusst zu werden. Auch ich kann nur für mich selbst sprechen, sagen, wie es mir damit geht, zwei Leben in mir zu tragen und immer wieder daran erinnert zu werden. Ich glaube, dieses Erinnertwerden war es, das Yuma auf die Nerven ging. Sie wollte ausprobieren, wie es sich anfühlte, in erster Linie als schöner Mensch wahrgenommen zu werden, als *eigenständiger* Mensch, und nicht als Adoptivkind gut situierter, gebildeter Eltern.

Wenn sie bei einem Vorspielen (sie mochte es, vor Publikum aufzutreten) mit ernstem Blick am Cello oder Klavier saß und für Minuten eins wurde mit der Musik, bekam sie tosenden Applaus. Der Blick der Anwesenden schwenkte von Yuma zu unseren Eltern und wieder zurück. Das Talent von Kindern wird immer mit den Eltern in Verbindung gebracht. Da machte eine Adoption keinen Unterschied. Den Unterschied machten die Komplimente und die Bewunderung, die meine Schwester im Anschluss indirekt bekam. An Stehtischen, an der Garderobe, vor den Toiletten. Die Sätze, die man dort im Vorbeigehen aufschnappen konnte, waren nicht selten mit Neid unterfüttert. Der gängige Subtext (gleichzeitig Rechtfertigung für die eigenen, weniger begabten Kinder) lautete, dass ein Mädchen mit dieser Vergangenheit eben mehr spürte als Gleichaltrige, es reifer war und ehrgeiziger. Als wäre Yuma gedopt, als könnte man ihr Talent nicht mit dem »normaler« Kinder vergleichen, als würde sie außer Konkurrenz vorspielen.

Nach einem Schulwechsel dauerte es eigentlich nie lange, bis das Gespräch auf Familie, Kindheit und Herkunft kam. Mal passierte es freiwillig, mal zufällig, mal über das harmlose Kennenlernspiel in einer neuen AG oder im Geschichtsunterricht. Vor allem jüngere Lehrer hielten es für eine gute Idee, reihum die Herkunft ihrer Schüler abzufragen, um den Unterschied zwischen *Melting Pot* und *Salad Bowl* zu erklären. In Geografie oder Geschichte folgte meist ein Exkurs zu den Krisenherden der Welt. Statistiken zum Klimawandel und Fluchtbewegungen wurden aufgerufen. Krieg und Hunger, Bevölkerungszahlen und Wirtschaftsleistungen in hochauflösenden Animationen an die Wand geworfen.

Vor allem der Fakt, dass wir »importiert« waren, wie Farid das nannte, machte uns zu Exoten, nicht die dunklere Farbe unserer

Haut. Dafür interessierte sich an exklusiven, global vernetzten Privatschulen keiner mehr. Obwohl die Abstufungen innerhalb unserer Familie, sechs Gesichter, sechs unterschiedliche Farbtöne, von rötlich dunkel (unsere Mutter) bis hin zu sommersprossig hell (unser Vater), eine Besonderheit waren. Am Tag der offenen Tür, bei Schulfesten, Konzerten oder Theateraufführungen, wenn wir zusammenstanden, dann sah man den Leuten an, dass sie überlegten, wie wir – wie *das* zusammengehörte, wer von wem und mit wem, ob Patchwork oder nicht. Sie wollten unsere Geschichte hören und die unserer Eltern. Sie sehnten sich nach einem guten Ende, waren gerührt, wenn sie von unserem Schicksal erfuhren, und hätten am liebsten sofort eine Spendengala für mexikanische und kubanische Waisenhäuser veranstaltet. Unsere Eltern wurden zu selbstlosen Helden erklärt und wir zu Gewinnern am Roulettetisch des Lebens.

Bei einigen Mitschülern hatte ich den Eindruck, dass sie Dankbarkeit und Demut von uns erwarteten, weil wir es in den reichen globalen Norden geschafft hatten. Dasselbe unterschwellig überhebliche Verhalten brachten sie Schülern entgegen, die sich das Internat nur dank eines Stipendiums leisten konnten. Sie waren freundlich, natürlich waren sie das, sie hatten gelernt, freundlich zu sein, das war Teil ihrer Erziehung. Dennoch blickten sie in manchen Situationen auf uns herab, wie auf die Angestellten, die an der Essensausgabe in der Mensa arbeiteten, den Hausmeister, die Gärtner und Lehrer, die sie meist nur als bessergestellte Dienstleister in ihrem gebuchten All-inclusive-Paket betrachteten. Wie gesagt: Nur eine Minderheit legte dieses postkoloniale Verhalten an den Tag. Aber die feinen Nadelstiche genügten, um immer wieder daran erinnert zu werden, nur Gast zu sein im »Paradies«.

05:17 UHR *Ich denke an Bonn. An die Zeit während der Pandemie. Wahrscheinlich ist es der Geruch im Aufenthaltsraum, der meine Erinnerung auf diese Spur setzt. Ich denke an das lähmende Gefühl, die Ungewissheit und den Blick auf den Bildschirm mit den Briefmarkenansichten meiner Mitschüler. Das bunte Mosaik, das sich jeden Tag verändert hat. Lücken zwischen den Gesichtern, die größer wurden. Glänzende Pupillen mit Ringleuchten-Iris. Leerstellen, wo tags zuvor noch müde gelächelt wurde. Stimmen aus dem Off, die sich abmühten, das zwanghafte Gähnen zu unterdrücken, das jeder neue Tag in Ungewissheit mit sich brachte. Rückkopplungen und Störgeräusche, weil jemand sein Mikro nicht stummgeschaltet hat. Ich denke an den Blick aus dem Fenster. An das Zwitschern der Vögel, das von Tag zu Tag lauter wurde, während die Erde stillstand. An den verwaisten Spielplatz mit dem rotweißen Absperrband und den Hinweisschildern. An den Duft von Pizza und Spaghetti und den Nachbarn im Haus gegenüber, der auf dem Balkon Trompete übte und auf Zuruf Songs von den Beatles oder AC/DC spielte.*

06:09 UHR *Ich weiß, dass Jan in mich verknallt ist. »Verknallt«, was für ein seltsames Wort. Die Chemie im Kopf sagt uns, wen wir attraktiv finden und wen nicht. Aber im dreidimensionalen Raum, in der sogenannten Wirklichkeit, verändern sich Gesichter mit der Zeit. Das ist besser als bei Fotos. Was schön und langweilig erscheint, muss nicht schön und langweilig bleiben. Jans Gesicht sieht anders aus, wenn er seine Haare zusammenbindet. Seine Nase ist dann leicht nach links gebogen. Aber der Fehler in der Symmetrie ist ein Pluspunkt, kein Makel. Ein Makel ist die Art, wie er redet, wenn er seine Medis weglässt. Wie auf Speed. Das überfordert mich. Geschwindigkeit überfordert mich und inhaltsleere Sätze, die nur dazu dienen, die Stille zu überbrücken. Das braucht kein Mensch. Feststellung: Alles, was ich nicht im Geiste mitschreiben kann oder will, überfordert mich.*

06:47 UHR Um mit seiner Arbeit voranzukommen, hatte sich unser Vater damals in Bonn im Haus gegenüber in ein ehemaliges Tonstudio eingemietet. Das war im zweiten Jahr der Pandemie gewesen, als keiner mehr so richtig Lust hatte, Masken zu tragen und drinnen vor dem Computer zu hocken. Paps war auf der Suche nach den passenden Sounds für sein Programm. Das, was es online zu kaufen gab, klang ihm zu sehr nach Kaufhausmusik oder Esoterik. Wie Mum war auch Paps Perfektionist, wenn es um seine Arbeit ging. Wahrscheinlich passten sie deshalb so gut zusammen. Paps wollte, dass Meeresrauschen wie Meeresrauschen klang, nur gleichmäßiger. Er wollte das melodiöse Zwitschern balzender Singvögel, nur sanfter und von bestimmten Arten. Er wollte das Blätterrauschen von Birken und Espen, nur weniger zufällig. Unter den Naturklängen sollte es einen fein gewobenen Teppich aus künstlichen Klängen geben, um nahtlose Übergänge zu schaffen. Gestresste Menschen sollten Stufe für Stufe in den sogenannten Alphazustand geführt werden. Dabei entspannen sich Geist und Körper, wie in den Momenten kurz vor dem Einschlafen, bleiben aber dennoch aufnahmefähig. In diesem Zustand sortiert sich das Gehirn und kann neue Kapazitäten freigeben. Die grafischen Arbeiten ließ unser Vater von Programmierern aus Indien und Polen erledigen. Anders sei das Projekt nicht zu finanzieren, musste er sich gegenüber Sina rechtfertigen, die sofort Ausbeutung witterte.

Wenn uns die Decke auf den Kopf fiel, durften wir Paps im Tonstudio besuchen, was wir häufiger gemeinsam taten, weil es eine gute Abwechslung zum Serienschauen und Lernen war. Unsere Meinung war Paps wichtig. Yuma hatte ein feines Gehör, sie zeigte ihm Beispiele von Bach und Mozart, die sie für die Software für geeignet hielt, damit die Leute sich entspannten, aber nicht einschliefen, was wichtig war. Am Ende spielte sie sogar ein paar selbst komponierte Passagen auf ihrem Cello, die unser Vater aufnahm und später verwendete. Alle ein bis zwei Wochen durften wir die neueste Version des Programms testen. Das ging damals nur nacheinander. Man musste einen spacigen Helm aufsetzen, dessen Innenseite mit Sensoren ausgekleidet war, und das dicke, nach Putzmittel riechende Visier, das wie eine VR-Brille funktionierte, nach unten klappen. Die Wirklichkeit wurde von einem Flug durch den virtuellen Raum abgelöst. Begleitet von sanften Naturgeräuschen und dem ansteigenden Summen von Bienen ging es im Sinkflug über eine blühende Sommerwiese und weiter durch ein Flusstal, das dem Grand Canyon nachempfunden war. Anfangs sah die Grafik noch sehr nach Minecraft aus. Manchmal stürzte das Programm auch ab. Dann war unser Vater enttäuscht und schickte uns aus dem Studio.

Jeder von uns durfte die Software für zehn, fünfzehn Minuten alleine testen. Manchmal war das anstrengend, manchmal fühlte man sich danach ausgeruht und voller Tatendrang. Auf den großen Monitoren konnte man sehen, wie sich der Puls und der Atem verlangsamten und die Gehirnwellen gleichmäßiger wurden. Paps redete vom »Feuer der Neuronen«, das gelöscht werden musste, um ein kleines Reset durchzuführen. Auf animierten Schaubildern zeigte er uns die verschiedenen Hirnareale, die von der Software beeinflusst werden sollten, wenn das Zusammenspiel aus Bild und Ton besser funktionierte. Er zoomte das dreidimensionale Gehirn heran.

»Seht ihr das?«, fragte er. »Dieses schmale Band, das den Kanal hier umschließt, nennt man Höhlengrau. Das ist ein sehr alter Teil eures Gehirns, vielleicht sogar der älteste, darin ist sich die Forschung nicht einig.«

»Und wofür ist das Grau? Welche Aufgabe hat es?«, fragte ich.

»Unter anderem steuert es die Wahrnehmung von Schmerzen. Aber auch den Glauben an etwas Höheres, das die Welt zusammenhält.«

»Gott?«, fragte Yuma.

Paps zuckte mit den Schultern und lächelte. »Vielleicht auch Gott.«

In den unzähligen Stunden im Tonstudio hörten wir uns einmal quer durch die Musikgeschichte. Irgendwann landeten wir in der Gegenwart, bei Taylor Swift, Billie Eilish und K-Pop. Manchmal machten wir unsere Hausaufgaben im Tonstudio. Dort gab es eine kleine Küche und einen Besprechungsraum mit einem Tischkicker, bei dem jemand mehrere Spieler geköpft hatte. Yuma legte sich zum Lernen gerne in die Aufnahmekabine auf den weichen Filzboden. Sie war fasziniert von der Stille, die dort herrschte.

Ich mochte diese Art von Stille nicht, sie war zu absolut, machte mich nervös und drückte mir auf die Ohren. Ständig hatte ich das Gefühl, durch Kaubewegungen den Druck ausgleichen zu müssen. Nach den Softwaretests lümmelten wir meist noch eine Weile auf dem Sofa herum, das hinter dem großen Mischpult stand, und gaben Kommentare zur neuesten Version ab. Die Stimmung war gelöst, fast euphorisch. Es gefiel uns, dass unser Vater uns ernst nahm, sich Notizen machte und sogar die Videokamera mitlaufen ließ, wenn wir unsere Eindrücke von der Grafik, den Sounds und der Musik schilderten und von unseren Gefühlen erzählten, die wir während der Tests hatten. Auch wenn unser Vater emotional so seine Probleme hatte, er sich in Gesellschaft Fremder unwohl fühlte, Smalltalk für eine Zumutung hielt und sein Lieblingswort in Konfliktsituationen »irrational« war, war er kein skurriles Genie, das nicht wusste, wie es sich seiner Umwelt mitteilen sollte, wie in mehreren Zeitungsartikeln behauptet wurde. Paps brauchte andere Menschen, er brauchte eine Gemeinschaft, um glücklich zu sein. Das stand fest. Er brauchte uns, seine Familie. Und er hatte Freunde. Richtige Freunde, verteilt über die ganze Welt, die über seine schlechten Witze lachten und manchmal zu Besuch kamen.

INTERVIEW VOM 24.01.2024 VIA TELEFON

REPORTAGE: EIN DORF SUCHT DIE WAHRHEIT (ARBEITSTITEL)

CAROLIN MARQUART Erzählen Sie mir von den Begabungen der Kinder. Bei unserem ersten Gespräch haben Sie gesagt, dass Yuma gesegnet war mit einer Kraft, die Sie zuvor noch nie bei so einem jungen Menschen gespürt haben. Sie haben vermutet, dass das Mädchen schon früher mit spirituellen Praktiken in Berührung gekommen war. Was genau haben Sie damit gemeint?
  INSA A. Das lässt sich schwer in Worte fassen, ohne missverstanden zu werden. Aber wenn Yuma einen Raum betreten hat, dann war ihre Anwesenheit für alle spürbar. Sie hat gestrahlt, von innen heraus. Sie hat die Menschen gewissermaßen verzaubert. Das hatte nicht allein mit ihrer Schönheit zu tun.
CAROLIN MARQUART Haben Sie im Laufe der Zeit eine Veränderung an ihr festgestellt?
  INSA A. Sie meinen, ob ich auch der Meinung bin, dass sie sich zu aufreizend präsentiert hat?
CAROLIN MARQUART Zum Beispiel.
  INSA A. Ich will Ihnen mal was sagen: Auch wenn die Menschen, die Alteingesessenen, so tun, als wären sie tolerant, hängen sie an ihrem konservativen Weltbild fest und an ihren Traditionen. Schauen Sie sich doch nur den Gemeinderat an, bis auf eine Frau gibt es dort nur Männer. Und wenn eine Frau oder wie in dem Fall ein junges Mädchen zu selbstbewusst ist und sich auch noch so kleidet und benimmt, wie

sie es für richtig hält, kommen die damit nicht klar. Sofort geht das Getuschel los. Aber das hat sich ja dann bald wieder gelegt. Mädchen in ihrem Alter wollen sich ausprobieren. Und es ist ihr gutes Recht, das zu tun. Die Zeiten, in denen Männer die Vorschriften machen, sind vorbei. Auch auf dem Land.

CAROLIN MARQUART In Ihren Augen war Yumas Verhalten also normal? Auch die abrupte Veränderung? Sie wissen ja, dass es vor Ihrer Ankunft bei der Familie Probleme mit Yuma gegeben hat, die erst durch Ihre Anwesenheit besser wurden.

INSA A. Ja, das weiß ich. Aber das ist doch eher normal, dass Teenager irgendwann rebellieren und sich jemanden von außerhalb suchen, der sie ein Stückweit begleitet. Das passiert doch in jedem Elternhaus. Das gehört doch dazu, sich gegen die Eltern abzugrenzen und seinen eigenen Weg zu suchen. Die Eltern von heute sind das nur nicht mehr so gewöhnt. Sie glauben, dass Kinder auch gleichzeitig Freunde sind, und verstehen nicht, dass ihre Söhne und Töchter ihre Kraft – Seele, Geist und Körper – dazu brauchen, die hormonellen Veränderungen der Pubertät zu überstehen.

CAROLIN MARQUART Sie sind also nicht der Meinung, dass Yuma in ihrer Art vielleicht etwas extremer war als Gleichaltrige?

INSA A. Yuma hat sich ausprobiert. Sie wollte sehen, wie andere auf ihr Aussehen reagieren. Und sie sah toll aus. Dabei hat sie vielleicht auch das ein oder andere Herz gebrochen, das will ich gar nicht bestreiten. Wäre sie ein Junge, hätte das keinen interessiert. Da hätten die Leute das für ganz normal gehalten. Bei Mädchen, die die Welt der Sexualität mit ihren verschiedenen Spielarten entdecken wollen, ist der Blick immer noch ein anderer. Nicht nur auf dem Land. Die Erwartungen haben sich kaum geändert. Da hatte Yuma schon recht. Die Religion ist auch heute noch der Deckmantel, unter dem Frauen auf der ganzen Welt kleingehalten werden. Die Männer haben Angst um ihre Privilegien, wenn die Frau sich das nicht mehr gefallen lässt, nach ihrer Pfeife zu tanzen. Doch diese Entwicklung lässt sich nicht mehr aufhalten. Frauen wie Yuma werden hoffentlich ihre Chance nutzen, um zu zeigen, dass sie es besser machen als die Männer, sobald sie an der Spitze stehen.

CAROLIN MARQUART Sie haben ja auch die anderen Kinder erlebt. Wie war da Ihr Eindruck?

INSA A. Es sind allesamt wunderbare Kinder, alle vier. Jedes auf seine Art. Außergewöhnlich. Kinder, die es nicht verdient haben, dass man ihre Eltern wie Verbrecher behandelt, nur weil sie in früheren Jahren vielleicht Fehler gemacht haben, die bei genauer Betrachtung nicht mal welche sind. Erik und Sibel hatten eine Mission. Sie wollten helfen. Auch wenn unsere Gesetze diesen Umstand nicht berücksichtigen.

LADY GAGA

DONNERSTAG, 07.03.2024

08:17 UHR *Ich bekomme eine höhere Dosis von dem neuen Antidepressivum. Von zehn auf zwanzig Milligramm, dann dreißig, vielleicht vierzig, bis sich die Wirkung (weniger Angst, weniger Albträume, regelmäßiger Appetit und »Stuhlgang«) einstellt, die laut Beipackzettel mit etwa doppelt so vielen Nebenwirkungen einhergehen kann. Ich denke daran, wie skeptisch meine Mutter gegenüber diesen Medikamenten war. Flächenbombardement, hat sie dazu gesagt, und sie trotzdem verschrieben, weil die Leute nach eingängiger Recherche bei Dr. Google immer mehr danach verlangt haben. Selbst wenn die Ursache für ihre »Gemütsstörung« auf der Hand lag (eintöniges Leben, anstrengende Kinder, keine Zeit für sich selbst, nerviger Partner, Stress im Job, der Wahnsinn der Welt). In St. Engbert war es oft die Abgeschiedenheit. Aber auch die dörfliche Gemeinschaft, die ein Korrektiv für Leute ist, die zu sehr aus der Reihe tanzen und dabei schlechte Stimmung verbreiten, weil sie den anderen vorführen, was Freiheit sein kann.*
Insa, die Sprechstundenhilfe unserer Mutter (die zum Spaß ein paar Semester Philosophie an einer Fernuni studiert hatte, bevor sie zu uns gekommen war), hat das mal in einem ihrer Leitsätze zusammengefasst. »Wer sein Leben verfehlt und den Geist mit Kompromissen quält, wird krank.« Damit hatte sie vielleicht gar nicht so unrecht.
Auch auf Farid lässt sich die Gleichung, leicht abgewandelt und entschärft, anwenden. Er wurde zum Paradiesvogel der Gemeinde. Ich glaube, dass er die Rolle angenommen hat, um sich gegen Anfeindun-

gen zu schützen. Er spielte den tuntigen Clown, verstärkte Klischees, zog sich selbst ins Lächerliche, um sich unangreifbar zu machen.

Jan sagt, dass auch Lady Gaga das Zeug nehmen würde, das sie uns hier aus Großpackungen verabreichen. Natürlich bekämen Stars das teure Original, nicht das günstigere Nachahmerpräparat.
Beim Einschleichen werde ich im Wechsel müde und stehe dann wieder unter Strom und hab Fressattacken, um die mich die Magersüchtigen beneiden. Auf dem Klo sitze ich auch länger als sonst. Verstopfungen wechseln sich mit Durchfall ab. Das zeigen sie nie in Filmen, wie sich Menschen auf dem Klo abquälen, wenn die Verdauung nicht richtig funktioniert.
Mein Geruchs- und Geschmackssinn leidet unter dem Medikament. Diese Nebenwirkung steht nicht im Beipackzettel. Dabei ist sie für mich wichtig. Wichtig im positiven Sinne. Ich will nicht mehr in die Vergangenheit riechen. Ich will dort sein, wo ich bin, und zur Ruhe kommen.

13:28 UHR *Halbe Stunde auf dem Klo verbracht. Kinderkriegen kann kaum schlimmer sein als Verstopfungen in Verbindung mit den Tagen.*
Ich schreib jetzt manchmal auch auf dem Klo und unter Schmerzen. Einen Einlauf will ich nicht. Auf keinen Fall. Bei der Vorstellung, dass mir jemand da hinten einen Schlauch reinsteckt und mir mit lauwarmem Wasser den Darm ausspült, wird mir übel.
Meine Eltern haben mir einen Brief geschrieben. Ich kann ihn nicht öffnen. Ich will erst verarbeiten, was ich weiß, bevor ich mir eine neue Erklärung anhöre und überlege, was die Optionen sind.
Jan hat eine krasse Vorgeschichte. Auch seine Eltern haben versagt. Das kann man nicht anders sagen. Vielleicht muss man als Kind damit rechnen, dass Eltern oder Erziehungsberechtigte im Allgemei-

nen versagen und Kinder das früher oder später ausbaden müssen. Auch wenn sie genügend Geld haben, Haus, Hund und Garten. Dann schaffen sie sich andere Probleme. Adoptiert zu sein und belogen zu werden ist nur eine Möglichkeit von vielen, um die Eltern-Kind-Beziehung gegen die Wand zu fahren. Auf dem Internat in St. Engbert konnte man sich ansehen, wo es hinführt, wenn man die Erziehung und Bildung der eigenen Kinder an einen Dienstleister auslagert, weil man damit überfordert ist.
Jeder, der glaubt, sein Kind würde auf einem Internat behüteter – weiter weg von Sex, Drogen und Alkohol – aufwachsen, täuscht sich.

Beim Mittagessen in der hogwartsmäßigen Schulmensa saß ich normalerweise direkt neben den mobilen Luftreinigern am hinteren Ende des Saals, um bei all den Menschen- und Essensgerüchen nicht den Verstand zu verlieren. Heute waren die Bänke mit Schülern aus der Oberstufe besetzt. Sie diskutierten darüber, wohin es im Sommer auf Studienfahrt gehen sollte. Rom, London, Hongkong, Paris. Die üblichen Verdächtigen. Einige von den Jungs trugen die blauen Trainingsanzüge mit dem verschnörkelten Logo des Internats. Die Kragen ihrer weißen Poloshirts waren aufgestellt. Ein weiteres Erkennungszeichen. Sie gehörten zum Hockey-Team, dem Aushängeschild der Schule. Der Duft von Schweiß, Deo und Hormonen wehte zu mir herüber und raubte mir den Atem. Ich blieb stehen, obwohl ich wusste, dass es mir nicht guttat, zu viel von dem mit Arroganz angereicherten Moschusduft zu inhalieren, dass es besser wäre, weiterzugehen. Aber mein Verstand war ausgeschaltet.

Schwarz umrandete Flecken querten mein Blickfeld. Quallenartige Wesen, die mit pumpenden Stößen in meine Richtung drängten, sich wabernd an den Rändern sammelten und der Szenerie nach und nach die Farben raubten. Gesichter und Stimmen wurden scheinbar wahllos herangezoomt. Ich hörte, wie jemand »Yuma« sagte. »Yuma aus der Zehnten.« Und »Bitch«. Meine Muskeln verkrampften sich. Mein Atem ging schneller. Das Zischen einer Getränkedose. Das Aufschäumen der Kohlensäure. Alle Geräusche wirkten verstärkt. Nah – *zu* nah!

Ein großer Schatten nahm mir die Sicht. Dunkelheit. Das seltsame an diesem Schatten war, dass ich seine Kälte spürte. Zuerst in Armen und Beinen und dann tief in mir drin. Als hätte sich all mein Blut dort gesammelt, als würde ich erfrieren. In meinen Ohren begann es laut zu summen. Ich geriet in Panik. Ich zitterte. Jemand griff nach meinem Arm. Im selben Moment roch ich Schweiß. Kalten klebrigen Schweiß. Männlichen Schweiß. Wut und Süße. Klebrige Gummibärensüße aus umgekippten Red-Bull-Dosen. Ich hörte Geräusche. Glas, das splitterte. Ein Stuhl, der auf den Boden krachte. Spitze Schreie. Lachen. Eine Stimme, die meinen Namen rief. Dicht vor mir. Für den Bruchteil einer Sekunde blitzte ein Gesicht vor mir auf, durchbrach die Dunkelheit. Augen, Nase und Mund. Auf Symmetrie folgte Zorn. Plötzlich durchzuckte ein Impuls meinen rechten Arm, ließ ihn nach vorne schnellen und auf dem Schattengesicht des Gegners lautlos explodieren.

Dann war es vorbei. Die Wirklichkeit kehrte mit Wucht zurück. Überbelichtet. Der Saal. Die Bänke. Die hohen Fenster. Eine Kulisse. Nichts weiter, nur eine Kulisse. Schwindel ließ mich taumeln. Mein Blick wurde wieder klarer. Ich musste mich irgendwo festhalten. An einem Tablett, das mit schmutzigem Geschirr beladen war. Der Anfall ebbte ab. Das Summen in meinen Ohren wurde schwächer.

Ben lag auf dem Boden. Er war es, den ich mit meiner Faust getroffen hatte. Er war es, der sich nun schützend die Hände vors Gesicht hielt, während ihn seine Kumpels auslachten.

In den nächsten Minuten musste ich so tun, als ob ich wusste, was passiert war, als ob ich eine Erklärung hatte, weshalb der schmächtigste der Hockeyspieler jetzt aus der Nase blutete. Ich musste lügen, um nicht als verrückt zu gelten. Aber ich war eine gute Lügnerin.

Ich folgte der Schulsozialarbeiterin stumm zum Rektorat. Mein Kopf schmerzte. In meinem Mund schmeckte es metallisch. Wahrscheinlich hatte ich mir auf die Innenseite meiner Wange gebissen. Ich legte mir eine Erklärung zurecht, die ich gleich aufsagen würde, eine Rechtfertigung für meine Tat, die nach Kurzschlusshandlung klang, aber nicht nach Wahnsinn.

Ich betrat das Zimmer der Rektorin und schloss leise hinter mir die Tür. Die Sekretärin hatte mich angewiesen, mir sorgfältig die Hände mit einem nach Zitrone riechenden Desinfektionsmittel einzureiben. Die Flüssigkeit brannte wie Feuer auf meinen aufgeplatzten Knöcheln. Aber der Schmerz war gut. Zusammen mit dem scharfen Geruch half er mir dabei, meine Gedanken zu sortieren und die Benommenheit abzuschütteln.

Schneelicht blendete durch die schräg gestellten Jalousien und zeichnete geometrische Muster auf das Parkett. Sich kreuzende Linien, Trapeze auf dem handgeknüpften Teppich mit Rehen und Hirschen drauf. Leise schloss ich hinter mir die Tür. Die Sohlen meiner Doc Martens machten auf dem Parkett quietschende Geräusche. Es roch nach der letzten Zigarette und zwei Schritte weiter nach etwas, was mir ein Würgen aufzwang. Jemand – vermutlich die Rektorin – musste einen benutzten Tampon im Papierkorb unter dem Schreibtisch entsorgt haben. Je näher ich dem Schreibtisch kam, desto klarer wurde die Duftspur. Dagegen kam auch das Desinfektionsmittel nicht an. Übelkeit stieg in mir auf, als ich neben einem der mit dunklem Leder überzogenen Stühle ankam, die paarweise vor dem wuchtigen Schreibtisch standen. Frau Malsch telefonierte aufgebracht. Sie lächelte und machte Zeichen, dass ich mich setzen sollte. Für eine Rektorin war sie verdammt jung, vielleicht Mitte dreißig, wenn überhaupt, deutlich jünger als meine Eltern jedenfalls. Auf der Homepage hatte ich gelesen, dass sie erst vor einem halben Jahr an die Schule gekommen war. Davor hatte sie in Brasilien unterrichtet und in London und Singapur studiert.

Auf ihrem Schreibtisch sah es chaotisch aus wie bei Yuma, wenn sie, umgeben von Jasminduft, für eine Klassenarbeit lernte und kurz vor Schluss in Panik geriet, weil sie sich sicher war zu versagen.

Frau Malsch legte auf und warf einen Seitenblick auf den Computerbildschirm. »Entschuldige die Unordnung, aber diese verdammte Erkältungswelle macht jede Planung zunichte. Für heute haben sich schon wieder drei Lehrer krankgemeldet.«

»Kein Problem«, sagte ich und lächelte. Die Gerüche wurden intensiver, rissen mich aus der Gegenwart, ich konnte nichts dagegen tun. Ich war ihnen ausgeliefert.

Szene 1: Frau Malsch sitzend auf dem Klo. Sie will gerade den gebrauchten Tampon entsorgen, als draußen das Telefon schrillt. Sie drückt die Spülung und eilt nach draußen. Das Tütchen in der Hand, was sie erst bemerkt, als sie den Hörer abnimmt. Kopfschüttelnd entsorgt sie den Tampon im Papierkorb unter dem Tisch.

Szene 2: Frau Malsch rauchend am offenen Fenster. Das Handy am Ohr. Die nächste Krankmeldung.

Szene 3: Frau Malsch fluchend vor dem Monster-Bildschirm mit den Vertretungsplänen, der links vom Schreibtisch rot umrandet die Stundenplanänderungen des Tages anzeigt und am unteren Rand in Laufschrift verkündet, dass heute keine Theater-AG stattfindet.

Der überbelichtete Film verblasste, und die Anspannung ließ nach. Jetzt war ich wieder in der Wirklichkeit, in diesem Augenblick. Obwohl das hier keine Einladung zum netten Plausch war. Ich wusste, worum es ging, und ich hatte mir noch keine Verteidigungsstrategie zurechtgelegt. Ich konnte ja selbst nicht genau sagen, was passiert war. Ich wusste nur, dass Wut die Farbe eines schmutzigen Graus hatte.

»Was ist passiert, Espe?«, fragte sie, begleitet von einem tiefen Seufzer. »Willst du mir erklären, warum du den Jungen aus der 11b verdroschen hast?«

»Ich ... ich hab nur einmal zugeschlagen«, sagte ich leise und verbarg meine verletzte Hand unter der gesunden. »Melden Sie das meinen Eltern?«

»Nur, wenn Ben darauf besteht oder seine Eltern das wollen.«

»Danke.«

»Dafür musst du mir nicht danken. Ich denke, mit sechzehn ist es an der Zeit, selbst Verantwortung für sein Handeln zu übernehmen.«

»Ja«, sagte ich erleichtert und nickte.

»Also ...« Sie lehnte sich zurück, der wuchtige Chefsessel schien ihren zierlichen Körper zu verschlingen. »Was war der Auslöser? Warum hast du zugeschlagen?«

»Muss ich Ihnen das sagen?«

»Zwingen kann ich dich natürlich nicht, aber es wäre gut, etwas in der Hand zu haben, sollten die Eltern von Ben sich melden. Seine Mutter ist Anwältin. Sie wird wissen wollen, warum ihr Sohn ein blaues Auge hat.«

»Ben hat meine Schwester angebaggert und dann beleidigt, weil sie nichts von ihm wollte«, sagte ich. Das war zwar die Wahrheit, aber nicht der Auslöser. Der Auslöser waren die Gerüche gewesen. Doch das zu erzählen hätte die Sache nur unnötig verkompliziert. »Yuma ist erst fünfzehn«, sagte ich ernst. »Auch wenn sie vielleicht älter aussieht. Die checkt es nicht, wenn ihr die Jungs zu nahe kommen. Sie ist noch ein Kind. Im Kopf ist sie noch ein Kind. Aber das interessiert Typen wie Ben nicht. Die wollen nur ihren Spaß.«

Frau Malsch verdrehte die Augen. »Für eine Verteidigung klingt das ziemlich dünn, wenn du mich fragst. Glaubst du nicht, dass sich deine Geschwister selbst zur Wehr setzen können?«

»Yuma nicht. Sie ist zu nett. Sie glaubt noch an das Gute im Menschen.«

Sie blickte mich verwundert an. »Und ... und du tust das nicht?«

»Nicht bei Typen wie Ben«, sagte ich. »Er war es, der uns mit seinem Geländewagen abgedrängt hat. Wegen ihm hatten wir den Unfall. Das war sein Wagen, dieser Drecks-Mercedes.«

»Das vermutest du.«

»Das weiß ich. Das weiß jeder. Auch wenn seine Mutter ihn da irgendwie rausgeboxt hat, weil er anscheinend auswärts bei einem Kumpel übernachtet hat.«

Frau Malsch holte tief Luft. »So funktioniert das trotzdem nicht. Du kannst nicht selbst Richterin spielen, wenn dir etwas nicht passt. Und schon gar nicht, indem du zuschlägst.« Sie seufzte. Ich musste mich beherrschen, ruhig zu bleiben. »Du musst lernen, deine Wut zu kontrollieren«, redete sie mit gedämpfter Stimme weiter. »Es geht nicht, dass jeder nach seinen eigenen Regeln spielt. Nicht an unserer Schule. Das geht nirgendwo.« Sie schob einen Stapel Blätter zusammen. Obenauf lag mein Halbjahreszeugnis. »Auch wenn du intelligent bist und deine Leistungen in den Naturwissenschaften außergewöhnlich sind, kannst du so nicht weitermachen. Gewalt ist keine Lösung.«

Ich hätte am liebsten laut aufgelacht. Stattdessen zuckte ich reumütig mit den Schultern. »Soll ich mich bei Ben entschuldigen?«

»Das wäre sicher das Beste, damit die Sache keine größeren Kreise zieht.«

Ich erhob mich. »Dann werde ich das tun.«

»Und ich will, dass du den Küchenhilfen beim Abräumen zur Hand gehst. Für drei Wochen. Morgens und mittags, in Angestelltenkleidung. Melde dich nachher bei Frau Sorokin.«

»Okay«, sagte ich. »Kein Problem.« Ich atmete erleichtert aus. Hätte ich geahnt, wie glimpflich ich davonkommen würde, hätte ich ein zweites und drittes Mal zugeschlagen. Dann in vollem Bewusstsein. Schließlich war es auch Bens Schuld, dass Sina nur noch in den Camper einstieg, wenn sie vorne sitzen durfte und es nicht schneite.

Ich erhob mich und schob den Stuhl wieder an die richtige Stelle.

»Noch etwas«, sagte Frau Malsch. »Könntest du Yuma darum bitten, sich weniger freizügig anzuziehen? Auch wenn die Techniker die neue Heizung nicht unter Kontrolle kriegen, wäre es gut, wenn sie auf schulter- oder bauchfreie Tanktops und dergleichen verzichten würde.«

»Warum?«

»Weil es so in unserer Kleiderordnung steht. Dasselbe gilt für die Länge von Hosen und Röcken.«

»Das heißt, wir Mädchen sollen uns dem männlichen Blick unterwerfen? Verstehe ich das richtig? Weil sie sonst geil werden könnten? Das ist doch der Grund für diese Regel, oder?«

Frau Malsch holte tief Luft und faltete ihre Hände. »Espe, ich will jetzt ungern die ganz großen Themen aufmachen. Aber diese Schule hier ist privat. Das Leitungsgremium hat diese Regel die Kleidung betreffend zusammen mit dem Elternbeirat festgelegt.

Wenn du willst, kannst du dein Anliegen an den Schülersprecher weitergeben. Aber bis es so weit ist, würde ich dich bitten, deiner Schwester meine Nachricht zu überbringen.«

INTERVIEW VOM 26.01.2024
VOR ORT

REPORTAGE: EIN DORF SUCHT DIE WAHRHEIT (ARBEITSTITEL)

CAROLIN MARQUART   Hatten Sie den Eindruck, dass die Eltern ihre Kinder isoliert haben?

YASMIN M.   Sie wollen auf die Gerüchte anspielen, die nach der Verhaftung der Eltern im Umlauf waren?

CAROLIN MARQUART   Nein, ich meine den Artikel in der Schülerzeitung, von Yuma. Sie hat ja darüber geschrieben, wie viel ihr ihre Geschwister und ihre Eltern bedeuten. Dass es aber dennoch Wunden hinterlässt, die leibliche Mutter nicht zu kennen, nicht zu wissen, was sie dazu bewogen hat, sie wegzugeben und ohne den »Anfang der eigenen Geschichte« leben zu müssen.

YASMIN M.   Ja, ich erinnere mich. Der Artikel war sehr berührend.

CAROLIN MARQUART   Was war mit dem Jungen, mit Farid. Hat er auf Sie den Eindruck gemacht, mehr unter der Situation zu leiden als seine Geschwister?

YASMIN M.   Nein, ich meine, nach der langen Zeit der Entbehrungen, die die Pandemie mit sich gebracht hat, haben viele Schüler nach Orientierung und einer Perspektive gesucht. Es gibt ja immer mehr Kinder, die sich bewusst dafür entscheiden, nicht mehr länger zu Hause zu wohnen, und ihre Eltern darum bitten, sie auf ein Internat zu schicken. Dieses Phänomen hat es vor der Pandemie nicht in dem Ausmaß gegeben. Materielle Privilegien werden schnell unwichtig, wenn es im Elternhaus nicht rundläuft und ein Kind versucht, das auszugleichen. Da kann ein Internat wie das unsrige eben auch ein Ort der Zuflucht sein, die Chance, eine gesunde Entwicklung zu nehmen. Seine Talente zu entdecken und zu entfalten. Während der Pandemie mussten wir nicht nur einmal unsere Sozialarbeiter rausschicken.

CAROLIN MARQUART   Nun waren die Kinder der Familie Simwe ja externe Schüler, haben also zu Hause gelebt. Konnten also von dieser Möglichkeit der Trennung von den Eltern nicht profitieren.

YASMIN M.   Ich glaube auch nicht, dass sie das nötig gehabt hätten. Für mich war es schwer zu ertragen, wie scheinheilig Ihre Kollegen mit dem Schicksal der vier Kinder umgegangen sind, um an die beste Story zu kommen.

CAROLIN MARQUART   Was war mit Espe? Wie würden Sie das Mädchen beschreiben?

YASMIN M.   Sie war überfordert. Ja, ich glaube, dass ist das Einzige, was ich mit Sicherheit sagen kann. Sie war überfordert von dem Gefühl, ihre Geschwister beschützen zu müssen. Sie hat sich selbst so viel Verantwortung aufgeladen. Kein Kind sollte das tun.

CAROLIN MARQUART   Sie glauben nicht, dass Espes Verhalten darauf zurückgeht, dass die Kinder von ihren viel beschäftigten Eltern vernachlässigt wurden?

YASMIN M.   Nein, das glaube ich nicht.

SOULMATE I

FREITAG, 08.03.2024

05:05 UHR   *Lügen zu müssen, an einem Ort, dessen Heilungsversprechen auf schonungsloser Ehrlichkeit sich selbst und anderen gegenüber basiert, ist anstrengend. Da hilft auch die Schweigepflicht nicht, an die Pfleger und Ärzte hier drin gebunden sind. Ich kann keinem von ihnen sagen, was der wirkliche Grund für meinen Zusammenbruch war. Ich kann nicht riskieren, dass es eine undichte Stelle gibt und ich meine Eltern dadurch gefährde. Auch Jan, sosehr ich ihn mag, kann ich nur das sagen, was es online über unsere Familie, den Prozess und das Urteil zu lesen gibt. Ich glaube, dieses Lügenmüssen macht mir so zu schaffen.*
Also baue ich darauf, dass die Medikamente anschlagen und sich das Gedankenkarussell in meinem Kopf beruhigt. Fest steht, dass ich diesen Ort erst dann verlassen kann, wenn ich weiß, wie es draußen in der »freien Welt« weitergehen soll.

05:20 UHR   »Gefühle und äußere Einflüsse können das Denken beflügeln oder es blockieren.« So stand es in sich dehnenden Buchstaben auf der Startseite von Paps Firmenhomepage. Ein Satz, dem die meisten Besucher zustimmten und auf das Präsentationsvideo darunter klickten. Das zweite Nicken sollte ein kurzer Blick in die Statistik bringen. Schaubilder mit steil ansteigenden Kurven, die einen Zusammenhang zwischen Online-Zeit und der weltweiten Zunahme von Schlaf- und Konzentrationsstörungen zeigten. Eine sanfte Frauenstimme aus dem Off erklärte, welche Folgen die dauerhafte Reizüberflutung für unser Gehirn hatte, wie die permanente Beanspruchung zu Überlastung und Erschöpfungserscheinungen führen würde. Diesen Spot gab es gekürzt auch auf den relevanten Plattformen als Werbetrailer. Unser Vater hatte sogar Influencer angeheuert, die die Botschaft auf ihren Kanälen verbreiteten. Yuma wies ihn auf den offensichtlichen Widerspruch hin, Social Media einerseits zu verteufeln und es andererseits als Werbeplattform für seine App zu nutzen. Paps sagte, dass der Zweck die Mittel heiligen würde.

Das dritte Nicken sollte ein kurzer Einspieler bringen, der in schnellen Schnitten gestresste Menschen im Ausnahmezustand zeigte und einen ansteigenden Balken am rechten Bildrand, der die Aus- und Überlastung des Gehirns nachzeichnete bei dem Versuch, mehrere Aufgaben gleichzeitig zu bewältigen. Aus dem Off erklärte eine Stimme die Wirkweise der Software:

»In einem entspannten Zustand zwischen Wachen und Träumen kann Soulmate dabei helfen, das Gehirn über längere Zeit in einem Zustand maximaler Aufnahmefähigkeit zu halten. Das neuartige, interaktive Programm kann durch zielgerichtete Analyse und Feedback dabei helfen, innerhalb von zwölf bis fünfzehn Minuten zu innerer Ruhe und Gelassenheit zu finden. Dabei legt es ein Benutzerprofil an, das durch die Messung der Herzfrequenz und weiterer achtzig Parametern sekundenschnell auf Veränderungen reagiert, sich durch KI-gesteuerte Analyse selbstständig optimiert und so zu einem verlässlichen Alltagsbegleiter in Schule, Studium und Beruf wird. Ein neuartiger Modus ermöglicht es auch, die App als akustische Einschlafhilfe zu verwenden. Studien haben gezeigt, dass die responsiven, auf Naturgeräuschen und Musik basierenden Soundcollagen die Einschlafdauer signifikant verkürzen und der erholsame Tiefschlaf länger andauert.«

06:50 UHR   Unser Vater war glücklich. In St. Engbert hatte er den gesamten linken Flügel für seine Arbeit, nicht mehr nur ein altes Tonstudio ohne Fenster wie in Bonn oder einen stickigen Kellerraum wie in Wien. Sein neues Reich umfasste zwei Stockwerke, sechs Zimmer und einen Gewölbekeller, in dem früher Kartoffeln gelagert worden waren. Dort war die Serveranlage untergebracht, das »selbstlernende Gehirn« seiner Software, wie er uns zu Beginn des Rundgangs stolz erklärte. Dutzende graue Metallschränke standen auf niedrigen Podesten, um die Unebenheit des Steinbodens auszugleichen. Blinkende, surrende, schabende Rechner, die über dicke Kabelbündel miteinander verbunden waren und sich in einer eigenen Sprache unterhielten. So klang es, wenn man sich darauf konzentrierte, wie das Flüstern von Maschinen. In den beiden hinteren Ecken hatte er zwei silberne Boxen aufgestellt: die Lüftungsanlage. Wegen der rot leuchtenden Bedienfelder sahen die brusthohen Zylinder wie zusammengekniffene Münder aus. Sie drehten langsam ihre Köpfe. Soldaten, die über Gefangene wachten. Und steuerten ein an- und abschwellendes Summen zum Rasseln und Tickern der Computeranlage bei. Das schwache Deckenlicht verlieh unseren Gesichtern einen gelblichen Schimmer. Das sah ungesund aus, als hätten wir Monate tief unter der Erde ohne Tageslicht verbracht.

»Mit der Abwärme werden die Stockwerke darüber geheizt, wenn das nötig ist«, sagte Paps an Sina gewandt, die die Tour mit ihrem neuen Handy filmte. Farid testete den Sound eines leeren Podests, das am Rand stand. Er hatte damit begonnen, sich selbst Stepptanz beizubringen, und schaute sich dazu alte Filme mit Fred Astair und Sammy Davis Jr. an. Ich war nervös, weil Yuma wie üblich unpünktlich war. Vielleicht würde sie auch gar nicht zu Paps' Führung kommen, obwohl sie mir das in Gegenwart von Insa, zu der sie vom ersten Moment an aufschaute, versprochen hatte.

Insa hatte einen Hang zu Spiritualität, und sie nahm kein Blatt vor den Mund, wenn es darum ging, den Wahnsinn der Welt anzuprangern. Mit ihrer offenen Art imponierte sie auch unserer Mutter, die in gewisser Weise genauso dachte, wenn es um ihre Arbeit als Ärztin ging. Pharmavertretern, deren Präparate sie für Geldmacherei hielt, sagte sie ihre Meinung und erklärte ihnen dezidiert, warum sie ein anderes (meist günstigeres) Medikament bevorzugte. Wenn sie richtig in Fahrt kam, hielt sie ihnen einen Vortrag über die Verantwortung, die sie als Ärztin für ihre Patienten hatte. Die Tür zum Behandlungszimmer ließ sie offen stehen. Jeder durfte mitbekommen, was sie von überteuerten »Scheininnovationen« hielt. Für die Vertreter und Vertreterinnen (das Verhältnis Mann zu Frau lag bei zwei zu eins) war es das Maximum an Demütigung, so vorgeführt zu werden. Insa, die neue Sprechstundenhilfe, war begeistert von Mums entschlossenem Auftreten und lobte sie dafür. Schnell wurde Insa zu einem Teil unserer Familie. Auch weil sie sich mit Wildkräutern und Pflanzen auskannte und ein gutes Gespür für den besonderen Menschenschlag hatte, der hier oben, achthundert Meter über dem Meeresspiegel, lebte.

Yuma war fasziniert von Insa. Sie vergötterte sie. Wann immer sie Zeit hatte, half sie Insa dabei, die Wohnung im Gesindehaus einzurichten, und ließ sich die Besonderheiten der Natur erklären. Im Garten hinter der Scheune wollten sie gemeinsam einen Skulpturenpfad anlegen. Schon mehrmals war Insa den Bereich mit einer Wünschelrute abgegangen. Dort, wo die Energie besonders stark gewesen war, hatte Yuma Pflöcke in den Boden geschlagen. Ich hatte sie dabei beobachtet, war fasziniert davon gewesen, wie ernst die beiden diese Aufgabe nahmen, wie sehr sie daran glaubten, dass eine Astgabel Wasseradern und Energien aufspüren konnte.

SOULMATE II

FREITAG, 08.03.2024

15:47 UHR Paps blickte auf seine Armbanduhr. Wahrscheinlich hatte Yuma unsere Verabredung vergessen. So wie sie neulich vergessen hatte, Sina Cello-Unterricht zu geben. Das würde Paps kränken. Schließlich war das heute sein großer Tag. Der Beginn einer neuen Ära, wie er beim Frühstück mit vollem Mund verkündet hatte. Ich sagte, ich müsse noch kurz aufs Klo gehen. Ich wollte nicht, dass unser Vater mitbekam, wie ich Yuma an unsere Verabredung erinnerte. Das hätte seine Laune getrübt.

Kaum war ich im Treppenhaus, schrieb ich Yuma eine SMS, die vor allem aus Ausrufezeichen bestand. Keine halbe Sekunde später hörte ich den Glockenton von Yumas Handy. Er kam aus der Richtung des Gesindehauses.

WO BLEIBST DU!!!!!, tippte ich eine zweite Nachricht und ging wieder rein.

Die letzten Wochen hatte Paps Tag und Nacht gearbeitet und ständig den Lieferservice aus dem Tal kommen lassen. Deshalb roch es im Vorraum zum Obergeschoss nach Essen. In einem blauen Müllsack gammelten die Reste vor sich hin, was Sina sofort zum Anlass nahm, ihn an eine weitere Regel zu erinnern, die besagte, dass Lieferdienste nur in Ausnahmefällen und verbunden mit einem angemessen hohen Trinkgeld (bar auszuzahlen an den Boten) in Anspruch genommen werden dürfen. Paps entschuldigte sich und gelobte Besserung. Aber er war nun mal ein Fast-Food-Junkie und schrieb das der Zeit in den USA zu. Mum sagte, sein Stoffwechsel müsse komplett über das Gehirn ablaufen, so wenig wie er ansetze. Sie ernährte sich fast ausschließlich von Salaten, Gemüse, Grüntee und schlammfarbenen Shakes mit speziellen Nährstoffen aus Algen und irgendwelchen Mineralien. Wenn sie sich doch mal dazu hinreißen ließ, mit uns Pizza vom Lieferdienst zu essen oder ins Restaurant zu gehen, bekam sie Pickel und fastete mindestens drei Tage.

Wir gingen weiter. Yuma war zu uns gestoßen. Ich war erleichtert. Sie hatte Wort gehalten. Zwar gab es immer noch Tage, an denen sie mir kühl und fremd vorkam und schlechte Laune verbreitete, aber die Phase, in der sie wegen jeder Kleinigkeit einen Streit vom Zaun gebrochen hatte, schien vorbei. Auch Sina durfte wieder in ihr Zimmer, um dort Cello zu üben oder auf dem neuen Holzbett herumzulümmeln und, mit Blick auf die Felder, zu lernen. Ich tauchte meine Nase in die Duftspur von Farid. Sein neues Deo hatte eine herbe Weihrauchnote. Ein Duft, der mich einlullte und auch Yumas Gesichtszüge weicher werden ließ. Im Raum mit den Akten roch es nach Sägespänen, Gipskarton und Leim.

»Das ist mein Homeoffice.« Paps machte eine ausladende Handbewegung. Ungewohnt stolz erzählte er von der Zukunft seiner Firma, dem technischen Equipment und den Vorteilen, die der neue ultraschnelle Glasfaser-Internetanschluss habe. Seine Mitarbeiter könnten sich von überall auf der Welt in Echtzeit dazuschalten, wenn er die Software testete. Ich glaube, ich hab ihn nie wieder so glücklich gesehen wie an diesem Morgen. Ich hoffte nur, dass Yuma sich einen Kommentar zur grellen Farbe der Teppiche und dem Stil der glockenförmigen Deckenlampen verkniff.

Ich warf ihr einen scharfen Blick zu. Sie hatte mir versprochen, sich heute zusammenzureißen.

Paps betrat den nächsten Raum. Die Decken und Wände waren in hellen Ocker- und Gelbtönen gestrichen. »Hier wird *Soulmate* zur Marktreife gebracht.« Yuma und ich, wir beide hatten uns den Namen für seine Software ausgedacht. Er war zwar noch nicht endgültig, aber besser als Paps' Vorschläge, Mindprint, Braincontrol, Thinktank oder Dreamforce, die sich allesamt nach Gehirnwäsche anhörten. »Interaktiver Achtsamkeitstrainer«, wie von Mum vorgeschlagen, war eher was für die Zielgruppe 50+, nicht für gestresste Teenager und junge Erwachsene, an die sich die Software in erster Linie richten sollte.

»Ihr werdet staunen, wie sich das Programm verändert hat«, redete Paps weiter und öffnete die erste Tür. »Aber auch in Sachen Hardware hat sich eine Menge getan, wie ihr gleich sehen werdet.«

Einige Geräte hatte Paps noch nicht ausgepackt. Sie standen auf Holzpaletten und waren in dicke schwarze Plastikfolie eingeschweißt. Zollplaketten wechselten sich mit leuchtend roten Hinweisaufklebern ab, die in mehreren Sprachen darauf hinwiesen, dass es sich um zerbrechliches Medizingerät handelte. Im größten der vier Zimmer nahm ein gläserner Schreibtisch die komplette Stirnseite ein. Rechts vom Schreibtisch thronte ein Turm mit unterschiedlichen Synthesizern. Lautsprecher standen auf glänzend weißen Würfeln, die in die Mitte des Raums zielten, wo ein schwerer Sessel stand. Besonders stolz war Paps auf das große Mischpult auf der gegenüberliegenden Seite und die uralte Bandmaschine.

»Ist alles analog«, sagte er mehrmals und hatte dabei Yuma im Blick. »Du hattest recht. Es ist wichtig, dass die Sounds warm und echt klingen. Gerade für musikalisch sensiblere Menschen, wie du es bist.«

Er behauptete, dass das generalüberholte Mischpult und die alte Bandmaschine einmal in den Abbey-Road-Studios in London gestanden hätten, und zeigte auf das berühmte Plattencover, das er darüber an der Wand befestigt hatte. Darauf sah man die vier

Beatles, wie sie über einen Zebrastreifen gingen. »Der Geist der Vergangenheit steckt noch in jedem dieser Schaltkreise«, sagte er augenzwinkernd und verkündete, sich in Zukunft selbst um das Sounddesign für die Software kümmern zu wollen. »Wenn du willst, kannst du mich dabei unterstützen«, sagte er zu Yuma.

»Wirklich?« Yuma lächelte.

»Das wäre mir eine große Hilfe.«

Wäre da nicht das übervolle und nach den Farben der Buchrücken sortierte Regal mit medizinischer Fachliteratur gewesen, hätte man das Zimmer glatt für den Regieraum in einem Tonstudio halten können. Musik, oder besser Sound, denn oft handelte es sich um Geräusche und Klangflächen, war ein wichtiger Bestandteil der Software.

»Damit werden die Gedanken eingefangen, heruntergedimmt und der Boden für die Saat der Entspannung und des Wissensgewinns bereitet.« So hatte es unsere Mum leicht verständlich für eine Präsentation formuliert. Sie hätte genauso gut als Werbetexterin arbeiten können. Sie ist auf so vielen Gebieten richtig gut, ließ das aber nie raushängen und gab uns Kindern auch nicht das Gefühl, ihr nacheifern zu müssen. Den Druck, auf mindestens einem Gebiet besonders gut zu sein, machten wir uns selbst, weil wir sie liebten und von ihr gelobt werden wollten.

Dicke Kabelstränge im Regieraum teilten sich neben dem Schreibtisch wie ein Flussdelta. Der größte Strang führte nach unten in den Keller zu den Servern, die anderen in die verschiedenen Räume. Durch ein schmales waagrechtes Fenster konnte man in den Testraum mit den neuen Liegen blicken. Die Zeiten, in denen nur einer die Software ausprobieren konnte, waren vorbei. Sogar ein Notstromaggregat hatte Paps einbauen lassen.

»Die KI muss pausenlos lernen und Kontakt zu den anderen Rechenzentren halten, damit sie möglichst schnell die nächste

Stufe erreicht. Bis das reibungslos klappt, werden noch einige Wochen vergehen.«

Wie schon gesagt: In der Welt meines Vaters war alles Berechnung. Auch Gefühle und Musik. Alles ließ sich anhand von Variablen bestimmen und erklären. Dass er damit nicht ganz richtiglag, merkte man, wenn er sich ans Klavier setzte oder seine silberne Querflöte aus dem Koffer holte. Seine Finger arbeiteten mit höchster Präzision, übertrugen die Noten taktgenau auf das Instrument, und trotzdem hörte es sich besser an, wenn Sina oder Yuma spielten oder sangen. Seinem Spiel fehlte das Dazwischen, das Unerklärbare, die Seele.

Sina und Yuma konnten sowohl vom Blatt spielen als auch improvisieren. Egal, ob Klassik oder Jazz. Sie fühlten, was nicht auf den Notenblättern stand, ließen etwas von ihrer eigenen Stimmung einfließen und gaben den Stücken dadurch einen unverwechselbaren Charakter. Ich beneidete sie um ihr musikalisches Talent, um die Fähigkeit, den Noten etwas von ihrer Persönlichkeit mit auf den Weg zu geben. Am Klavier war ich damit überfordert, die Noten zu entziffern und taktgenau auf beide Hände zu übertragen. Wenn ich mich zu sehr darauf konzentrierte, wurde mir heiß und meine Finger begannen zu zittern, als hätte ich Parkinson. Das Zusammenspiel meiner beiden Hirnhälften klappte nur, wenn ich am Schlagzeug saß und keine Noten vor mir hatte. Paps nannte mich deshalb »Gehörmusikerin«. Aber auch am Schlagzeug dauerte es seine Zeit, bis die Steifheit aus meinen Muskeln verschwand und ich die Musik im ganzen Körper spürte.

Vor dem Betreten des Testraums, dem Herzstück, wie Paps das große, mit Schaumstoff ausgekleidete Zimmer nannte, mussten wir die Schuhe ausziehen. Blauer Teppichboden mit einem Wellenmuster, dick und federnd wie die Turnmatten in der Schule, vor denen sich Sina neuerdings ekelte, dämpfte unsere Schritte. Vier geschwungene Liegen mit den Spezialauflagen, die wir schon kannten, waren im Kreis um eine hell leuchtende Plexiglassäule gruppiert. Blaue, grüne und gelbe Blasen stiegen darin empor wie flüssiges Wachs. Es roch nicht stickig, wie ich es erwartet hatte, sondern schwach nach Tannennadeln und etwas anderem, leicht Süßlichem, das ich nicht identifizieren konnte und sich am ehesten mit dem Duft von Holzspänen beschreiben lässt. Ein warmer Duft. Neben einer der Liegen stand ein silberglänzender Rollcontainer mit henkellosen Schubladen. Paps' Vorliebe für Science-Fiction-Filme, allen voran *Raumschiff Enterprise*, war nicht zu übersehen. Die Decke war mit einem Meer aus funkelnden kleinen Lichtern übersät, die in unterschiedlichen Farben leuchteten und leicht pulsierten, nachdem sich die Tür hinter uns geschlossen hatte. Sina guckte nach oben und drehte sich langsam im Kreis.

»Wie eingefangene Sterne«, sagte sie lächelnd. »Als könnte man mit der Kapsel durch die Zeit zurück zum Urknall reisen.«

»Urknall«, wiederholte Farid. »Was auch sonst.« Er strich ihr über die Haare.

Mum konnte bei der Führung nicht dabei sein. Sie hatte Wochenendbereitschaft und musste den Nachmittag über Hausbesuche machen. Sie war glücklich, dass es endlich losging. In einer Woche würde sie die Praxis eröffnen. Dank Insa fieberte sie dem Tag wieder mit Vorfreude entgegen, und dass Yuma wieder mehr wie früher war, tat sein Übriges. Die anstrengende Phase schien hinter uns zu liegen.

Wände und Decken im Testraum waren mit Schaumstoffplatten ausgekleidet. Pyramiden und Würfel in Grau und Beige, die den Raum gegen Außengeräusche abschirmten und wieder diesen unangenehmen Druck auf den Ohren erzeugten. Indirektes orangenes Licht verbreitete eine angenehme Stimmung, wie kurz vor Sonnenaufgang. In der Kapsel, wie wir den Raum mit den geschwungenen Liegen von diesem Tag an nannten, hatte man den Eindruck, dass Stille ein physisches Gewicht hatte. Unsichtbar drückte sie gegen Augen und Ohren, legte sich auf Arme und Beine. Farid und Sina begannen fast gleichzeitig zu lachen. Doch das Lachen klang dumpf und abgehackt.

»Wozu die Stille?«, fragte Farid. »Ich dachte, die Software soll später auch in lauter Umgebung funktionieren.«

»Das wird sie auch. Aber bis es so weit ist und sie gelernt hat, Störgeräusche und Stimmen zu muten, braucht es optimale Bedingungen. Dafür ist dieser Raum hier.« Paps redete von dem Programm, als wäre es ein Lebewesen. »In ein paar Minuten hat sich euer Gehirn durch das Licht und den Duft an die reizarme Umgebung gewöhnt. Dann müsste auch das unangenehme Gefühl auf den Ohren verschwinden.« Er deutete auf eine Schatulle mit glänzend schwarzen In-ear-Kopfhörern. »Die neuen Modelle können nicht nur Lärm auslöschen, sondern auch Stimmen und plötzlich auftretende Geräusche.«

»Wann geht's endlich los?«, seufzte Yuma. Mit einem Mal wirkte sie angespannt. Mir ging es nicht anders, aber ich versuchte, mir meine Nervosität nicht anmerken zu lassen. Ich dachte an den Test vor dem Kaminfeuer und diesen seltsamen Flashback. Egal, was passierte, diesmal würde ich nicht einschlafen!

»Ich wollte nachher noch mit Insa an dem Plan für den Skulpturenpfad arbeiten«, fügte Yuma hinzu, als sie meinen mahnenden Blick auffing.

Paps lächelte. »Gleich geht's los.« Er straffte den Rücken. »Willkommen an Bord der Experience I, liebe Gäste«, verkündete er mit verstellter Stimme. Selten hatte ich ihn so euphorisch erlebt. »Von hier aus dringen wir in Welten vor, die noch kein Mensch je gesehen hat«, machte er weiter. »Welten, die tief im Verborgenen liegen und unser aller Zukunft bestimmen.«

Sina applaudierte. Yuma rang sich ein Lächeln ab. Farid legte einen Arm um Sina. »Wo sind die spacigen Helme abgeblieben? Oder bist du wieder zu den stylishen Oma-Bademützen mit den vielen bunten Kabeln zurückgekehrt, die du ganz am Anfang benutzt hast?«

Paps grinste. »Gehört beides der Vergangenheit an. Heute zünden wir die nächste Stufe.« Er tippte gegen die untere Schublade des silbernen Rollcontainers. Sie öffnete sich automatisch. An einer Längsstange baumelten u-förmige Metallbügel, die in blaue Folie eingeschweißt waren. Er nahm einen aus der Verpackung und hielt ihn mit Daumen und Zeigefinger in die Luft. »Das ist der Ersatz für die Helme. Je nachdem, wie stark wir die VR-Brillen in der nächsten Stufe noch verkleinern können, müssen wir das Design noch etwas anpassen.«

Der Metallbügel erinnerte an einen zu dick geratenen Haarreif. Er war silbern und an der gewellten Unterseite mit kleinen Kristallen bestückt. Paps reichte jedem von uns so ein Teil. Es fühlte sich schwerer an als gedacht. »Die Prototypen sehen doch schon ganz vielversprechend aus, oder was meint ihr?«

»Könnte man auch als Diadem tragen«, scherzte Farid und steckte sich den Metallbügel in die Locken.

»Wenn ihr den Knopf in der Einbuchtung auf der rechten Seite drückt, löst sich ein zweiter Bügel heraus, und es spannt sich eine unsichtbare Haube zwischen den beiden Bügelteilen auf.« Bei dem Wort »Haube« hatte er Anführungszeichen in die Luft gemalt. »Die roten Kristalle an den Innenseiten sind mit hochsensiblen Sensoren ausgestattet, die Temperaturveränderungen, die Spannung eurer Haut und weitere Parameter im Mikrobereich überwachen. Der Computer passt sein Programm eurem aktuellen Zustand an und startet automatisch. Jeder Mensch bekommt sein individuelles Entspannungsprogramm. So etwas gab es noch nie.«

Bis auf Yuma hatten wir alle die Haarreifen aufgesetzt. Ich gab ihr versteckt Zeichen, es uns gleichzutun, während Paps mit verstellter Stimme weiterredete. Die Aktivität in unserem Gehirn würde »ein digitales Echo« erzeugen, das dank Tausender Parameter innerhalb von Millisekunden ausgelesen werden könne.

»Und wozu ist das gut?«, fragte Farid.

»Damit die Gedankenreise an das gebuchte Ziel führt und nicht an einen Ort, der uns nicht gefällt.«

»Aber das funktioniert jetzt noch nicht?«, fragte Yuma.

»Eingeschränkt. Wie gesagt: Dazu braucht die Software noch viele, viele Trainingsstunden und Probanden wie euch, um exakt zu arbeiten und ein Echo zu erzeugen.«

»Und wenn was schiefgeht?«, fragte Sina.

»Davor musst du dich nicht fürchten. Das System überwacht eure Vitalwerte. Wenn es feststellt, dass ihr durch die Musik, die Grafiken oder die Stimme genervt seid, stoppt es die Sitzung.«

Yuma band sich ihr dickes schwarzes Haar zurück und setzte den Metallreif auf. Ich war erleichtert. Paps dimmte das Licht herunter und verschwand nach draußen in den Regieraum, um das Programm zu starten. Sobald man die optimale Position gefunden hatte und den Knopf an der Seite drückte, wurde das Polster innerhalb von Sekunden weich und warm, und man hatte wieder das Gefühl, einzusinken.

Paps' Stimme kam über die Ohrstöpsel. »Setzt nun die Brillen auf. Ich wünsche euch eine angenehme Reise in unbekannte Galaxien.«

Kaum hatte ich die Brille aufgesetzt, löste sich aus dem Metallbügel ein zweiter Bügel. Jetzt verstand ich, was unser Vater mit

»Haube« gemeint hatte. Ich spürte ein leichtes Vibrieren auf der Kopfhaut. Statische Ladung wie beim Föhnen zog an einzelnen Haarsträhnen, nur stärker und an mehreren Stellen gleichzeitig. Irgendwann fühlte es sich tatsächlich an, als hätte sich zwischen den beiden Metallbögen ein Netz gespannt. Die Bügel wärmten sich auf. Eine angenehme Wärme, eine Wärme, die bis tief in die Hautschichten eindrang und auf angenehme Weise kitzelte. Ich hörte ein Lachen. Es war Sina, die lachte. Vielleicht hatte das Programm bei ihr schon gestartet. Das halbtransparente Glas meiner VR-Brille zeigte ein pixeliges grauweißes Rauschen. Dahinter das langsamer werdende Pulsieren der Deckenlichter. Durch die Kopfhörer drangen Windgeräusche. Sie kamen von vorne. Unregelmäßig. Warme Wellen glitten über meine Kopfhaut. Vor und zurück. Zurück und vor. Mein Körper schien unentschlossen, ob ihm das genügen sollte, sich zu entspannen. Die Windgeräusche wurden von einem leisen Plätschern abgelöst. Ein Bachlauf, der sich durch eine blühende Wiese schlängelte. Das sollte ich mir wohl vorstellen. Aber das Bild ließ sich nicht in Klarheit vor meinem inneren Auge heraufbeschwören. Es fehlten die Gerüche.

Paps' Stimme meldete sich jetzt über die Ohrstöpsel. »Das Programm beginnt mit einer kurzen Kalibrierungsphase, um euren Entspannungszustand zu messen. Das kann ein bis zwei Minuten dauern. Dabei wird die Grafik hin und wieder auch dunkel. Wundert euch nicht über die Bild- und Filmsequenzen. Und nicht über die Stimme, die ab jetzt die Führung durch das Programm übernimmt. Das wird alles automatisch, individuell für euch generiert. Das macht die KI ganz von selbst. Solltet ihr euch an irgendeinem Punkt unwohl fühlen, könnt ihr die Brille absetzen. Dann ist der Spuk sofort vorbei.«

Ein Klicken, seine Stimme war verschwunden, und ein gleichmäßiges Rauschen war zu hören. Dann passierte für eine Sekunde nichts. Ich hatte den Eindruck, dass die Liege sich leicht nach hinten geneigt hatte. In meinem Nacken wurde es warm, und diese Wärme stieg in meinen Kopf und glitt über meine Wirbelsäule nach unten. Zuerst sah ich nur eine Farbfläche, ein schimmerndes Grau, dann erschien über mir ein prächtiger Sternenhimmel, und eine Stimme sagte meinen Namen.

SEELEN

SAMSTAG, 09.03.2024

03:20 UHR   Es ging bergauf. Ein paar Ortschaften weiter entdeckte Farid ein Tanzstudio, das von einem Profitänzer geführt wurde. Das war ein Glücksfall. Das Studio war in einer ehemaligen Kirche untergebracht, die man gegen den Protest der Anwohner entweiht hatte. Auf großen Schildern entlang der schmalen Zufahrtstraße standen Bibelzitate, die die Rache Gottes heraufbeschworen. Man kam sich vor wie im Mittelalter. Paps verdrehte die Augen, als wir Farid zum ersten Mal abends vor dem hell erleuchteten Gebäude absetzten. Er konnte sich einen bissigen Kommentar nicht verkneifen, als er die zwei alten Frauen sah, die betend am Fuß der Eingangstreppe standen und uns abschätzige Blicke zuwarfen.

»Meine Güte, hat man denn vor denen nirgendwo seine Ruhe?« Er machte ein übertrieben angewidertes Gesicht.

Das sah auch Yuma. Sie hatte den ganzen Weg über keinen Ton gesagt. Sie war nur deshalb mitgekommen, weil auf halber Strecke ein Supermarkt lag, der noch bis acht Uhr aufhatte und sie Heißhunger auf Schokolade hatte. Vielleicht hatte sie gekifft. Aber dafür waren ihre Pupillen nicht groß genug.

»Vielleicht haben sie ja recht?«, sagte Yuma mit bissigem Unterton.

»Womit?«, fragte Paps. »Dass Kirchen lieber leer stehen sollten, als noch für irgendwas gut zu sein?«

»Dass der Ort nicht dafür bestimmt ist, dass man den Zweck ändert.«

»Welcher Zweck sollte das sein?«, fragte Farid, öffnete die Tür und schulterte seine Sporttasche. »An etwas zu glauben, das nicht existiert?«

»Woher willst du das wissen?«

»Hey, kein Streit«, sagte ich. »Ist doch auch egal.«

»Warum seid ihr alle so ignorant?«, machte Yuma weiter. »Warum könnt ihr nicht einfach sagen, dass ihr keine Ahnung habt, ob diese Frauen recht haben oder nicht? Ist es so schwer, das zu tun? Ist es so schwer, anzuerkennen, dass es da draußen etwas geben könnte, was all das zusammenhält und sich Zahlen und Fakten entzieht?«

Farid lächelte. »Ich liebe dich auch, große kluge Schwester. Und ich geh da jetzt rein, um zu tanzen. Mit oder ohne Gott.«

Yuma hielt ihn an der Tasche fest. »Glaubst du, dass es Zufall ist, dass du heute hier bist? Dass wir hier sind. Denkst du das wirklich? Du glaubst an eine Tonscherbe, deshalb bist du hier, deshalb tanzt du. Das ist im Prinzip nichts anderes als das, was diese Frauen da tun. Oder denkst du wirklich, dass diese Scherbe etwas mit deiner Mutter zu tun hat?«

Kurz war es still. Natürlich war uns allen klar, dass die Scherbe im Gegensatz zu dem Armband mit dem Barcode nur ein Symbol war. Auch Farid wusste das, da war ich mir sicher. Doch ausgesprochen hatten wir das nie.

Paps schnalzte mit der Zunge. »Yuma, es reicht! Was ist nur mit dir los?«

»Fragt euch lieber mal, was mit euch los ist, dass ihr an Märchen glaubt.« Sie blickte zuerst zu mir und dann wieder zu Farid.

»Warum musst du so verletzend sein?«, fragte ich.

»Wenn die Wahrheit verletzend ist, tut es mir leid, aber ich steh nun mal drauf, zu sagen, was ich denke.«

»Okay«, sagte Paps. Sein Kopf war hochrot. »Und jetzt lass gut sein.«

»Zuerst will ich noch wissen, ob Farid der Meinung ist, dass sein Leben ein Zufall ist. Seine Rettung, sein Talent.«

Farid entfernte Yumas Hand Finger für Finger vom Henkel seiner Tasche. Ich sah ihm an, dass er sich beherrschen musste, nicht auf Yumas Provokation einzugehen. Doch dann begann er zu lächeln. »Am Ende ist alles Liebe«, sagte er sanft, beugte sich zu Yuma und gab ihr einen Kuss auf die Wange. »Komische große Schwester.«

Für Farid wurde diese Kirche, dieser ehemals heilige Ort, zum Rettungsanker. Manchmal denke ich, dass er dort beim Tanzen seinem persönlichen Gott begegnet war.

Die Scherbe mit der Tänzerin erinnerte ihn jeden Tag daran, dass es jemanden – eine *Kraft* – außerhalb der sichtbaren Welt und unserer Familie gab, die ihn stützte. Und sie gab ihm ein klares Ziel, das mir und vielleicht auch Yuma fehlte, obwohl sie das nie so gesagt hatte.

Auch ich war davon überzeugt, dass das Leben irgendeine Gegenleistung von mir erwartete. Dass es einen unausgesprochenen Pakt mit einer höheren Macht gab, den ich einlösen musste, um dieses Grundvertrauen in die Zukunft zu haben, das Farid Niederlagen und Demütigungen ertragen ließ.

Manchmal denke ich, dass Yuma auch gerne so etwas gehabt hätte. Dass die getrockneten Blumen in ihrem Album zu wenig waren, um ihre Sehnsucht nach dieser anderen Geborgenheit zu stillen. Dass unsere Familie ihr nicht genügte. Dass der Schmerz der Trennung von der leiblichen Mutter ein zu großes Loch in ihre Seele gerissen hatte, um zu akzeptieren, dass wir sie bedingungslos liebten. Yuma wollte sich beweisen, diese zweite Chance verdient zu haben.

Uns Adoptierten gemein war die Angst, dieses zweite Leben mit Nichtigkeiten zu vergeuden. Die Tatsache, adoptiert zu sein, macht es einem schwer, sich treiben zu lassen und auf sein Glück zu vertrauen. Unterschwellig ist da immer die Angst, die Adoptiveltern zu enttäuschen. Nicht das Kind zu sein, das sie sich erhofft haben. Ein Fehlkauf ohne Rückgaberecht. Eine Investition, die sich nicht auszahlt.

Der Leiter des Tanzstudios war nicht nur ein hervorragender Trainer, offensichtlich fand er auch die richtigen Worte, Farid wieder aufzubauen und ihm Alternativen aufzuzeigen, seinen Traum vom Profitänzer nicht zu begraben. Farids Plan B war es nun, sich über Privatstunden, Meisterkurse und Trainingscamps diesen Traum zu erfüllen. Dafür trainierte er härter denn je. In der freien Szene gab es genügend Dance-Companys, die genauso angesehen waren wie die Ensembles der großen Häuser, erzählte er mit leuchtenden Augen. Er wollte weg vom klassischen Ballett, hin zum zeitgenössischen Tanz. Und ich zweifelte keine Sekunde daran, dass es ihm gelingen würde, auch dort schon bald zu den Besten seines Alters zu gehören. Mit diesem neuen Ziel war auch sein Ehrgeiz wieder erwacht. Er hörte mit dem heimlichen Kiffen auf, achtete auf seinen Körper und nahm das Angebot unserer Eltern an, die im freien Zimmer im Untergeschoss des Haupthauses einen speziellen Boden, Spiegel und Haltestangen anbringen ließen, damit er dort üben konnte.

INTERVIEW VOM 26.01.2024 VIA ZOOM

REPORTAGE: EIN DORF SUCHT DIE WAHRHEIT (ARBEITSTITEL)

ERIC G. Ich möchte meinen Namen bitte nicht in der Presse lesen. Und können Sie bitte keine Audioaufnahme machen?
CAROLIN MARQUART Natürlich. Ich gebe Ihnen Ihre O-Töne auch gerne noch mal zum Gegenlesen, wenn Sie das möchten.
ERIC G. Ja, das wäre mir wichtig. Wissen Sie, die Menschen werden sich ohnehin zusammenreimen, wer ich bin, aber es macht einen Unterschied, ob mein Name bei der Google-Suche im Zusammenhang mit Farid und seiner Familie auftaucht oder nicht. Es ist nun mal meine Profession, mit jungen Menschen zu arbeiten. In der heutigen Zeit kann einem daraus schnell ein Strick gedreht werden. Das habe ich während der Gerichtsverhandlung erlebt. Ich spreche nur mit Ihnen, weil ich ein paar Dinge richtigstellen will.
CAROLIN MARQUART Das verstehe ich. Lassen Sie uns über den Jungen reden und über sein Talent. Wie war er im Vergleich zu anderen Gleichaltrigen?
ERIC G. Seine Technik war sehr gut, sehr ausgereift, außergewöhnlich, könnte man sagen, trotz des Handicaps der leicht verkürzten Achillessehnen. Aber Perfektion ist nicht alles, worauf es beim Tanzen ankommt. Es geht um die Bereitschaft, in den Schmerz zu gehen, sich – auch wenn es vielleicht seltsam klingt – mit ihm anzufreunden, ihn als Maßstab

für das Streben nach einem eigenen Ideal zu nutzen, die Grenzen auszuloten und zu erweitern.

CAROLIN MARQUART   Und das hat Farid getan? Sich ... gequält?

ERIC G.   Ja, das hat er. Nicht nur seine Physis betreffend, sondern auch seelisch hat er sich der Herausforderung gestellt.

CAROLIN MARQUART   Können Sie das vielleicht noch etwas genauer erklären?

ERIC G.   Der Körper wächst in seinem Alter in Schüben, die Veränderung vom Kind zum Jugendlichen und später zum Mann erfordert gerade in der heutigen, scheinbar toleranten Zeit, von Jungen, von männlichen Tänzern, ein Höchstmaß an Stärke, wollen sie sich nicht ganz von Gleichaltrigen abschotten. Es geht nicht nur darum, wie bei einer gewöhnlichen Sportart, hart zu trainieren, Leistung zu bringen und sich stetig zu verbessern. Über allem steht der künstlerische Aspekt, diese Klammer hält alles zusammen. Ein Junge, der sich nicht komplett von den anderen zurückziehen will, muss den Widerstreit zwischen dem, was wir immer noch als männliche und weibliche Eigenschaften unterteilen, in sich vereinigen und sich schon früh mit Leidenschaft und Sehnsucht auseinandersetzen. Tut er das nicht, wird er sich nicht weiterentwickeln. Versteht er nicht, wer er selbst ist, so versteht er auch nicht, dass ein Tänzer auf der Bühne er selbst bleibt, auch wenn er eine Rolle spielt.

ZWEITER TEIL
SEHEN

Sehen: [ˈzeːən] Der physiologische Prozess, bei dem visuelle Reize durch die Augen aufgenommen und im Gehirn verarbeitet werden, um Informationen über die Umgebung oder Objekte zu gewinnen, die sich im Sichtfeld befinden.

Visuelle Wahrnehmung: Die visuelle Wahrnehmung ist stark von früheren Erfahrungen und Erwartungen beeinflusst. Das Gehirn nutzt diese Informationen, um visuelle Reize zu interpretieren und ihnen Bedeutung zuzuweisen. Oft arbeitet sie in Verbindung mit anderen Sinnen, wie dem Gehör und dem Tastsinn, um ein umfassendes Verständnis der Umwelt zu schaffen.

BREAKING BAD

SONNTAG, 10.03.2024

08:17 UHR *Hab eine fette Erkältung mit Fieber und Gliederschmerzen. Aber das Fieber fühlt sich gut an. Die Wärme fühlt sich gut an. Das leichte Brennen in den Augen. Ich darf heute liegen bleiben. Keine Gruppentherapie. Keine Beschäftigungstherapie mit den anderen Verrückten. Nur Suppe (Kürbissuppe) und zwei Scheiben Brot. Ich dämmere immer wieder weg. Fieberträume sind gute Träume. Und ich schreibe. Ich spüre die Worte nicht, aber ich schreibe sie auf. Merkwürdig, aber nicht beunruhigend. Ich denke an Sina, würde sie am liebsten anrufen, ihr sagen, dass ich jetzt verstehe, wie sich das anfühlt, nicht zu wissen, woher die Worte im Kopf kommen. Dass es ist, als würde man mehr wissen, über sich und die Welt und das, was man gesehen und gehört hat. Jetzt, wo ich den letzten Satz ein zweites Mal lese, wird mir doch etwas mulmig. Fühlt sich an, als würde man in einen Spiegel sehen und sich nicht mehr erkennen.*
Jan hat's auch erwischt. Wir haben rumgeknutscht. War so mittel. Es gibt keinen Grund, dieses Erlebnis zu wiederholen.

Wenige Tage nach der Verhaftung unserer Eltern, Untersuchungen im Krankenhaus und Befragungen durch zwei Kommissare quartierte uns die Polizei in ein kleines Hotel am Rande von Freiburg ein. Man wollte uns Kinder vor der Journalistenmeute schützen, die Jagd auf uns machte. Unsere Eltern durften wir nicht sehen. Kein Kontakt, weder über Telefon noch per Mail. Das war wie Folter. Nicht zu wissen, was eigentlich los war, wie es ihnen ging und was genau ihnen vorgeworfen wurde. Mit uns Kindern waren auch zwei Sozialarbeiterinnen in das Gästehaus eingezogen. Sie kannten die zahlreichen Lügen aus der Presse und brannten darauf, unsere Version zu den Vorfällen in St. Engbert zu hören. Die »Wahrheit«, hatte die Jüngere zu mir gesagt und mir anvertraut, dass wir draußen eine große Sache seien. Fehlte nur noch, dass sie ein Selfie mit mir machen wollte. Die andere Sozialarbeiterin, Lizzy, die meist an den Wochenenden Dienst hatte, war auch nicht das Gelbe vom Ei. Sie wollte uns ständig trösten. Polly mochte sie nicht. Sie zeigte ihre Abneigung ganz offen, knurrte Lizzy an, als sie Sina das Haar kämmen wollte. Vielleicht war es auch die hohe übermelodiöse Stimme, die Polly auf die Nerven ging. Was Lizzy im Laufe der Wochen an Kommentaren zu unserer Situation von sich gab, klang, als hätte man uns aus den Fängen einer gemeingefährlichen Sekte befreit, die mit Kindesentführungen aus Kriegs- und Krisengebieten ihr Geld verdiente und ihre Anhänger einer Gehirnwäsche unterzog.

Das Hotel war kein richtiges Hotel, sondern eine Art Safe House, eine in die Jahre gekommene alte Villa mit fünfzehn Zimmern, schweren Vorhängen, einem nach Chlor stinkenden Innenpool und großem, nicht einsehbarem Garten. Solche Häuser waren mir bisher nur auf Netflix begegnet, wo Kronzeugen bis zur Verhandlung vor Auftragskillern versteckt werden mussten. Dass es sie auch in Deutschland gab, war mir neu.

Frank, ein älterer Polizist in Zivil, der nachts über das Grundstück patrouillierte, erklärte mir hinter vorgehaltener Hand, dass es mittlerweile in fast jedem Bundesland so ein Versteck gab, man das aber nicht an die große Glocke hängen wolle. Daran schuld seien die sozialen Medien, Fernsehsender und Boulevardzeitungen, die für exklusives Material einen Haufen Geld hinblätterten. Schuld sei aber auch eine wachsende Zahl an Menschen, die sich ihren Feierabend am liebsten mit True-Crime-Storys versüßten, bei denen die Opfer nur noch in Nebenrollen (als Stichwortgeber für den pathologischen Befund) auftraten. Die Menschen interessierten sich für gut erzählte Geschichten, nicht für Fakten. Der emotionale Teil, das Schicksal der Beteiligten – unser Schicksal –, ging den Leuten am Arsch vorbei.

Es war drei Uhr morgens. Der hagere Mann redete sich in Rage, während ich benommen vor mich hin starrte und mir vorstellte, wie meine Eltern, jeder für sich alleine, in ihren Gefängniszellen lagen, in die derselbe riesige Mond hineinschien, der sich auf den randlosen Brillengläsern des Polizisten dreifach spiegelte.

Das Böse werde zum Freizeitvergnügen einer verrohten Spaßgesellschaft, redete der Polizist weiter. Einer Gesellschaft, die verlernt habe, zwischen Fiktion und Wirklichkeit zu unterscheiden, und mit ihrer Vergnügungssucht zielsicher auf den Abgrund zusteure. Er schien vergessen zu haben, dass er sich gerade mit einem sechzehnjährigen Mädchen unterhielt, dessen Eltern man vor ihren Augen in Handschellen abgeführt hatte.

Als der Mann meinen eingeschüchterten Blick bemerkte, entschuldigte er sich und sagte, dass in unserem Fall ja noch vieles ungeklärt sei und es nach allem, was ihm die Kollegen gesagt hätten, nicht um ein Kapitalverbrechen gehe, was schon mal eine gute Sache sei. Er zuckte mit den breiten Schultern. »Mehr darf ich leider nicht sagen.«

Es täte ihm leid, wie die Presse den Fall ausschlachten würde, nur, weil so ein paar Spinner Verschwörungstheorien in die Welt posaunten. Von Menschenhandel und Entführung war die Rede, von einem internationalen Firmengeflecht, Urkundenfälschung, Verstößen gegen die Medizin-Ethik, Steuerbetrug, Geldwäsche und Mitgliedschaft in einer kriminellen Vereinigung.

Ich dachte an Paps' Vorliebe für Serien, in denen es um Geheimdienste, Terrorismus, Drogenhandel und solche Sachen ging. Ich versuchte, ihn mir in der Rolle des Mister White aus seiner Lieblingsserie *Breaking Bad* vorzustellen, einem krebskranken Chemie-Lehrer, der zum ruchlosen Drogenboss aufsteigt – vergeblich. Es war unmöglich, in Paps etwas anderes zu sehen als das, was er war: Ein ehrgeiziger Wissenschaftler, in emotionalen Dingen manchmal etwas überforderter Vater, der Frau und Kinder von Herzen liebte und sich weder für Macht noch für Geld besonders interessierte. Auch wenn die Presse etwas anderes behauptete.

Die Verhaftung unserer Eltern stand im Zusammenhang mit weiteren Verhaftungen in den USA, England, Frankreich, Mexiko und der Ukraine und wurde von Politik und Presse als Schlag gegen die »organisierte Kriminalität« gefeiert. Weitere Details könnten aus »ermittlungstaktischen Gründen« nicht genannt werden, sagte der dickleibige Staatsanwalt auf einer der ersten Pressekonferenzen. Gegen unsere Mutter würde zusätzlich eine Anzeige wegen der Fälschung wissenschaftlicher Studien vorliegen. Unsere Mutter kriminell, eine Verbrecherin oder so was in der Art, das war unvorstellbar. Sie hatte ja schon ein schlechtes Gewissen, wenn sie mal im Halteverbot parkte. Das alles klang so verrückt, so weit hergeholt, dass ich mich regelmäßig in den Arm zwicken musste, um es glauben zu können.

Yuma ging es genauso. Manchmal saßen wir einfach nur stumm nebeneinander auf dem viel zu harten Hotelbett, hielten uns an den Händen und hörten Musik. Vergessen waren unsere Auseinandersetzungen der letzten Monate. Wir waren wieder beste Freundinnen, unzertrennlich, und wir würden nicht zulassen, dass man unsere Familie zerstörte.

Farid machte die Situation wütend. Er legte sich regelmäßig mit unseren Bewachern (außer mit Frank) an und verlangte, unsere Eltern zu sehen, was ihm verweigert wurde. Sina hingegen war verstummt. Sie kauerte die meiste Zeit im Ohrensessel im Wohnzimmer, streichelte mechanisch über Pollys Fell und starrte in den Garten. Sie fühlte sich schuldig, wollte aber nicht sagen, warum. Sie weinte sich die Augen aus dem Kopf und rief im Schlaf nach unseren Eltern. Wir versuchten, sie zu trösten, aber es gelang uns nicht.

Ich konnte das alles nicht glauben, hoffte in den ersten Tagen, dass es sich um einen Irrtum handelte oder um den Prank des Jahrhunderts, der völlig aus dem Ruder gelaufen war und schon bald mit mir, stehend im Scheinwerferlicht, umgeben von applaudierenden Schauspielern, aufgelöst werden würde. Doch das passierte nicht, und in mir wuchs die Angst, es könnte alles noch schlimmer kommen.

Die Journalisten stocherten in den Biografien unserer Eltern herum und fanden schnell, was es brauchte, um die Spekulationen weiter anzufeuern. Im Auftrag des Google-Konzerns Alphabet hatte unsere Mutter nach ihrer zweiten Promotion in den USA weltweit Forschungsprojekte koordiniert, die sich mit der Entstehung von Parkinson und Alzheimer und genetischen Möglichkeiten der Früherkennung beschäftigten. Ihre Aufgabe war es gewesen, die Forschungsergebnisse einzelner Start-ups zusammenzutragen und auszuwerten. In einem dieser Start-ups hatte unser Vater gearbeitet. So hatten sich die beiden kennengelernt.

»Euer Vater trug damals Vollbart und redete mit so vielen Pausen zwischen den Sätzen, dass man sich bei Meetings einen Schalter für dreifache Geschwindigkeit gewünscht hätte. Aber im Gegensatz zu vielen seiner Kollegen hat er sich von Fehlschlägen nie entmutigen lassen, sondern ständig nach neuen Ansätzen gesucht.«

Bis zur großen Entlassungswelle im Silicon Valley hatten sich die beiden häufiger über die Ausrichtung seines Biotech-Start-ups gestritten. Mum war Paps' eigenbrötlerische Art auf die Nerven gegangen.

»Euer Vater war kein guter Teamplayer«, sagte sie lachend, wenn sie – was selten vorkam – von damals erzählte. »Er hat sich für Einstein gehalten und war nur schwer davon zu überzeugen, dass sich gemeinsam mit anderen, durch globale Vernetzung, mehr erreichen lässt als im Alleingang. Den Zahn konnte ich ihm glücklicherweise ziehen.«

Erst Jahre später, bei einer feuchtfröhlichen Party (O-Ton Mum: »Euer Vater war total dicht gewesen« und ohne Paps' Vollbart, hatten sich die beiden ausgesprochen und ineinander verliebt. Auch von diesem Abend hatten Journalisten noch Bilder ausgegraben. Paps hatte darauf schulterlanges Haar wie Farid und lächelte schüchtern, während unsere Mutter ihm eine Auszeichnung überreichte. Auf den Bildern sehen die beiden unglaublich jung aus, als wären sie gerade erst mit der Schule fertig geworden.

Bevor man bei Farid sein altes Handy entdeckte und ihm wegnahm, hatte er Yuma und mir Videoschnipsel auf YouTube gezeigt, die unter dem Hashtag »St. Engbert« zusammen mit unzähligen anderen aufgelistet waren. Die Gesichter unserer Eltern waren nicht verfremdet wie bei uns Kindern. Jeder konnte sehen, um wen es sich handelte. Jeder konnte die Schlagzeilen mit ihrer Biometrie verknüpfen und in neue, noch reißerischere Storys packen. Dutzende Journalisten belagerten unser Haus, die Arztpraxis und die Schule. Sie hielten ihre Kameras auf jeden, der ihnen über den Weg lief. Patienten, Lieferanten und Schüler aus dem Internat, von denen ich manche noch nie gesehen hatte.

Auch Insa lauerte die Presse auf. Insa sagte immer nur »Kein Kommentar«, wenn ihr ein Mikro entgegengestreckt wurde, und hielt sich die Hand vors Gesicht. Innerhalb weniger Wochen war sie um Jahre gealtert. Auch sie durften wir nicht sehen. Dabei sehnte sich Yuma nach Insa, ihrer Vertrauten. Auch wenn sie sich in den Tagen vor der Verhaftung unserer Eltern heftig gestritten hatten, hätte Yuma ihren Beistand und ihren optimistischen Blick gebraucht, um die Katastrophe nicht als Bestrafung durch eine höhere Macht zu verstehen. Yuma glaubte, diese Macht durch ihre Zweifel an den großen Religionen, ihren Regeln, Schriften und Ritualen herausgefordert zu haben. In eigenwilligen Zeremonien bat sie nun um Vergebung.

Wie es Insa wohl ging? Was sie über uns dachte? Ob sie den Gerüchten glaubte, die immer haarsträubender wurden und Yuma Hexenkulte, Exorzismus und Wahnsinn andichteten? Aber Insa war ja selbst abergläubisch, auch wenn sie das nie so genannt hatte. Sie legte sich Karten, Tarotkarten, pendelte Entscheidungen aus, schickte bei Vollmond Wünsche ans Universum und glaubte nicht an Zufälle, sondern ausschließlich an Vorbestimmung.

Ich will ihr nicht vorwerfen, Yumas Interesse für dieses Thema geweckt zu haben, das würde nicht stimmen, aber der Einfluss, den sie vom ersten Tag an auf meine Schwester hatte, war offensichtlich. Yuma hatte zu ihr aufgeschaut. Wie ein Schwamm hatte sie Insas Erzählungen, die sich oft wie biblische Gleichnisse mit einer Prise Humor anhörten, aufgesogen und in ihr eigenes Weltbild integriert. Wir waren Insa dankbar gewesen. Zumindest am Anfang war das noch so. Endlich hatte meine Schwester jemanden gefunden, der die sichtbare Gegenwart auf kluge und positive Weise mit anderen, geistigen Welten verknüpfte. Yuma durfte einen Gott haben, eine Göttin, viele oder keine. Alles war möglich. Bei Insa gab es kein Richtig oder Falsch, nur die Erkenntnis, dass alles mit allem verbunden war und jeder seine eigene spirituelle Wahrheit finden musste. Zumindest in der ersten Zeit hatte Yuma sich in dieser Vorstellung wiedergefunden. Sie hatte ihr Halt und Hoffnung gegeben und sie zu uns zurückgeführt. Yuma schien verstanden zu haben, dass wir sie unabhängig von dem liebten, woran sie glaubte.

An den Zeichnungen, die sie im Sommer anfertigte, wenn sie im Garten hinter dem Gesindehaus unter freiem Himmel schlief, ließ sich diese Entwicklung ablesen. Sie waren zwar immer noch düster, aber die halben Gesichter der Wesen, die ihre Fantasiewelten bevölkerten, und die kurzen Geschichten, die sie wie bei einer Graphic Novel winzig klein an die Seiten schrieb, handelten von schattenhaften Figuren, die zwischen Wäldern und Hochhäusern, Maschinen und Fabelwesen, unter Fremden und Freunden nach einem Gott und Geborgenheit suchten und beides nach abenteuerlichen Reisen, Kämpfen und Verlusten in sprechenden Pflanzen und Tieren fanden.

Gott.

Diese vier Buchstaben, diese Metapher für das Unerklärliche, spiegelten sich verzerrt (manchmal bis zur Unkenntlichkeit) auf Pfützen, dem reißenden Strom eines Flusses oder in den Fenstern von Hochhausfassaden.

GOTT?

Aus Gott wurde eines Tages ein Mensch geboren. Ein irdischer Abgesandter. Eine Art Jesus vielleicht. Und dieser Mensch bekam ein sanftes vollständiges Gesicht und Farben, durchlässig, wie bei den kolorierten Modezeichnungen, die Insa gleich nach ihrem Einzug auf einem Flohmarkt gekauft und in ihr Wohnzimmer im Gesindehaus gehängt hatte.

Ein kleiner Mensch war das in Yumas Skizzenbuch. Ein zartes Kind, ein mädchenhafter Junge oder ein jungenhaftes Mädchen – das ließ sich nicht sagen – in Uniform (mit roten Schulterklappen, goldenen Fransen und Rangabzeichen auf der Brust, die wie Kronkorken aussahen). Ein Soldat. Ein Kind, bei dem der Körper nicht zum Alter zu passen schien. Mit harten Gesichtszügen und sehnigen Armen. Ein Kind, das mutig durch reißende Flüsse schwamm oder wie der letzte Überlebende einer Katastrophe auf endlosen Trümmerfeldern umherirrte, sich dabei langsam auflöste und im letzten zerfaserten Bild in einer Rauchspirale in den Himmel stieg. Die hohe, runde Stirn leicht gerunzelt, das Gesicht ein ungläubiges Staunen, die Augen weit aufgerissen, ins Nichts gerichtet.

Vielleicht war sie selbst dieses Kind.

Ja, vielleicht.

Vielleicht sah sie sich selbst umherirren und sich auflösen.

Ich fragte sie nicht. Ich konnte sie nicht fragen, weil ich mir die Zeichnungen heimlich anschaute. Sie waren ihr eigentliches Tagebuch, ein kodiertes Tagebuch, das ich nicht verstand, weil mir dazu der Schlüssel fehlte. Anfangs nahm Yuma jedes Wort für bare Münze, das Insa sagte, und wollte ihr imponieren, indem sie noch tiefer in das Unerklärliche vordrang und eigene Theorien zur geistigen Ordnung beisteuerte. Insa, die bis zum Tod ihres geliebten Ehemanns viel gereist war, wurde zu Yumas Mentorin und nahm damit meinen Platz und den unserer Eltern ein. Sina machte das traurig. Sie fühlte sich von Yuma zurückgesetzt. Für mich war es eine Erleichterung. Eine Last fiel von mir ab, die ich erst bemerkte, als sie nicht mehr da war.

Doch Yumas Sehnsucht nach etwas Größerem, einer alles überblickenden Gottesgestalt, die ihr Orientierung und Halt gab, wurde von Monat zu Monat stärker. Sie war fasziniert vom Unerklärlichen, steigerte sich regelrecht hinein, versuchte es mit stundenlanger Meditation und Gebeten. Die Freundschaft zu Insa wirkte wie ein Katalysator für ihr Verlangen nach spiritueller Erkenntnis. Yuma las im Koran, in der Bibel, im Talmud, beschäftigte sich mit Konfuzius, Buddha, Schamanismus und anderen Naturreligionen, um sich selbst darin zu finden und mit Paps darüber zu streiten, was der Mensch aus der Weisheit, dem Wissen und den Geschichten gemacht hat, wo die Gesellschaft durch den Glauben an eine einzelne Religion besser geworden war und es Gerechtigkeit unter den Geschlechtern gab. Ja, vor allem darum ging es ihr ab einem gewissen Punkt: um Gerechtigkeit zwischen Mann und Frau.

Yuma wollte glauben, sie zwang sich dazu, sehnte sich danach, zu glauben, dass es außer uns, außer ihrer Familie, noch etwas gab, eine unsichtbare Kraft, die sie stützte und durch dieses Leben trug. Sie weigerte sich, den Tod mit dem Ende von allem gleichzusetzen, wie Mum es tat, die jede Glaubensgemeinschaft in die Nähe einer Sekte rückte. Yuma wollte glauben, dass es eine Verbindung zwischen dem Diesseits und dem Jenseits gab, wo sie ihrer leiblichen Mutter begegnen und mit ihr reden konnte. Das war ihre größte Hoffnung, ihr größter Wunsch. Die Frau kennenzulernen, der sie ihr Leben zu verdanken hatte, ihr die Fragen zu stellen, deren Antworten nur sie kannte. Geduld war in Yumas Augen die Voraussetzung, damit sich dieser Kanal noch zu Lebzeiten öffnete. Und der Glaube. Der richtige Glaube. Ja, immer ging es um die Suche nach dem einen, dem richtigen Weg. Morgens, mittags, abends. Um die große alles verbindende Liebe, die weder Zeit noch Raum kannte. Deshalb trug sie irgendwann eine silberne Kette um den Hals. Mit einem goldenen Kreuz. Als Gedächtnisstütze, wie sie betonte, kein Bekenntnis zum Christentum oder irgendeiner Kirche. Ein glänzendes Symbol, das sie täglich an ihre unerschütterliche Liebe erinnern sollte. Bis der erste Frühling in St. Engbert die Wälder hinaufkroch, dann legte Yuma das Kreuz ab. Spüren wollte sie. Mit allen Sinnen. Im Innen und Außen. Und dabei überschritt sie Grenzen.

INTERVIEW VOM 27.01.2024 VOR ORT

REPORTAGE: EIN DORF SUCHT DIE WAHRHEIT (ARBEITSTITEL)

CAROLIN MARQUART Sie haben am Telefon gesagt, dass Yuma einen verstörten Eindruck auf Sie gemacht hat, als Sie ihr zum ersten Mal begegnet sind. Können Sie das etwas genauer erklären?

INSA K. Sie hat sich nicht wohlgefühlt. Ich glaube, es war die Kälte und die neue Umgebung. So schön es hier auch sein mag, an die Einsamkeit – vor allem im Winter – muss man sich erst einmal gewöhnen. Auf Postkarten sieht St. Engbert mit seinen Fachwerkhäusern, dem Brunnen und der Kirche geradezu kitschig aus, wie die Kulisse zu einem Heimatfilm. Für Jugendliche kann die Abgeschiedenheit die Hölle sein. Und ich glaube, dass Yuma auch Liebeskummer hatte.

CAROLIN MARQUART Wissen Sie, um wen es dabei ging? Hat sie das gesagt?

INSA K. Ich glaube, es war ihr Cello-Lehrer, aber darüber hat sie nicht gesprochen, sie hat nur Andeutungen gemacht. Eine Schwärmerei, typisch für das Alter, in dem man das Herz an Unerreichbares hängt. Und das hat sich ja auch bald wieder gelegt. Mit dem Einsetzen des Frühlings ging es ihr ja von Tag zu Tag besser.

CAROLIN MARQUART Wie haben Sie Frau Dr. Simwe und ihren Mann erlebt? Als Sprechstundenhilfe bekommt man ja bestimmt einiges mit, was in der Familie vor sich geht. Und Sie sind ja dann auch schon bald in das Gesindehaus gezogen. Wieso eigentlich?

INSA K. Mein Vermieter hatte mir gekündigt. Finden Sie mal mit über sechzig und kleinem Einkommen etwas Bezahlbares, das nicht wie eine Absteige aussieht. Selbst auf dem Land wird das Leben immer teurer. Und was ihre Eltern angeht: Die beiden haben alles für die Kinder getan. Sie sind gute Menschen, daran besteht für mich kein Zweifel.

CAROLIN MARQUART Sie hatten ja offensichtlich einen guten Draht zu den Kindern. Zu allen?

INSA K. Vor allem zu Yuma. In ihrem Alter bin ich genauso gewesen. So rebellisch und auf der Suche nach dem richtigen Leben und nach dem Sinn. Ich glaube, sie hat jemanden außerhalb der Familie gebraucht, bei dem sie Dampf ablassen konnte. Jemanden, der ihren Hang zu Spiritualität teilte, ihn ernst nahm und nicht als Hokuspokus abtat.

CAROLIN MARQUART Aber Farid war doch anscheinend auch sehr an diesen Dingen interessiert.

INSA K. Ja, das stimmt. Aber das habe ich erst später erfahren. Als ich ihn kennenlernte, war er etwas niedergeschlagen, weil er ja unbedingt Tänzer werden wollte. Das hatte mir Sina erzählt. Die Absage dieser Schule ... wie hieß die noch mal?

CAROLIN MARQUART John Cranko.

INSA K. Ja, genau. Die Absage wegen seiner Brandnarben hatte ihn getroffen. Wie ausgelassen und fröhlich Farid sein konnte, habe ich erst bemerkt, als das Schicksal seinen Plänen eine neue Richtung gegeben hat.

CAROLIN MARQUART Sie meinen das Tanzstudio von Eduardo Garcia, der den Jungen für seine neue Company gecastet hat?

INSA K. Ja, das war seine Rettung, so hatte es Espe mal

genannt. »Rettung«. Ich glaube, dass es auch die Gemeinschaft bei der Freiwilligen Feuerwehr war, die ihn aufgefangen hat. Anfangs hatte ich Angst, dass er dort wegen seiner exzentrischen Art Probleme bekommen würde. Aber das war nicht so. Sie haben ihn akzeptiert. Die Jüngeren haben ihn akzeptiert.

CAROLIN MARQUART   Das heißt, eigentlich war es nur Yuma, die sich für Religionen und solche Sachen interessiert hat?

INSA K.   Ich denke schon. Farids spirituelle Ader war nie so ausgeprägt wie bei seiner Schwester. Ich glaube, er fand den Gedanken zwar interessant, dass es etwas außerhalb der sichtbaren Welt geben könnte, ähnlich wie bei Yuma, wegen der Sehnsucht nach seiner leiblichen Mutter, aber so richtig geglaubt an das Unbeweisbare, so wie Yuma, hat er nicht.

CAROLIN MARQUART   Und was war mit Espe?

INSA K.   Espe … ja. Sie war auf eine Weise unnahbar. Nett und zuvorkommend, das auf jeden Fall, es war jedoch schwer zu sagen, was sie wirklich dachte. Ich habe sie oft als angespannt erlebt. Sie hatte immer einen Blick auf ihre jüngeren Geschwister. Einen »mütterlichen« Blick, könnte man fast sagen. Mit ihrem Vater verstand sie sich sehr gut. Die beiden hatten einen ganz eigenen schwarzen Humor und viel zusammen gelacht.

CAROLIN MARQUART   Haben Sie verstanden, dass sie als einziges der Kinder als Nebenklägerin auftritt?

INSA K.   Natürlich habe ich das. Stellen Sie sich mal vor, dass sie dahinterkommen, dass Teile ihrer Biografie nicht zusammenpassen. Wie würden Sie denn damit umgehen, wenn die eigenen Eltern daraus ein Geheimnis machen? Das hat sie ja nicht nur für sich getan, sondern auch für ihre Geschwister. Das war ein Akt der Liebe, nicht des Misstrauens

DIE ANOMALIE DES WASSERS

MONTAG, 11.03.2024

04:30 UHR Drei Wochen nachdem wir das Safe House bezogen hatten, wurde meine Haut in Armbeugen und Kniekehlen trocken, riss auf und begann zu nässen. Die Neurodermitis meiner frühen Kindheit war zurückgekehrt und mit ihr die Erinnerungen an damals. Eigentlich hätte die Verzweiflung in mir mit jeder neuen Wunde stärker werden müssen, aber das passierte nicht. Eine unsichtbare Schranke verhinderte, dass die Traurigkeit tiefer in mich eindrang und mich lähmte, wie bei der depressiven Episode im zweiten Jahr der Pandemie, als ich kaum noch die Kraft hatte, morgens aufzustehen.

Ab einem bestimmten Punkt wurde ich ruhiger und zuversichtlicher, was in Anbetracht der Umstände merkwürdig war. Ich spürte, dass es in mir eine Kraft gab, die sich gegen die Verzweiflung stemmte, sie zurückdrängte, auch wenn ich dafür mit Kopfschmerzen aus der Hölle bezahlte und mit dem Gefühl, nur halb da zu sein.

Farid ging es ganz anders. Er wollte nicht in dem Haus festsitzen, online Schulaufgaben machen und darauf warten, wie es mit uns weiterging. Es gefiel ihm nicht, dass andere über ihn bestimmten.

»Können wir nicht einfach abhauen?«, sagte er eines Abends zu mir.

»Und dann? Was willst du dann machen? Auf der Straße leben? Glaubst du, damit helfen wir Mum und Paps, wenn wir abhauen?«

»Nein, aber hier rumzuhocken macht auch keinen Sinn. Die sollten doch langsam checken, dass mit uns alles okay ist. Dass uns nichts angetan wurde. Wann wollen sie denn endlich damit rausrücken, was sie gegen unsere Eltern in der Hand haben? Warum will uns keiner sagen, was wirklich los ist?«

»Tu mir einen Gefallen und sag das Sina nicht, ja?«

»Was?«

»Das mit dem Abhauen und so. Damit machst du ihr Angst. Sie braucht dich. Sie braucht ihren großen Bruder.«

Er nickte. »Ich weiß.«

»Versprich mir, dass du keinen Mist baust?«

Er grinste.

»Du weißt, was ich meine, kleiner Bruder. Wir müssen da jetzt alle gemeinsam durch.«

12:20 UHR Anfang März kehrte der Winter noch einmal mit aller Kraft zurück. Die ganze Welt war eine weiße Hügellandschaft. Der Schnee dämpfte unsere Schritte und die Geräusche der Autos, die sich auf dem Weg ins benachbarte Skigebiet im Schritttempo, stinkend und hupend, durch unseren Ort schoben. Nach dem Mittagessen spazierten wir alle gemeinsam zum abgelegenen Moorsee. Auch Yuma war nach anfänglichem Zögern mitgekommen. Das hatten wir Insas Einfluss zu verdanken. Sie sagte bei jeder Gelegenheit, was für eine tolle Familie wir waren. Sie kam oft zu uns herüber, zum Abendessen, Fernsehgucken oder Musikhören mit unseren Eltern. Sie sagte, dass sie sich als Kind so ein Zuhause gewünscht habe.

Paps kickte lose Eisbrocken über den zugefrorenen, bläulich schimmernden See. Das kreischende Geräusch, wenn die Brocken über die Oberfläche zischten, machte Polly verrückt vor Freude. Selten hatte ich sie so ausgelassen und verspielt erlebt wie an diesem Tag. Schließlich war sie schon zwölf und verbrachte die meiste Zeit mit Schlafen. Jetzt tänzelte sie um Yuma herum, brachte ihr kleinere Eisbrocken, legte sie ihr vor die Füße und forderte sie dazu auf, mitzumachen, dieses besondere Geräusch zu erzeugen, das ich nach diesem Tag nie wieder gehört habe. Schließlich gab Yuma nach, hob einen der Brocken auf und schmiss ihn lustlos auf den zugefrorenen See. Polly legte den Kopf schief, wartete, dass Yuma einen weiteren Versuch unternahm. Yuma zögerte, holte tief Luft, nahm Anlauf und trat mit voller Wucht gegen einen größeren Eisbrocken. Der Eisbrocken schoss über den See. Das Kreischen war lauter als das von Paps und hallte am Ufer entlang. Polly war völlig außer sich und jagte dem Eisbrocken hinterher. Bei ihm angekommen, kläffte sie wie verrückt und wedelte so heftig mit ihrem Schwanz, dass ihr ganzer Körper wackelte. Yuma folgte ihr, ging in die Hocke, küsste und liebkoste sie, wie sie es lange nicht mehr getan hatte. Sie lachte und weinte gleichzeitig, als hätte sich in diesem Moment etwas in ihr gelöst, als wäre dieser Moment ein Ereignis, ein Wendepunkt.

Ich war glücklich gewesen. Wir alle waren an diesem Tag glücklich gewesen. Unsere Eltern hatten Blicke getauscht. Es war, als wäre Yuma wieder zu uns zurückgekehrt. Mum sah aus, als würde sie auch gleich losweinen. Paps lächelte und versuchte, sich seine Rührung nicht anmerken zu lassen. Alles schien sich an diesem Tag zum Guten zu wenden.

Alles.

Mum und Farid holten ihre Schlittschuhe aus dem Rucksack und drehten ein paar Runden auf dem Eis, während wir anderen das Ufer nach Treibholz absuchten, das wir später im Kachelofen in der Küche verbrennen würden. Farids tänzerisches Talent zeigte sich auch in dieser Disziplin. Mühelos drehte er Pirouetten, fuhr rückwärts und breitete die Arme aus, wenn er zu einem Sprung ansetzte. Er schien nichts von dem vergessen zu haben, was er als Kind im Eislauftraining gelernt hatte.

Etwa fünfzig Meter vom Ufer entfernt, ziemlich genau in der Mitte des Sees, blieben die beiden stehen. Mum kratzte mit den Kufen eine Stelle im Eis frei und winkte uns herüber. Als wir bei Farid und Mum ankamen, waren sie gerade dabei, die Oberfläche mit den Händen freizurubbeln. Blau schimmerndes Eis kam zum Vorschein, in dem Wasserblasen, Farne, Blätter und Holzsplitter eingeschlossen waren. Unsere Mutter ließ keine Gelegenheit aus, um uns etwas über die Natur zu erzählen. Wir sollten immer neugierig bleiben, bläute sie uns ein. Neugierde sei das Wichtigste im Leben. Paps machte mit seiner Kamera Bilder, wie wir zusammen um das ovale Bullauge herumstanden und darauf warteten, dass unter dem knackenden, knirschenden Eis etwas passierte.

»Die Anomalie des Wassers«, sagte Mum in ihrem Erklärtonfall. »Sich auszudehnen und zu schwimmen, wenn die Temperaturen sinken, um das Leben darunter zu schützen, ist ein Wunder. Von der Natur lässt sich so vieles lernen ...«

»... wenn man genau hinsieht«, vollendeten Yuma und Farid im Chor und lachten.

»Und die Fische?«, fragte Sina nachdenklich. »Sterben die, wenn das Eis noch dicker wird?«

»Nein.« Paps legte einen Arm um Sina. »Sie leben dort, unter dem See, ziehen sich in den flüssigen Teil zurück. Dorthin, wo das Wasser tiefer ist. Das Eis ist ihr Freund, es schützt sie vor zu großer Kälte.«

Am selben Abend, in der völlig überhitzten Küche, ließ sich Yuma dazu überreden, uns einen neuen, selbst komponierten Song zu präsentieren. Nicht mit dem Cello, sondern mit der Gitarre und ihrer Stimme. In den letzten Wochen hatte ihre Musik zu Woodstock geschwenkt. Wahrscheinlich lag das auch an Insa. Sie hatte Rastas mit eingeflochtenen roten und blauen Bändern, die aussahen, als könnte aus ihnen immer noch der Sand ihrer vielen Reisen rieseln.

Ich hatte Yumas Song bisher nur dumpf und zerstückelt durch die Wand gehört. Wir zeigten ihr nicht, wie glücklich uns das machte, dass sie uns vorspielen wollte. Das war so etwas wie ein Friedensangebot. Sie holte die Gitarre, stimmte sie sorgfältig und setzte sich in die äußerste Ecke des Raums, wo das Kerzenlicht nur noch als dünner Schleier hinreichte. Wenn sie nur für uns spielte, war sie aufgeregt. Weil wir sie liebten, seien wir das schwierigste Publikum, hatte sie mir dieses spezielle Lampenfieber mal erklärt.

»Aber nur einen Song«, sagte sie heiser und setzte sich in den Schneidersitz. Sie hatte eine seltsame Art, die Gitarre zu halten, beugte sich über das Instrument, umschloss es mit dem halben Oberkörper und schlug mit dem Daumen die Seiten an. Das Intro war eine Folge von Achtelnoten, die sie in aufsteigendem Rhythmus auf der tiefsten spielte. Ein perkussives Trommeln. Dann ein einzelner schnalzender Ton, und sie schloss die Augen, während der Ton ausblendete und die Finger ihrer linken Hand den ersten Akkord griffen.

Anders als beim Cello, wirkte sie an der Gitarre noch mehr eins mit sich und der Musik. Sie begann zu singen. Ihre Stimme erhob sich rau und hart über die gezupften, offen gespielten Akkorde, legte eine Spur zu ihren Gefühlen. Sie erzählte in dem Song von einem Mädchen, das jeden Tag an einem anderen Ort aufwacht und dort nach Menschen sucht, in deren Augen es sich spiegeln kann, um zu verstehen, wer es selbst ist.

Der Song hieß »Reflections« und gipfelte in einem wütenden Frage-und-Antwort-Spiel, wie wir es von den Gospel-Platten unserer Eltern kannten. Nur, dass sie beide Seiten selbst übernahm, sie war zugleich Vorsängerin und Gemeinde. Sie war das Innen und das Außen.

Who am I
Who are you
Where are the shards
From which this picture is composed
Who am I
Who are you

Wir applaudierten nicht, als der letzte Ton verklungen war. Das war nicht die Reaktion, mit der wir Yumas Talent würdigen durften. Applaus war etwas, was sie von Fremden als Ausdruck von Bewunderung entgegennahm, nicht von uns, nicht von ihrer Familie. Stattdessen fielen wir in kurzes Schweigen, als hätten wir gemeinsam in Stille gebetet und uns in diesem Gebet verbunden und umarmt. Als wären wir die Gläubigen einer neuen Religion, die Yuma anführte.

Ich sah, wie Mum sich Tränen aus den Augen wischte. Ich sah unseren Vater, wie seine Lippen sich lautlos bewegten, als würde er nach den passenden Worten suchen, um zu beschreiben, welches Geschenk uns Yuma mit diesem Song gemacht hatte.

In den Wochen im Safe House erinnerte ich mich wieder und wieder an diesen besonderen Abend, klammerte mich daran fest, wie eine Schiffbrüchige an einer Planke, die auf ihre Rettung wartete.

Ich sagte mir, dass es für all das eine logische Erklärung gab und ich nur nicht erstarren durfte. Dabei half mir das Schreiben. An Schlaf war kaum zu denken. Ich fürchtete mich vor meinen wirren Träumen, die mich für Minuten oder Stunden, losgelöst von dem, was man »Zeit« nennt, gefangen hielten. In Düften und Gerüchen, in Farben, Landschaften und Häusern, die ich nicht kannte. Oft schreckte ich mitten in der Nacht hoch, horchte in die Dunkelheit und war erleichtert, wenn ich Yumas gleichmäßig langsamen Atem neben mir hörte. Die Schlaftabletten schalteten sie regelrecht aus. Sie merkte nicht, wenn ich ihre Hand nahm, sie festhielt und die Titelmelodie der Gilmore Girls summte, um mein Gedankenkarussell zu stoppen. Sie lag reglos da, während mein Herz, angetrieben von dem Gefühl, für uns Kinder, für *unsere* Familie kämpfen zu müssen, immer schneller ging.

AUGE UM AUGE

DIENSTAG, 12.03.2024

00:30 UHR Auf den üblichen Social-Media-Kanälen fanden sich unzählige Clips, die St. Engbert und unsere Familie zum Thema hatten. Sie wurden hunderttausendfach angeklickt, gelikt und kommentiert, als hätte man uns zum Abschuss freigegeben. Das alles war so surreal, unsere Eltern »Verbrecher«, wir Kinder in einem Safe House und im Licht der Öffentlichkeit, dass meine Gedanken nicht mehr zur Ruhe kamen. Ich war erschöpft, schleppte mich durch die Tage und klammerte mich an der Hoffnung fest, es würde sich um eine Verwechslung handeln, die sich bald aufklärte. Doch das passierte nicht. Nichts passierte. Wir waren dazu verdammt, zu warten und zu überlegen, wie das alles weiterging, und nicht durchzudrehen. Immer wieder bekamen wir Besuch von Ärzten, Psychologen, Psychiatern und Vertretern der Soko »Boston II«, die uns zu den Umzügen, unseren Eltern und ihrer Arbeit befragten. Getrennt voneinander. Nie gemeinsam, als würde man darauf hoffen, dass wir uns widersprachen und endlich stichhaltige Beweise gegen unsere Eltern lieferten. An die Details sollten wir uns erinnern. An die Stimmung zwischen unseren Eltern. An die Stimmungen von uns Kindern. An das Essen. Die täglichen Routinen in unserer Familie. Die Gefühle vor und nach den Tests mit der Software unseres Vaters. Rückfragen zu unseren Eltern wurden nicht oder nur kurz beantwortet. Es würde ihnen den Umständen entsprechend gut gehen, lautete meist die inhaltsleere Antwort. Auch der Staatsanwalt besuchte uns im Safe House, um Einzelgespräche an dem großen ovalen Holztisch im Frühstücksraum, der gleichzeitig Besprechungsraum war, zu führen. Immer wieder dieselben Fragen. Immer wieder die Suche nach Veränderungen, nach Auffälligkeiten, nach Anzeichen, dass bei uns zu Hause etwas nicht gestimmt hatte.

An einem Nachmittag hatte sich der Staatsanwalt eine halbe Stunde verspätet. Daran erinnere ich mich noch. An den harten Dauerregen, der in Kaskaden über das Vordach schoss und den halben Garten unter Wasser setzte. Davor hatte ich mit Farid Tischtennis gespielt, um auf andere Gedanken zu kommen. Sina hatte uns zugeschaut. Ihre traurigen Augen waren dem Ball gefolgt, diesem wütenden Hin und Her. Irgendwann war sie empört aufgesprungen, hatte den Ball aus der Luft gefangen und durch den Raum gepfeffert. »Wie könnt ihr jetzt nur Tischtennis spielen!«, hatte sie uns angeblafft. »Wie könnt ihr das nur tun?« Dann war sie nach oben verschwunden. Ich war froh über diesen kleinen Wutausbruch. Das war allemal besser als ihr Schweigen.

»Stau«, sagte der Staatsanwalt. Er hatte seinen nassen Parka über einen der Stühle gehängt. Eine Ausrede. Ich wusste sofort, dass es eine Ausrede war, dass er log. Alle paar Sekunden schielte er hinüber zu seinem Handy, kaum dass er es auf den Tisch gelegt hatte. Er schien auf eine Nachricht zu warten. Mehrmals hintereinander schenkte er sich Wasser ein, trank hastig, wie nach einem Dauerlauf. Dann sortierte er die losen Blätter in seiner Ledermappe und schnaufte dabei angestrengt. Und schwitzte. Er schwitzte so stark, dass der säuerliche Geruch toten Fleischs durch seine Haut drang und mir den Geist vernebelte. Ich ekelte mich vor ihm, wie ich mich selten vor einem Menschen geekelt hatte. Es musste die eigentümliche Mischung aus den Gerüchen und seinem fahrigen, fast schon aggressiven Verhalten sein, die mich so triggerte. Sein scharfes Aftershave – Weihrauch mit einer herben Zitrusnote – schaffte es nicht, den alles durchdringenden Schweißgeruch zu überdecken, der über seine Poren verdunstete und die Luft verpestete. Ich spürte Wut in mir aufsteigen, die gleichzeitig Schmerz war, und wollte den Mann verletzen, obwohl ich ihn nicht kannte. Ja, ich dachte daran, ihn zu verletzen. Der beißende Gestank von Ammoniak (Pisse könnte man auch sagen) kratzte in meiner Nase, setzte meine Bronchien in Brand, die sich verengten. Ich dachte an den Schweinestall auf dem Aussiedlerhof eine Ortschaft weiter, wo mich Yuma im Sommer mitten in der Nacht hingeschleppt hatte, um mir zu zeigen, wie grausam der Mensch mit einer vermeintlich unterlegenen Spezies umging, wozu er fähig war, um sie für seine Zwecke auszubeuten. Auf dem Rückweg durch den Wald hatte ich mich übergeben. Wegen der vielen toten Ferkel, rosa und blutverschmiert, die man wie abgelaufene Ware in Mülltonnen geworfen hatte. Yuma hatte ein Video davon gemacht und mit einem Fake-Account auf Insta, zusammen mit einem Screenshot von Google Maps, hochgeladen. Die Leute sollten wissen, wo und von wem die Tiere gequält wurden.

Zwei Tage später hatte sich das Problem von selbst erledigt. Der Stall war komplett abgebrannt. Davor hatte jemand die Schweine rausgelassen, den Bauern im Schlachtraum nackt auf einen Stahltisch gefesselt und mit Tierblut übergossen. Der Mann war mit einer Rauchvergiftung davongekommen. Yuma versicherte mir, mit alldem nichts zu tun zu haben, und löschte vorsichtshalber das Video und den Account. Ich weiß noch, wie Sina mitten in der Nacht an meine Zimmertür geklopft hatte. Sie hatte den Rauch zuerst bemerkt. Sie war ganz aufgeregt gewesen. Hatte am ganzen Leib gezittert und gesagt, dass der Rauch so komisch riechen würde. Nach verbranntem Fleisch, hatte sie gesagt, und war mit einem Mal kreidebleich geworden.

»Und wenn da Menschen verbrannt sind?«, fragte sie unter Tränen.

»Das ist bestimmt das Schlachthaus«, sagte ich, noch halb im Schlaf, und öffnete das Fenster. Blaulicht und Sirenen entfernten sich Richtung Westen. Das passte zu meiner Vermutung. »Siehst du, wo die Feuerwehr hinfährt. Und jetzt beruhig dich wieder, meine Kleine.« Der Wind drehte sich. Plötzlich roch es intensiv nach verbranntem Fleisch. Erste Ascheflocken rieselten auf das Fensterbrett. »Das muss das Schlachthaus sein. So ... so stark riecht es nicht, wenn ein Mensch verbrennt«, sagte ich mit gespielter Überzeugung. »Das sind bestimmt die Schlachtabfälle.«

Auf dem Weg zum Klo kam ich an Farids Zimmer vorbei. Die Tür stand offen. Sein Schlafanzug lag zerknüllt auf dem Teppichboden vor seinem Bett. Er würde uns morgen beim Frühstück erzählen, was genau vorgefallen war. Bestimmt würde er stolz sein, wenn er von seinem ersten Nachteinsatz bei der Freiwilligen Feuerwehr erzählte. Er mochte die Uniform. Er mochte das Gefühl, anderen zu helfen. Und ich war glücklich, dass er sich in der Jugendgruppe der Feuerwehr wohlfühlte und es dort keine Probleme gab, weil er anders war.

Der Staatsanwalt wischte sich mit einem Taschentuch die feinen Tröpfchen von der Glatze. Seine glänzende Kopfhaut hatte die Farbe der toten Ferkel. Ein Schwall Duftmoleküle traf mich wie eine biologische Waffe. Ich konnte die Bakterien förmlich sehen, die den Schweiß zersetzten und daraus Buttersäure – stinkende, ranzige Buttersäure – machten. Ekel und Wut wurden stärker. Das aufgedunsene Gesicht, die unreine Haut, die Mitgefühl vortäuschenden blaugrauen Augen, die mich nie richtig ansahen, und der Gestank. Dieser alles überdeckende Gestank ließ mich schaudern. Blut pumpte in meine Muskeln, hinter meinen Augäpfeln sammelte sich ein unangenehmer Druck, und in meinen Ohren begann es zu rauschen. Ich musste alle Kraft aufbieten, um die Schwärze, die sich nun von allen Seiten in mein Gesichtsfeld fraß, zurückzudrängen. Die Dunkelheit durfte nicht gewinnen. Wenn ich jetzt auf den Staatsanwalt losging, würde ich meinen Eltern einen Bärendienst erweisen. Das würde bestimmt als Indiz gewertet, dass mit mir etwas nicht stimmte und sie dafür die Verantwortung trugen.

Ich fixierte den großen Kaktus, der auf dem Fensterbrett stand. Einzelne lange Stacheln hatten sich in der halb durchsichtigen Gardine verfangen. Ich versuchte mir vorzustellen, wie diese Stacheln in meine Haut eindrangen, einer nach dem anderen. Suchte nach dem Schmerz, dem hellen, reißenden Schmerz, der das Gleichgewicht wiederherstellte, bevor die Dunkelheit zu mächtig wurde und ich die Kontrolle über meinen Körper verlor. Ich atmete tiefer. Ich versuchte, mir den Nichtduft des Schnees ins Gedächtnis zu rufen. Doch auch damit gab sich der aufwallende Zorn nicht zufrieden. Die Schwärze, dieses Heer aus Soldaten, drang immer weiter vor, drohte mein Bewusstsein zu überrennen.

»Ist doch alles Bullshit!«, unterbrach ich den Staatsanwalt mitten im Satz.

Der wich mit dem Oberkörper zurück, als hätten ihn meine Schallwellen mit unsichtbaren Fäusten getroffen. »W-Was? Ähm? Wie bitte?« Er räusperte sich.

»Wieso sagen Sie nicht endlich, was unseren Eltern vorgeworfen wird? Was glauben Sie, wie sich *das* hier für mich und meine Geschwister anfühlt? Gefangen zu sein in diesem *Kack-Haus*, nicht zu wissen, was eigentlich los ist, und zu warten, dass wir unsere Eltern wiedersehen dürfen?«

»Das ... das ...« Der Mann hob beschwichtigend die Hände. Hatte er wirklich Angst vor mir? Vor einem sechzehnjährigen

Mädchen, das knapp sechzig Kilo wog? Ich spürte ein seltsames Ziehen in der Magengegend. Hatte ich tatsächlich diese Macht? Nicht so wie Yuma, die schön war, sondern aufgrund der Tatsache, dass ich dem Blick standhielt, aufrecht saß und meinen Raum behauptete? Genügte das, um Gleichstand herzustellen? War es wirklich so einfach? Musste man sich nur trauen?

Vielleicht hatte Yuma recht. Vielleicht war es an der Zeit, die Vorherrschaft der Männer zu brechen. Aber warum sollten sich Mädchen und Frauen überhaupt vor Männern fürchten? Nur, weil sie körperlich meist überlegen waren, uns, dem *schwachen* Geschlecht – nur deshalb? Warum konnte sich der Zwei-Zentner-Mann so sicher sein, dass keine Gefahr von mir ausging, dem wohlerzogenen Mädchen, dessen Eltern man einfach so verhaftet hatte? Weil das schon immer so war? Weil das immer so bleiben würde? Ein Messer, eine Pistole, irgendeine Waffe, und schon wären die Vorzeichen andere. Wieso konnte man nicht einfach mal den Spieß umdrehen und sehen, was dann passierte? Wieso war ich so wütend auf diesen Mann? Wieso wollte ich ihm am liebsten die Augen auskratzen?

Der Staatsanwalt räusperte sich erneut.

Was er wohl gerade dachte? Ob es ihm egal war, wie dieser »Fall« für unsere Familie ausging? Was aus uns wurde?

»Das ... das ist die Vorgehensweise«, sagte er eine halbe Tonlage höher. Er lockerte den Knoten an seiner hässlichen dunkelgrünen Krawatte. Er war es nicht gewohnt, unterlegen zu sein, das war offensichtlich. Im Berufsleben war ihm dieses Gefühl definitiv fremd. Ich fixierte ihn, starrte ihn an, ausdruckslos – Auge um Auge, Zahn um Zahn –, Yuma wäre stolz auf mich, auf dieses Experiment. Dieser Mann hatte uns die Eltern weggenommen, was konnten wir ihm wegnehmen? Seinen guten Ruf? Sein Ansehen? Welche dunkle Seite verbarg sich hinter der aufgeräumten Fassade? Welche Abgründe taten sich auf, wenn man danach suchte?

Der Mann gab sich geschlagen. Er hielt meinem Blick nicht länger stand. Er schaute weg. Er hatte verloren. Eins zu null für mich. Ich überlegte, die Stille mit einer provokanten Frage zu füllen. Ich wollte nicht, dass die Szene so weiterlief, wie es normal gewesen wäre. Ich wollte nicht, dass der Mann den Raum im selben Zustand verließ, wie er gekommen war. Ich wollte, dass er spürte, was ich spürte: Hilflosigkeit und Ausgeliefertsein. Ich wollte die Machtverhältnisse verschieben.

Der Mann streckte den Rücken durch und lächelte verunsichert. Er schien zu spüren, dass etwas vor sich ging, was sich seiner Kontrolle entzog. Er ließ die Schultern wieder nach vorne fallen. Sein Kugelbauch drückte gegen das Hemd, füllte den glänzend grauen Stoff mit Schichten aus Fett. Auch aus den Überresten toter Tiere, mit Sicherheit. Unschuldiger Wesen, deren DNA Forensiker dort zu Hunderten nach einer Obduktion nachweisen könnten. Ein menschlicher Friedhof. Die Spuren eines Mörders dicht an dicht. Die Beweislage eindeutig und trotzdem auf freiem Fuß. Ein Justizirrtum. Genau wie die Verhaftung unserer Eltern. Alles ein einziger fataler Irrtum.

»Die Befragungen sind fast abgeschlossen«, sagte der Staatsanwalt und setzte dahinter eine längere Pause. Er hatte sich gefasst. Seine Stimme war wieder an die richtige Stelle gerutscht. Die Gefahr war gebannt – dachte er. Aber so leicht würde er mir nicht entkommen. Ich senkte meinen Blick, verzog keine Miene. Ich starrte auf seine Schnürsenkel: schwarz, rund, abgescheuert. Demnächst würden sie reißen. Ob ihm das bewusst war? Ob ihn das interessierte? Ob ihn überhaupt irgendwas interessierte, was heute in diesem Zimmer passierte?

Er schielte hinüber zu seinem Handy, das vibrierte, ging aber nicht ran, obwohl es ihm schwerfiel, sich zu beherrschen. Mein mahnender Blick hielt ihn fest auf seinem knarzenden Stuhl. Er räusperte sich. »Bald ist es vorbei«, redete er weiter, als wäre ich ein Kleinkind, das sich die Knie aufgeschlagen hatte. Er war ein schlechter Schauspieler. Ich wusste, dass ihm mein Schicksal nichts bedeutete, dass er hier nur seinen Job machte. »Bald haben wir ein klareres Bild«, sagte er. »Dann wird sich die Lage entspannen. Das ... das kann ich ... Ihnen versprechen.«

Ich hob überrascht den Blick. Er siezte mich. Zum ersten Mal, seit wir hier in diesem stickigen Raum saßen. Und das gefiel mir. Er schien begriffen zu haben, dass es besser war, mich ernst zu nehmen. Aber ich glaubte ihm nicht. Ich wusste, dass er log – schon wieder. Ich konnte es förmlich riechen, dass er nicht die Wahrheit sagte.

»Und was heißt das jetzt konkret?«, fragte ich kühl und lehnte mich zurück, streckte meine Beine von mir und verschränkte die Arme, als wäre ich abgebrüht und unerzogen, wie die Mädchen von der Straße – *mujeres de la calle* –, über die ich eine Doku gesehen hatte. Davon gab es in Mexiko, wo ich die ersten Jahre meines Lebens verbracht hatte, Zehntausende. Mädchen, in meinem Alter, aber auch viel jüngere. Sie würden diesem Mann nicht vertrauen. Sie vertrauten keinem Mann. Nur so hatten sie eine Chance, zu überleben.

Auch das könnte mein Leben sein. Dort auf der Straße. Klebstoff schnüffeln, betteln und auf den Strich gehen, wenn das Essen knapp wird.

Meine Brust zog sich zusammen bei dem Gedanken, dass ein ehrgeiziger deutscher Staatsanwalt die Macht hatte, mir meine Familie und damit auch mein Zuhause wegzunehmen. Im Namen des Volkes. So würde die Richterin die Urteilsverkündung am letzten Verhandlungstag einleiten. Das hatte ich gelesen. Das war das große Finale, auf das unsere Familie zusteuerte. Der Staat gegen meine Eltern. Freispruch oder Gefängnis. Mit einer Bewährungsstrafe konnte man nicht rechnen.

Das Atmen fiel mir schwerer. Der Sauerstoff kam nur langsam in meinen Lungen an. Der Raum, das schlecht belüftete Zimmer mit dem stillgelegten Kamin und den ehemals weißen Häkelgardinen, kam mir mit einem Mal so eng vor, schrecklich eng, wie eine Zelle.

»Was passiert danach mit uns? Wo geht es als Nächstes hin? Kommen wir in ein Heim? Werden wir getrennt?« Jetzt klang meine Stimme weinerlich. Das konnte ich nicht verhindern. Das passierte einfach. Meine Tränen konnte ich aber zurückhalten. Dazu reichte meine Kraft noch aus.

Der Mann zuckte die Schultern. »Das Jugendamt wird sich der Sache annehmen. Das ist so vorgesehen. Das ist das Prozedere.«

»Mit ›Sache‹ meinen Sie uns Kinder, oder?« Ich krallte meine Fingernägel in die Armlehnen. »Sie bezeichnen uns allen Ernstes als ›Sache‹?« Meine Stimme wurde lauter. »Wir sind für Sie also nur eine Sache?«

»Nein, natürlich nicht. So habe ich das nicht gemeint.«

Mit einem Mal war die schwarze Farbe wieder da. Sie umgab das feiste Gesicht des Staatsanwalts, der etwas sagte, was ich nicht verstand, weil es vom anschwellenden Rauschen in meinen Ohren überdeckt wurde.

Worte in einer fremden Sprache.

Der Mann erhob sich. Ich erhob mich mit ihm. Wir standen uns gegenüber. Die Schwärze rahmte sein Gesicht ein wie ein ovales Passepartout, der verzerrte Schatten einer Schlinge, die sich enger zog, immer enger, und mir dabei selbst die Luft abschnürte.

Willst du dagegen ankämpfen?, meldete sich meine innere Stimme. Ich hatte sie schon länger nicht mehr gehört. Sie hatte sich verändert. Heute klang sie wie zwei Stimmen, die sich überlagerten.

War das die Stimme, die ich damals kurz vor dem Unfall gehört hatte? Wurde ich langsam verrückt?

Die Stimmen kamen von allen Seiten und klangen autoritär, mehr noch: unbarmherzig. Als wollten sie mir ihren Willen aufzwingen.

Ist es das wert? Willst du dir das gefallen lassen? Von einem Mann? Von diesem Mann? Ist es nicht an der Zeit, sich zu wehren?

Ich wusste es nicht.

Kampf oder Flucht. Das war alles, was ich wusste.

ÖFFENTLICHE SITZUNG DER GROSSEN STRAFKAMMER DES LANDGERICHTS STUTTGART

ZEUGENBEFRAGUNG VOM 02.01.2024 (AUSZUG)

VR. In welchem Verhältnis standen Sie zu den beiden Angeklagten?

    K.P. Vor dem Umzug nach St. Engbert waren wir Nachbarn. Unsere Kinder haben sich mit den Töchtern Sina, der jüngsten, und Yuma hin und wieder zum Gassigehen verabredet. Manchmal haben sie bei uns zu Hause auch gemeinsam Hausaufgaben gemacht oder gespielt.

VR. Ist Ihnen dabei etwas Ungewöhnliches aufgefallen?

    K.P. Eigentlich nicht. Außer, dass beide Mädchen sehr höflich waren und sich sehr gut, sehr gewählt ausdrücken konnten. Bei dem Background der Eltern ist das ja kein Wunder. Und alle vier Kinder haben ja diese noble Privatschule auf der Waldau besucht. Das macht dann wohl den Unterschied.

VR. Haben Sie die anderen beiden Kinder, Espe und Farid, auch kennengelernt?

    K.P. Kennengelernt ist übertrieben. Sie hatten andere Interessen. Der Junge war ja anscheinend ein sehr guter Tänzer, wollte, glaub ich, Balletttänzer werden. Ziemlich ungewöhnlich für einen Jungen, wie ich finde. Espe, die Älteste, war ja eher verschlossen. Freundlich, aber verschlossen und kurz angebunden, wenn man sie traf. Sie wirkte auf mich immer etwas misstrauisch

V R . Würden Sie sagen, dass das Verhalten von Farid normal war?

K . P. Sie spielen auf Silvester an. Na ja, so sind Jungs eben, sie wollen Grenzen austesten. Und es ist ja nichts Schlimmes passiert. Keiner wurde durch die Knallerei verletzt. Daraus den Schluss zu ziehen, dass die Kinder zu Hause nicht genügend Aufmerksamkeit bekommen haben, wie es in der Zeitung gestanden hat, halte ich für übertrieben. Frau Simwe ist eine hervorragende Ärztin und eine gute Mutter. Mit Sicherheit ist sie das. Als unsere Tochter diesen schlimmen Keuchhusten hatte und kaum noch Luft bekam, wusste sie sofort, was zu tun war, und konnte uns an eine exzellente Lungenspezialistin vermitteln. Dafür sind wir ihr sehr dankbar.

NEUN VON ZEHN

MITTWOCH, 13.03.2024

17:18 UHR *Jan nimmt die Sache mit uns zu ernst. Er klammert. Ich mag ihn, aber mehr nicht. Und ich mag nicht, dass er die Sache so ernst nimmt. Ein Kuss, was ist schon ein Kuss? Zeitvertreib. Die Suche nach Nähe. Ein menschliches Grundbedürfnis.*
Ich muss Jan sagen, dass ich meine Ruhe brauche. Ich bin nicht hier drin, weil ich auf Partnersuche bin.
Meine Blutwerte sind wieder okay. Kein Eisenmangel mehr. Ich denke in letzter Zeit häufiger daran, dass ich später auswandern will. Vielleicht will ich als Streetworkerin arbeiten. In Mexiko. Den verlorenen Kindern sagen, dass die Welt sie braucht.
Jeden von ihnen.

»Was ist die erste Erinnerung, die du hast?«, fragte eine Psychologin. Sie hatte sich als Anne vorgestellt, ohne ihren Nachnamen zu nennen, und wollte geduzt werden. Sie kam neu zu dem Team im Safe House, das uns rund um die Uhr und in unterschiedlicher Besetzung betreute. Von nun an würde sie jeden zweiten Tag nach uns sehen, sagte sie mit leiser Stimme. Vielleicht hatte mein Ausraster bei dem Gespräch mit dem Staatsanwalt diese Maßnahme bewirkt. Ich traute mich nicht zu fragen. Um die Schwärze in meinem Kopf zurückzudrängen, bevor sie mir die Sicht und die Sinne geraubt hatte, hatte ich in vollem Bewusstsein einen Stuhl gegen die Tischkante geschmettert. Leider war der Stuhl nicht, wie im Film, mit einem befriedigenden Krachen in hundert Teile zersplittert, sondern mit halber Energie und in Zeitlupe wieder vom

Tisch zurückgeprallt. Gegen meine Schulter. Diese Enttäuschung hatte mich so rasend gemacht, dass ich als Nächstes mit Schwung gegen das Tischbein gekickt hatte, ohne daran zu denken, dass ich nur die dünnen Hotelschlappen trug und nicht meine Hausschuhe. Jetzt war mein kleiner Zeh geschwollen und lila, vielleicht sogar gebrochen, aber der physische Schmerz – diese Neun von zehn – hatte die Dunkelheit in meinem Kopf gestoppt, bevor ein Mensch zu Schaden gekommen war. Der Zufall hatte mir diesen Notknopf geschenkt, und dafür war ich dankbar. Ich war den Fehlschaltungen in meinem Kopf nicht mehr länger ausgeliefert. Körperlicher Schmerz. Aufblitzender, scharfer Schmerz, den ich mir selbst im Ernstfall zufügte, war mein Gegenmittel gegen die schwarze, alles überdeckende Wut. Hätte ich es ein paar Monate früher entdeckt, wären mir die Arbeitsstunden in der Mensa und die dummen Kommentare meiner Mitschüler erspart geblieben. So musste ich in Küchenschürze, die Haare unter einer Haube, Tische abwischen und halb gegessene Mittagsmenüs in großen Mülleimern entsorgen.

Nur auf den ersten Blick hatte mein Gegenmittel etwas mit Borderlining zu tun. Das bestätigt die gängige Fachliteratur. Dort erfülle ich nur drei von zehn Kriterien, die von der Weltgesundheitsorganisation angeführt werden, um die Diagnose Borderline (Code 6D11.5 in der ICD-11) zu stellen. Ich bin in vielerlei Hinsicht ein Sonderfall.

Kein Code, keine Kombination schien zu dieser Mischung aus Blackout in Verbindung mit unbändiger, kaum kontrollierbarer Wut zu passen. Keine Schilderung, die ich in Internetforen und Wissenschaftsartikeln finden konnte, klang zu einhundert Prozent nach meiner Erfahrung. Das hätte mich stutzig machen sollen.

Es war ungewöhnlich, den Weg zum Ausbruch haarklein rekonstruieren und reflektieren zu können, wie ich es konnte, bevor ich zusammengebrochen war. Den wirklich Kranken, den Pathologischen, gelingt das meist nicht. Sie haben blinde Flecken, wenn sie in den Spiegel der Erinnerung schauen oder versuchen, sich selbst zu analysieren. Ihr Gehirn liefert ein verzerrtes Echo, ein Trugbild, das die Ursache in der Situation erkennen will oder im Fehlverhalten anderer, aber nicht in ihrem eigenen.

Das war der Vorteil, dass ich klarer sehen konnte, als es beim Durchschnittsverrückten der Fall war, und deshalb auch wusste, wie ich mich im Nachhinein verhalten musste, wenn mir die Sicherung durchgebrannt war. Gerüche spielten eine Rolle. So viel stand fest. Es musste eine Kombination aus zusätzlichen Faktoren sein, die mein Gehirn triggerte, die Kettenreaktion in Gang setzte und mich in eine Kampfmaschine verwandelte. Auch bei dem Blackout in der Schulmensa war der Schwärze und meinem Wutausbruch eine eigentümliche Mischung an Gerüchen vorausgegangen. Gerüche, die ich in ihrer Zusammensetzung auch auf der Zunge geschmeckt hatte. Eingespeichelte Fäulnis. Essig und eine scharfe Komponente, die mich nach Luft hatte schnappen lassen. Ekelhafte Aromen unterschiedlicher Körpergerüche, die mein Bewusstsein betäubt und die Beurteilung der Situation an mein Unterbewusstsein übertragen hatten. Sigmund Freud hätte vom »Es« gesprochen, meine Mutter, in ihrer zweiten Doktorarbeit, von der biologischen Programmierung, dem Instinkt, der dem Menschen in die Gene geschrieben ist. Wie die Vorahnung, der sechste Sinn, auf den wir keinen Einfluss haben. Der uns Menschen zu wilden Tieren macht, die sich inmitten der Zivilisation gegen potenzielle Feinde zur Wehr setzen.

Hätte der Staatsanwalt nicht darauf bestanden, mir zum Abschied auch noch die Hand zu geben, diese fleischige, schwitzende

Pranke, und zugedrückt, wäre wahrscheinlich gar nichts passiert. Das soll jetzt keine Rechtfertigung sein, nur eine mögliche Erklärung für den Zwischenfall, der dem lackierten Holztisch, an dem Anne und ich jetzt saßen, diese längliche ausgefranste Narbe verpasst hatte.

Wahrscheinlich musste die Versicherung unserer Eltern für den Schaden aufkommen. Sachbeschädigung. Vielleicht stand dieser Gewaltausbruch später am Anfang *meiner* kriminellen Laufbahn. Vielleicht würden wir alle, unsere gesamte Familie, eines Tages wegen unterschiedlicher Verbrechen einsitzen. Vielleicht war das die Vorsehung, von der Yuma im Frühling in St. Engbert am Lagerfeuer gesprochen hatte, bevor Farid mit einer brennenden Fackel durch die sternenvolle Nacht getanzt war und Sina ihm gefolgt war.

DIE SUMME ALLER EIGENSCHAFTEN

DONNERSTAG, 14.03.2024

06:12 UHR *Jan ist der Meinung, dass es nicht unsere Schuld ist, in der Klapse gelandet zu sein, sondern die Schuld des »Systems«. In einer gesunden Welt mit gesunden Erwachsenen würden Kinder nicht einfach krank im Kopf werden. Ich hab ihm erzählt, dass ich adoptiert bin und somit – statistisch bewiesen – auch in einem gesunden System (mit einer Wahrscheinlichkeit von etwa fünfzig Prozent) psychische Probleme bekommen hätte. Von meinen Eltern, dem Prozess und so weiß er nichts. Das ist gut. Anonymität ist gut.*

Ohne meinen Wutausbruch hätte ich Anne wahrscheinlich nie kennengelernt, nie danach gesucht, was es noch über unsere Eltern und ihre Forschung zu erfahren gab. Die Doktorarbeiten meiner Mutter sollten nur der Anfang sein.

In den kommenden Wochen füllte Anne die endlosen Stunden im Safe House mit ihrem blassen, leicht sommersprossigen Gesicht und machte das ziellose Grübeln und Warten für mich und meine Geschwister erträglicher. Sie hatte hübsche blaue Augen, war kaum geschminkt und trug meist Blusen mit Pflanzen- oder Tiermotiven, Stoffhosen und flache Lederschuhe. Im Gesamteindruck wirkte sie etwas bieder. Vielleicht war das ihr Business-Outfit, und privat kleidete sie sich ganz anders. Das unauffällige Anker-Tattoo an der Innenseite ihres rechten Handgelenks bildete einen kleinen Kontrast, gab einen Ausblick auf diese andere, weniger kontrollierte Seite. Jetzt sah sie mich erwartungsvoll durch die Gläser ihrer großen Brille an und lächelte. »Und, fällt dir was ein?«

»Die erste Erinnerung?«, wiederholte ich, begleitet von einem langsamen Nicken, als wäre ich begriffsstutzig. Ich versuchte, mich in der Gegenwart, in diesem unwirklichen Jetzt, einzufinden. Heute war das Gefühl, noch mit einem Bein in einem Traum festzustecken, besonders stark. Schon seit dem Frühstück, eigentlich seit dem Wachwerden, noch in der Phase zwischen Traum und Wirklichkeit, inmitten dieser flirrenden Leere, die nichts kennt, keine Wahrheit, keine Lügen, keine Vermutungen, nur Licht und Schatten in unterschiedlichen Gestalten, hatte ich gespürt, dass dieser Tag ein »Dazwischen-Tag« werden würde. Einer von vielen. Da und doch nicht. Halb am Leben. Ich fühlte mich ein bisschen wie Pinocchio, unfertig, grob geschnitzt. Eine steife Kreatur, die einem Menschen ähnelt, aber doch keiner ist, weil seine ungelenken Bewegungen, seine Wahrnehmung und Gedanken nicht in diese Welt passen, wo alles »Normale« eine klare Struktur und Symmetrie haben muss, um von der dominanten Masse nicht als Fehler erkannt und gemieden zu werden.

Dafür, dass ich auch jetzt, am frühen Nachmittag, noch neben mir stand, war ich relativ entspannt. Kein unwillkürliches Zucken meines linken Augenlids. Nur der chemische Nachgeschmack der Pfefferminz-Mundspülung auf der Zunge. Schlaflosigkeit sei für mein betäubtes Gefühl die Ursache, hatte die Ärztin gesagt, die nach meinem Wutausbruch da gewesen war. Auch für den dauerhaft erhöhten Puls. Aber außer Kopfschmerztabletten wollte ich trotzdem keine weiteren Medikamente nehmen. Ich wollte nicht ruhiger werden, ich wollte verstehen.

Anne schwieg. Wir beide schwiegen. Aber das war kein unangenehmes Schweigen, es entspannte mich, weil sie mir den Raum dazu gab. Im Hintergrund das Rauschen der Heizung, die sich alle paar Sekunden verschluckte. Anne stand auf und kippte eines der großen Fenster, um frische Luft hereinzulassen. Als sie an mir vorbeiging, bemerkte ich den Duft ihres Parfums. Sie hatte wenig aufgetragen, dezent, passend zu ihrer zurückhaltenden Art. Ich erkannte den Duft trotzdem wieder. Mum benutzte das gleiche Parfum von Chanel. Auch wenn die Jasmin-Note bei der Psychologin stärker herausstach und schneller verflog, weil der Eigengeruch ihrer Haut ein anderer war, fügte sich die Verbindung der Moleküle in der trockenen Heizungsluft zum selben blumigen Ergebnis. Vor meinem geistigen Auge sah ich den dunkelblauen rechteckigen Flakon, der im Badezimmerschrank direkt neben der rosa Schachtel mit Yumas Migränetabletten stand. Paps hatte das teure Parfum zu Weihnachten für unsere Mutter ausgesucht. Nicht alleine. Wir, Sina, Farid und ich, hatten ihn dabei beraten. Unsere Nasen waren besser als seine. Seit seiner Corona-Infektion roch für ihn alles entweder süß oder nach Seife. Wenn er asiatisches oder indisches Essen beim Lieferservice bestellte, dann extrascharf, um überhaupt etwas zu schmecken.

Kurz erreichte der Duft meine Zungenspitze, wo er sich wie Puderzucker in seine Bestandteile auflöste. Eine leicht süßliche Note – vermutlich Sandelholz – blieb zurück. Und der kühle Hauch des Alkohols, aus dem sich die Essenzen verflüchtigt hatten. Der Duft ließ meinen Puls absinken und meinen Atem tiefer gehen. Schemenhaft kehrte die Erinnerung an Mums schwarzes Etuikleid mit dem Paillettenbesatz und dem broschenverzierten Kragen zurück. Ihr einziges richtiges Abendkleid, wie sie immer betonte. Das meiste in ihrem Kleiderschrank war Secondhandmode. Marken interessierten sie nicht. Sie kaufte gerne auf Flohmärkten ein. Auch Bücher, Zeitschriften, Schallplatten und Möbel. Das hatte nicht in erster Linie mit Umweltschutz zu tun. Sie mochte Gegenstände, die eine Vorgeschichte hatten. Ich ekelte mich vor Secondhandkleidung. Der spezielle Geruch in den Boutiquen, in denen sich auch Sina und Farid gerne neue Sachen besorgten, löste in mir ein mulmiges Gefühl aus. Ich musste niesen, und mein ganzer Körper spannte sich an.

Ich sah Mum vor mir, wie sie sich ausgehfertig machte. Barfuß, im Schlafzimmer vor dem großen Spiegel, die Zehennägel rot oder silbern lackiert, die dicken Haare hinter dem Kopf kunstvoll hochgesteckt. Wie sie strahlte, glücklich war, loslassen konnte, sich freute. Ich spürte ihre Freude. Spürte sie auf meiner Haut und darunter, fragte mich, ob sie jemals wieder so glücklich sein würde.

Auch Farid mochte das eng anliegende Kleid. Obwohl der Stoff an seinem knochigen Körper schlackerte wie an einem Kleiderständer. Er bediente sich nach Lust und Laune aus dem Schrank unserer Mutter und betrachtete sich von allen Seiten im Spiegel. Er tanzte vor uns herum, vor seinen Geschwistern, zeigte, wie gut er sich bewegen konnte, ließ sich von uns schminken, ohne daran zu denken, dass es da draußen Menschen gab – vor allem Männer –, die nicht verstanden, warum ein Junge die der Weiblichkeit zugeschriebene Weichheit und Eleganz entdecken wollte, um sich selbst zu verstehen und durch dieses Verstehen zu wachsen. Warum dieses »Spiel« so wichtig für ihn war, nicht nur, um seiner leiblichen Mutter nah zu sein, sondern um die Anteile aller Geschlechter in sich zu vereinen und sich seiner Vorstellung vom Selbst, der Summe aller Eigenschaften, auf verschiedenen Ebenen anzunähern.

INTERVIEW VOM 29.01.2023
VIA TELEFON

REPORTAGE: EIN DORF SUCHT
DIE WAHRHEIT (ARBEITSTITEL)

CAROLIN MARQUART   Bitte legen Sie nicht gleich wieder auf. Ich will Ihnen nur eine Frage zu der Vorgehensweise der Staatsanwaltschaft stellen. Es geht nicht darum, dass Sie mir erzählen, was Ihnen die Kinder während der Zeit in polizeilicher Obhut anvertraut haben. Darum geht es nicht bei meiner Recherche.
  ANNE W.   Trotzdem möchte ich Sie in aller Höflichkeit bitten, mich nicht mehr anzurufen. Ich habe Ihnen dazu nichts zu sagen. Daran hat sich nichts geändert.
CAROLIN MARQUART   Hat Ihre abwehrende Haltung eventuell etwas damit zu tun, dass zwischen Ihnen und der Familie Simwe eine doch etwas merkwürdige Verbindung besteht?
  ANNE W.   ...
CAROLIN MARQUART   Sie kennen Polly? Die Hündin der Familie? Wissen Sie etwas über ihre Herkunft?
  ANNE W.   Ich ...
CAROLIN MARQUART   Es stimmt doch, dass Sie eine Zeit lang in den USA gearbeitet haben? In Boston, bei Neuro-Dynamics. Bei Margret Edwardson, die wegen mehrerer Verstöße gegen die Medizin-Ethik und nicht genehmigten Tierexperimenten mit genetisch veränderten Hunden und Neuro-Enhancern vor Gericht steht. Wenn stimmt, was meine Informantin mir aus den USA übermittelt hat, dann ist einer der Hunde nach der Versiegelung

des Labors bei Familie Simwe untergekommen. Erstaunlich, nicht wahr?

ANNE W. Ich denke, wir beenden an dieser Stelle das Gespräch.

VIER GEWINNT

FREITAG, 15.03.2024

02:32 UHR *Jan vermisst seinen Hund. Einen Jack Russel. Tommy. Ich vermisse Polly. Nach Mums Theorie müsste sie jetzt eigentlich bei mir sein. Bei mir, dem schwächsten Glied im Rudel. Jan meint, dass er noch nie mit einem adoptierten Mädchen rumgeknutscht hat und das jetzt von seiner Bucketlist streichen würde. Er hat auch erzählt, dass er seine tote Mutter vermissen würde. Das tut mir leid.*

Die Psychologin, Anne, hatte sich wieder hingesetzt. Die Erinnerung an meinen tanzenden Bruder verblasste. Anne schien sich nicht daran zu stören, dass unsere Gespräche nur schleppend in Gang kamen, weil ich mit meinen Gedanken ständig abdriftete. Sie schaute auch nie geschäftsmäßig auf die Uhr. Das unterschied sie von den anderen Besuchern. Der Beginn der Sitzung war festgelegt, das Ende offen. Heute Morgen bei Sina waren es knapp siebzig Minuten gewesen. Danach war meine Schwester wortlos zurück in ihr Bett gekrochen, hatte sich ein Hörbuch auf dem alten iPod angestellt, den sie uns gebracht hatten, und auf Farids Switch gespielt. Reden wollte sie nicht.

»Sie meinen ... ähm ... du meinst, so was wie ohne Stützräder Rad fahren oder Erdbeereis, das einem über die Hand tropft?«, nahm ich den Faden wieder auf. »So eine ›erste‹ Erinnerung?« Ich lächelte verlegen. Es ging mir so vieles durch den Kopf, wenn ich an unsere Familie dachte. Ungeordnet. Es an irgendwelchen Daten festzumachen fiel mir schwer.

»Zum Beispiel.« Anne nickte. »Was dir einfällt. Auch in Verbindung mit deinen Geschwistern, deinen Eltern oder dem Hund. Geht um nichts Bestimmtes. Wir können auch versuchen, uns gemeinsam dem Anfang in deiner Erinnerungschronologie anzunähern, wenn dir das hilft.« Sie blickte mir tief in die Augen. Sie blinzelte nicht.

»Du willst mich jetzt aber nicht hypnotisieren?«

Sie lächelte. »Nein, dafür habe ich keine Ausbildung.«

»Dann ... dann ist ja gut.« Ich versuchte, mich zu konzentrieren. »Machst du das öfter?«

»Was genau?«

»Kinder befragen, deren Eltern man verhaftet hat?«

»Ist das erste Mal. Aber wenn du auf irgendwas nicht antworten willst oder du eine Pause brauchst, dann sag das bitte. Ich verstehe, dass die Situation für dich und deine Geschwister schrecklich sein muss.«

»Ja, das trifft es ganz gut.«

Sie schenkte mir Wasser ein. Als ich von ihr wissen wollte, wie das Gespräch mit Sina heute Morgen gelaufen war, zuckte sie mit den Achseln. »Verschwiegenheit«, sagte sie. »Tut mir leid. Daran bin ich auch bei deiner kleinen Schwester gebunden.«

»Und meine Eltern? Weißt du, wie es ihnen geht? Was ihnen genau vorgeworfen wird? Die haben uns ja allen die Handys weggenommen, und ins Internet dürfen wir auch nicht mehr.«

Sie seufzte. »Ich darf dir leider keine Auskunft geben. Das sind für mich die Vorgaben. Daran kann ich nichts ändern. Bitte verstehe das.«

»Klar. Klar verstehe ich das.«

Anne war nicht so abgeklärt in ihrem Job wie die anderen Leute, die uns befragten, und das machte sie sympathisch. Zu ihr hatte ich vom ersten Moment an Vertrauen.

»Lass dir Zeit«, sagte sie, nachdem ich ihr von Farid erzählt hatte, um den ich mir ebenfalls Sorgen machte. In den letzten Tagen hatte er wie Sina kaum noch mit mir geredet.

Anne spielte mit ihrer silbernen Kette. Schob das Medaillon mit dem Relief einer mit Kristallsplittern besetzten Blüte hin und her und lächelte vorsichtig. »Sag einfach, was dir einfällt, ohne es zu bewerten.« Sie redete langsam und sanft. Vielleicht, um mich zu beruhigen, oder weil sie diese Art Befragung noch nicht so häufig durchgeführt hatte.

Die erste Erinnerung?

Ich suchte danach, wie man nach einem verlorenen Schlüssel sucht, strengte mich an, um den zurückgelegten Weg Schritt für Schritt zu rekonstruieren. Diese Frage hatte mir bisher noch keiner gestellt, seit wir in dem Versteck waren. Vielleicht war das hier der Einstieg in die Psychoanalyse. Unsere Mutter hatte eine Biografie von Sigmund Freud und eine von C. G. Jung im Wohnzimmer stehen. An beiden hatte sie etwas auszusetzen. An Freud war es der Ansatz, dass quasi alles in der menschlichen Entwicklung mit Sex und der Kindheit zu tun haben sollte, bei Jung weiß ich nur noch, dass es um die Deutung von Träumen gegangen war und um die Rolle des Unbewussten.

In Gedanken ging ich durch frühere Straßen, Wohnungen und Zimmer, versuchte mich an Ereignisse und Gefühle zu erinnern, die irgendwo in meinem Gedächtnis abgespeichert waren, wenn die Theorie unserer Mutter stimmte.

»Das, was wir Vergessen nennen, existiert nicht«, hatte sie in einem TED-Talk gesagt, den man sich auf YouTube ansehen kann. »Alles deutet darauf hin, dass der menschliche Speicher nahezu fotografisch funktioniert und nichts jemals verloren geht. Nur die Erinnerungsspuren, die verschiedenen Pfade, die zu dieser gigantischen Bibliothek führen, verwischen mit der Zeit. Nur so lässt sich die unglaubliche Menge an Informationen, die jeder neue Tag in unserem Leben bringt, sinnvoll verarbeiten und verwalten. Ohne diese Schutzfunktion könnten wir Träume nicht mehr von der Wirklichkeit unterscheiden und das Gestern nicht mehr vom Heute. Wir wären verlorene Geister im Labyrinth der Erinnerungen, Sklaven unserer eigenen Biografie. Im Guten wie im Schlechten.«

Ich sah die Gesichter meiner Geschwister, wie sie ausgehend vom Jetzt jünger wurden. Wie die Zeit rückwärtslief. Ich erinnerte mich an einen von Yumas Lieblingsfilmen: *Der seltsame Fall des Benjamin Button.* Ich erinnerte mich an Brad Pitt, den sie eine Zeit lang angehimmelt hatte. Ich machte weiter mit meiner Zeitreise, aber die Bilder stockten, wurden unscharf und unterbrochen von dem Gefühl, dass die Reihenfolge nicht stimmte und es Jahre gab, die kaum Spuren in meinem Gedächtnis hinterlassen hatten. Die Farben wurden verwaschen, die Perspektive weitwinkelig, wie der Blick durch einen Türspion. Es war anstrengend, mich zu erinnern. Der Blick zurück war anstrengend. Ich spürte, wie mein Puls beschleunigte, je weiter ich auf dem Zeitstrahl in die Vergangenheit reiste. In meinem Magen begann es zu ziehen. Ein »Warum« lag mir auf der Zunge, warum wollte sie das von mir wissen? Welche Rolle spielte das? Welche Schlüsse würde sie daraus ziehen, wenn ich ihr sagte, dass ich mich vor allem daran erinnerte, als kleines Kind ständig krank gewesen zu sein. Husten, Fieber, Asthma, Neurodermitis. Wochenlanges Vor-mich-hin-Dämmern in meinem Zimmer und dem von Yuma. Das Pfeifen meiner Bronchien. Lungenfunktionstests, Albträume. Unvorsichtige Ärzte, die mir die kalte Membran ihrer Stethoskope auf Brust und Rücken drückten, ohne sie davor an ihrer Handfläche aufzuwärmen, wie Mum es tat, wenn sie einen von uns abhörte. Cortison-Cremes, Inhalatoren, Sprays, aber nichts gegen die Panik, zu ersticken, sobald ich erschöpft die Augen schloss und mich an meiner Bettdecke festklammerte. Der Morgen. Der helle Morgen nach einer unruhigen Nacht mit rasselndem Atem. Der Kuss meines Vaters, der mich sanft weckte, in die Welt zurückholte. Eine Gerettete, die zähen Schleim aus den Lungen hustete. Das war ich.

Ich dachte daran, wie er mir die verklebten Augen vorsichtig mit lauwarmem Kamillenwasser säuberte und dabei Songs von Cat Stevens oder Metallica pfiff, um mich zu beruhigen. *Vier Gewinnt.* Rote und grüne Spielsteine, die runden Löcher im blauen Plastikgitter, dahinter die Augen von Yuma oder Paps, die mich gewinnen lassen wollten, weil ich eine schlechte Verliererin war. Das harte Klacken, wenn Stein auf Stein traf. Diese Erinnerungsfetzen taugten nicht für ein erstes Kennenlernen. Sie waren melancholisch, erweckten Mitleid und würden ein falsches Bild von mir und meiner Familie abgeben. Kurz vor Ende der Grundschule hatte sich ja alles zum Besseren gewendet. Die Neurodermitis war zurückgegangen, das unruhige Kribbeln in Armen und Beinen und der aufkeimende Zorn, wenn ich mich konzentrieren sollte, waren durch den vielen Sport weniger geworden. Und die Angst vor dem Ersticken, die schlimmste von allen, war ganz verschwunden.

Warum also diese Frage? Warum wollte sie das wissen? Um meinen Eltern irgendwelche Versäumnisse anzudichten? War das ihre Absicht, mich gegen sie auszuspielen?

Das Ziehen im Magen wurde stärker. Ich erwartete, dass die Schwärze ihren Auftritt hatte, atmete langsamer und tiefer, um es zu verhindern. Sagte mir in Gedanken, dass diese Frau nichts Böses im Schilde führte, bevor Misstrauen und Kälte in mir aufstiegen, die Vorboten dunkler Wut, wie ich mittlerweile kapiert hatte.

Noch einmal. Jetzt ruhiger.

Warum?

Warum wollte sie das wissen?

Antwort a) Es war der vorgegebene Ablauf.

Antwort b) An dem Gerücht, dass etwas mit unseren Adoptionspapieren nicht stimmte, war etwas dran.

Antwort c) Sie wollte überprüfen, ob mit meinem Kopf alles stimmte oder ich verrückt war.

Ich entschied mich für Antwort a.

Ich konzentrierte mich auf die dünne Spur ihres Parfumdufts. Auf die positive Verknüpfung zwischen der Psychologin und meiner Mutter. Auf die Verknüpfung zwischen meiner Mutter und Farid. Ging weiter zu Yuma, zur lachenden Yuma, zu unserem Vater und Sina. Wir alle waren miteinander verbunden. Für immer miteinander verbunden. Und diese Verbindung konnte niemand zerstören.

Niemand!

»Sollen wir eine Pause machen?«, fragte die Psychologin und fing meinen unentschlossenen Blick auf.

»Nein. Ich ...« Ich griff nach meinem Wasserglas und trank einen Schluck, um wieder Herrin über meine Sinne zu werden. Anne spielte an ihrem Medaillon. Sie lehnte sich zurück und schlug die Beine übereinander. Das Deckenlicht brachte die Kristallsplitter des Medaillons zum Leuchten, entfachte ein gluthaftes Glimmen. Vielleicht waren es Rubinsplitter. Aber dafür war das Rot nicht intensiv genug. Die Farbe änderte sich, je länger ich hinschaute. Das kaltweiße Licht der Deckenstrahler wurde von den winzigen geschliffenen Steinen gebrochen, als wären es Prismen. Weitere Farben aus dem Spektrum zuckten über meine Netzhaut. Das Ziehen in meinem Magen wurde weniger, je stärker ich mich darauf konzentrierte. Meine Gedanken machten einen Sprung zu

Paps' Software. Ich musste an die »Kalibrierungsphase« denken, wie er den Einstieg in sein Programm in der neuesten Version genannt hatte, die wir in St. Engbert zum ersten Mal ausprobieren durften.

»Ihr seid meine Expertinnen und mein Experte«, sagte er immer, wenn er uns dazu einlud, seine Software zu testen, was alle paar Wochen der Fall war und nie unter Zwang passierte, wie einige Journalisten behaupteten. Die waren auch der Überzeugung, dass das Programm in Teilen aus dem berühmten *Human Brain Project* hervorgegangen war und unsere Mutter die Erkenntnisse, die das Großprojekt gebracht hatte, unerlaubt an unseren Vater weitergegeben habe. Beim *Human Brain Project* wollten Wissenschaftler das menschliche Gehirn mit seinen Milliarden Verschaltungen auf Computern simulieren, was ihnen jedoch nie gelungen war. Wichtiger als das war die Tatsache, dass unsere Mutter gar nicht direkt an diesem Projekt mitgearbeitet hatte. Nirgendwo tauchte ihr Name auf. Aber für die Wahrheit interessierte sich außerhalb des Gerichtssaals wieder mal keiner. Der Hunger nach der besten Story war zu groß. Kaum war das Gerücht in der Welt, kursierten im Netz Dutzende Memes, die unsere Eltern in grüner und blauer OP-Kleidung zeigten, wie sie an offenen Gehirnen von Kindern Elektroden befestigten. Vom Himmel regnete es Banknoten. Das Einzige, was an den Behauptungen stimmte, war, dass unsere Eltern in der Forscherszene einen großen Bekanntenkreis hatten und sich regelmäßig über den Stand der Wissenschaft austauschten. Auf den Bildern, die mir von der Polizei während der Verhöre gezeigt wurden, erkannte ich zwei ihrer Freunde wieder. Das gab ich auch so zu Protokoll. Andreina und Margret. Margret, die sich wie unser Vater damit beschäftigt hatte, »die Sprache der Neuronen«, wie sie es in einem Interview nannte, zu entschlüsseln und dadurch den Geheimnissen menschlichen Verhaltens auf die Spur zu kommen. Anders als unser Vater hatte sie sich mit der Entstehung von psychischen Erkrankungen wie Schizophrenie und Depressionen beschäftigt. Sie hatte man ein halbes Jahr vor unseren Eltern verhaftet. Wegen der Fälschung medizinischer Studien und der unerlaubten Analyse und Verarbeitung sensibler Patientendaten.

Die beiden Frauen hatten uns im Sommer in St. Engbert besucht. Sie waren sehr nett gewesen, hatten sich von Yuma und Sina die Umgebung zeigen lassen und mit unseren Eltern Anekdoten über ihre gemeinsame Studienzeit in den USA ausgetauscht. Abends hatten wir an der Feuerstelle beim Weiher gegrillt und uns gegenseitig Gruselgeschichten zum Miträtseln auf Englisch erzählt. Zum ersten Mal durften Yuma und ich im Beisein unserer Eltern ein halbes Glas Wein trinken. Ich glaube, es sollte eine Art Initiation sein. Schließlich war Yuma fünfzehn und ich schon sechzehn.

Farid hatte den schmalen Steg, der auf den Weiher hinausführte, mit Fackeln ausgeleuchtet und uns Teile seiner ersten eigenen Choreografie *Dancer in the Dark* vorgeführt. Er hatte über dem Wasser getanzt, so hatte er das genannt. Er war so glücklich gewesen. Wir alle waren glücklich. Die Welt schien uns diesen perfekten Ort geschenkt zu haben.

Am Ende des Sommers würde Farid bei jedem Wetter zwölf Bahnen schwimmen. Von einem Ufer zum anderen. Er würde kraulen (vier Schläge den Kopf unter Wasser, vier Schläge darüber), weil Brustschwimmen nicht gut für den Nacken und die Hüftgelenke sei, wie er mir ausführlich erklärte. Polly würde an der Wasserlinie aufgeregt hin und her laufen und freudig bellen, wenn Farid aus dem See stieg, ihren Kopf mit den großen flatternden Ohren zwischen die Hände nahm und sie auf die Schnauze küsste. Manchmal beobachtete ich ihn durch das dichte Blattwerk der großen Trauerweide. Selbst bei Regen konnte man dort unbemerkt im Trockenen sitzen. Ich hatte Angst, Farid könnte in Panik geraten und untergehen, weil dieses Element auf unheilvolle Weise mit seiner Vergangenheit verknüpft war. Aber er ging nicht unter. Und ich musste ihn nicht retten. Er lernte, sich und dem Wasser zu vertrauen und den Worten unseres Vaters, die er zu uns sagte, bevor wir zum ersten Mal im Testraum in St. Engbert die neuen VR-Brillen aufsetzen durften, sich der silberne Metallbügel auf unseren Köpfen aufwärmte und leichte Vibrationen aussendete:

»Ihr könnt der Dunkelheit vertrauen, die auf das Ende der Kalibrierungsphase und nach der geführten Meditation folgt. Das ist kein Systemfehler. Und dort lauern auch keine Gefahren. Dort, in der Tiefe, nur geführt von den verschiedenen Sounds und dem pendelnden Lichtpunkt, kommt euer Geist zur Ruhe.«

INTERVIEW VOM 06.02.2024 VIA ZOOM

REPORTAGE: EIN DORF SUCHT DIE WAHRHEIT (ARBEITSTITEL)

CAROLIN MARQUART Sie haben Frau Simwe ja bei *Ärzte ohne Grenzen* kennengelernt, haben Sie am Telefon gesagt. Welchen Eindruck hatten Sie von ihr? Können Sie sich daran noch erinnern?

DAPHNE JULES Natürlich kann ich das. Sie war sehr engagiert. Sehr aufgeräumt, wie ihr Mann. Die beiden waren eine große Hilfe. Nicht nur an der Front, sondern auch was die internen Abläufe anging. Sehr kluge, empathische Menschen.

CAROLIN MARQUART Ihr Mann war auch dabei?

DAPHNE JULES Ja, er hat unsere Logistik innerhalb kürzester Zeit in ein neues, stabileres System überführt. Das hat auch die interne Kommunikation vereinfacht. Beide haben sie auf vielen Ebenen dazu beigetragen, die Erfassung und Kategorisierung der Geflüchteten zu vereinfachen. Unsere Teams, die Hilfsgüter und Medikamente, ließen sich dadurch auch besser koordinieren. Das war eine große Erleichterung. Als NGO kann man es sich nicht leisten, ineffizient zu arbeiten. Schon gar nicht in der heutigen Zeit.

CAROLIN MARQUART Wie lange ist das etwa her? Wissen Sie das noch?

DAPHNE JULES Das sind bestimmt neun oder zehn Jahre, wenn nicht länger. Frau Simwe hat unser Team damals auch im mexikanischen Grenzgebiet unterstützt und auf der amerikanischen Seite, bei diesem schrecklichen Feuer in einem überfüllten Aufnahmelager. Dort herrschten überall katastrophale Zustände. Wenn Sie genauer wissen wollen, wann das gewesen war, müsste ich in unseren Unterlagen nachsehen.

CAROLIN MARQUART   Danke, das ... das ist nicht nötig. Wussten Sie eigentlich von ihrem Job bei Google und den Projekten, die sie betreut hat?

DAPHNE JULES   Ja, natürlich. Sie hat davon erzählt. Sie war sehr enttäuscht von der Neuausrichtung des Konzerns. Deshalb hat sie ja auch gekündigt, nachdem Sina geboren wurde. Sie wollte sich neu orientieren.

CAROLIN MARQUART   Hat sie das so gesagt, dass sie gekündigt hat? Sind Sie sich da sicher?

DAPHNE JULES   Ja, daran erinnere ich mich noch genau. Wir haben ihr natürlich sofort einen Job in der Führungsebene angeboten. Mitarbeiter mit dieser Expertise sind schwer zu finden. Aber sie hatte ja leider andere Pläne. Wollte mit ihrem Mann zurück nach Europa. Das war sehr schade.

CAROLIN MARQUART   Kennen Sie die Adoptivkinder?

DAPHNE JULES   Nur aus den Medien und ohne Gesicht. Es tut mir schrecklich leid, was die Familie alles durchmachen muss. Das haben sie nicht verdient. Das hat keiner verdient, dass man gegen ihn solche Behauptungen erhebt, nur weil man auf irgendwelchen Listen aufgetaucht ist. Wissen Sie, wie viele unserer Ärzte vom Gutdünken ruchloser Regierungsbehörden abhängig sind und mit einem Bein im Gefängnis stehen, wenn sie ihre Arbeit ernst nehmen? Vor allem, wenn sie sich dafür einsetzen, das Leid der Migranten an den Grenzen zu lindern. Nicht nur in autoritären Staaten wird das, was wir tun, argwöhnisch beobachtet. Den Helferinnen und Helfern wird alles Mögliche unterstellt, um ihnen das Leben schwer zu machen.

CAROLIN MARQUART Auch Menschenhandel und Korruption?

DAPHNE JULES Alles, was dabei hilft, sie zu diskreditieren und die eigenen Interessen durchzusetzen. Und Korruption steht noch mal auf einem ganz anderen Blatt. Ohne entsprechende Verbindungsleute an den richtigen Stellen werden sie zwischen den Mühlen der Bürokratie zerrieben und bekommen sogar zu hören, dass ihre Arbeit Flucht begünstigen würde. Das geht auch größeren Unternehmen so, die in diesen Ländern Fuß fassen wollen. Nur spricht da keiner drüber, weil es dabei um das große Geld geht und nicht nur um Menschenleben.

JOSHUA TREES

FREITAG, 15.03.2024

10:12 UHR   »Ich weiß, dass es schwer ist«, hörte ich Anne wie durch Watte sagen. Ihre Worte holten mich zurück in das karg eingerichtete Besprechungszimmer, zogen mich auf den unbequemen Holzstuhl, der bei jeder Bewegung knarzte. Vielleicht war es der Stuhl, den ich hatte zertrümmern wollen. Die Stühle hier drin sahen ja alle gleich aus. Solange ich draufsaß, ließ sich das nicht überprüfen. Vielleicht würde der Stuhl genau in dem Moment auseinanderbrechen, wenn ich mich entspannte. Vielleicht war das seine Rache.

Heute war unser drittes Treffen. Wir hatten mit einer Art Meditation begonnen. Mit geschlossenen Augen sollte ich mir verschiedene Gegenstände und Farben vorstellen und dem Strom meines Atems folgen. Davor hatte ich kurz von der Zeit erzählt, in der ich oft krank gewesen war, aber betont, wie gut sich unsere Eltern um mich gekümmert hatten. Um jeden von uns hatten sie sich gesorgt. Nie einen Unterschied zwischen Sina und uns, den Adoptierten, gemacht, wenn das der Punkt war, auf den sie hinauswollte. Ich sagte, wie lächerlich es war, dass der Staatsanwalt Paps andichten wollte, uns als Versuchskaninchen für medizinische Experimente missbraucht zu haben.

»Hast du den Mann eigentlich mal kennengelernt?«, fragte ich.

»Den Staatsanwalt?«

Ich nickte. »Er ist so was von unsympathisch. Und er ist voreingenommen. Er will unbedingt, dass unsere Eltern ins Gefängnis kommen, weil ihre Namen auf irgendwelchen Listen aufgetaucht sind.«

»Du weißt davon?«

»Auch hier drin ist man nicht ganz von der Welt abgeschnitten.«

»Hast du ihn deshalb bedroht?«

»Was?« Ich musste schlucken. Das Wort »bedroht« in Zusammenhang mit meiner Person kam mir falsch vor. Ich hatte den Staatsanwalt nicht bedroht, ich hatte nur meinem Ärger Luft gemacht. Das ist ein großer Unterschied. Genau genommen war ich das nicht mal selbst gewesen, diese Person, die da explodiert war.

»Ich ... ich hab ihn nicht bedroht«, nuschelte ich. »Ich war wütend. Wütend, dass wir unsere Eltern nicht sehen dürfen und diesem Mann nichts Besseres einfällt, als die Zerstörung unserer Familie zu planen.« Ich holte tief Luft. »Wütend auf das hier.« Ich deutete mit dem Kopf in den Raum. »Wütend darauf, dass man uns behandelt, als hätten uns unsere Eltern etwas angetan. Und sehen dürfen wir sie auch nicht. Für Sina ist das schrecklich.«

»Das verstehe ich. Das ist alles ... alles nicht optimal.«

»Nicht optimal.« Ich konnte mir ein Schnauben nicht verkneifen.

»Nicht, wie es sein sollte, wenn Kinder im Spiel sind. Das werde ich auch so weitergeben, Espe. Das sollte so nicht sein.«

»Genau. Und sag denen auch, dass es mir vor allem um Sina leidtut. Sie hat gestern ins Bett gemacht. Kannst du dir vorstellen, wie es ist, mit zwölf wieder ins Bett zu machen, wie sich das für sie anfühlt?«

»Das muss anders laufen. Ich werde mich dafür einsetzen, dass ihr eure Eltern bald sehen dürft. Das verspreche ich dir.«

»Danke.«

»Sollen wir weitermachen?« Sie klickte mit dem Kugelschreiber. »Vielleicht gibt es noch ein paar Erinnerungen, die du mit früher verbindest.«

Ich versuchte, mich zu konzentrieren. Aber mir ging so vieles durch den Kopf. Ungeordnet.

»Geht es um die Adoption?«, fragte ich und merkte, wie mein Magen krampfte. »Glaubst du auch, dass unsere Eltern kriminell sind?«

»Es spielt keine Rolle, was ich glaube. Ich will nur helfen, dass es euch wieder besser geht. Deshalb bin ich hier.«

Ich nickte stumm. In Gedanken blätterte ich durch mein Fotoalbum, sah es aufgeschlagen auf dem Geburtstagstisch liegen, unscharf dahinter meine Geburtstagstorte mit den ausgeblasenen Kerzen. Ich dachte an den Kartenausschnitt, den Paps von Hand auf die erste Seite in mein Album gezeichnet hatte. Das Gebiet zwischen den USA und Mexiko, diesen »tödlichen Flaschenhals«, wie es im Englischbuch, gefolgt von einem Text über die menschenunwürdigen Bedingungen in den Auffanglagern, stand. Ein grünes Kreuz, fünfzehn Kilometer südlich der Grenze zu den USA, markiert den Beginn meines zweiten Lebens. Ein kleiner Ort, ein Dorf, ein Waisenhaus, in dem mich meine Mutter bei einem Einsatz für *Ärzte ohne Grenzen* entdeckt hatte. In dem maroden Kloster seien die Zustände ähnlich »prekär« gewesen wie überall in der Nähe der Grenze, sagte mein Vater.

Die wichtigen Stationen meiner Kindheit waren mit Längen- und Breitengraden, Höhenmetern, Nationalflaggen, Landes- und Stadtwappen versehen. Der Weg über die USA nach Europa. Zuerst Berlin, dann Amsterdam, Moskau, London, Stockholm. Dann Hamburg, Wien, Bonn und St. Engbert. Richtig erinnern, so mit Bildern, Gerüchen und Gefühlen, konnte ich mich eigentlich nur an die letzten drei Städte.

»Versuchen wir es anders.« Anne erhob sich. Sie holte eine dicke Papierrolle aus einer Sporttasche und legte sie auf den Tisch. »Oft geht es mit dem Erinnern leichter, wenn wir aktiv werden.« Sie zog das eierschalenfarbige Papier von der Rolle, legte es quer über den Tisch und befestigte es mit Tesafilm. »Spielst du eigentlich auch ein Instrument, wie deine Geschwister?«

»Ein bisschen Klavier und Schlagzeug. Aber nicht so gut wie Yuma oder Sina. Yuma sollte später unbedingt Musik studieren. Sie spielt wahnsinnig gut Cello, aber auch Gitarre. Und sie schreibt eigene Songs. Kannst du vielleicht mal fragen, ob sie ihr Cello wiederhaben kann oder wenigstens die Gitarre? Ich glaube, das würde ihr guttun.«

»Ich schau mal, was ich tun kann, aber jetzt bleiben wir noch ein bisschen bei dir.«

Sie zeichnete einen langen Zeitstrahl auf das Papier und redete von den Höhen und Tiefen meines bisherigen Lebens, als sei ich steinalt. Erneut bat sie mich, gedanklich so weit wie möglich in die Vergangenheit zurückzugehen und diesem Anfang entweder ein Wort oder ein Bild zu geben. Ich kam mir vor wie im Kunstunterricht, nur, dass sich der Wachsstift in meiner linken Hand schwer anfühlte, wie aus Blei, und ich zu schwitzen begann. Ich setzte die Spitze auf das raue Papier. Sofort begann meine Hand zu zittern, als weigerte sie sich, mehr über mich preiszugeben als meinen Namen.

»Espe«, sagte die Psychologin. »Versuch es mal mit deiner schwachen Hand.«

»Was?«

»Das hilft zu entspannen.«

»Okay.«

Ich schrieb Buchstabe für Buchstabe, langsam, wie in Trance. Das ging deutlich besser als gedacht. HIGHWAY, hatte ich in Blockschrift an den unteren Rand geschrieben. Dann wechselte ich zurück zu meiner starken Hand und zeichnete das Teilstück einer breiten Straße aus der Seitenperspektive. »Sorry«, sagte ich. »Ich glaub, ich hab die Aufgabe falsch verstanden.«

»Nein, alles gut. Erzähl mir was über diese Straße. Woher kennst du sie? Was verbindest du damit?«

Ich legte den Stift aus der Hand und zögerte.

»Was denkst du gerade?«

»Nichts.« Das stimmte nicht. Ich dachte an einen wiederkehrenden Traum, der seine Entsprechung in der Wirklichkeit hatte. An ein überbelichtetes Foto mit blassen Farben, das mich neben meiner lächelnden Adoptivmutter zeigte. Sie saß in der Hocke und hatte einen Arm um mich gelegt. Im Vordergrund, unscharf: aufgeplatzter Asphalt. Im Hintergrund: endlose Wüste. Büsche und Bäume. Besondere Bäume. Joshua Trees, wie sie entlang des Highway 62 verstreut stehen, außerhalb jeder Symmetrie und trotzdem miteinander verbunden. Hochgewachsene Kreaturen mit kräftigen Armen und Palmfächerhänden. Eine Mischung aus Kaktus und Baum. Fremde Wesen inmitten einer kargen, unendlich weiten Wüstenlandschaft.

»Die einzigartigen Bäume erzählen eine Geschichte des Überlebens, der Unverwüstlichkeit und der Schönheit, die durch Beharrlichkeit entsteht.« So steht es auf der Seite des Joshua-Tree-Nationalparks. Vielleicht war das der Grund, weshalb ich so fasziniert von diesen Bäumen war, weil ich wie Farid an manchen Tagen das Gefühl hatte, eine Überlebende zu sein.

Ich versuchte, einen dieser Bäume zu zeichnen. Das ging besser als gedacht.

»Wo ist das?«, fragte die Psychologin. »Wo gibt es diese ... diese Bäume?«

»In einem Traum«, hörte ich mich, weshalb auch immer, sagen. »Es sind Joshua Trees, keine richtigen Bäume, sondern eine besondere Palmenart.«

»Dieses Bild hat aber auch etwas mit der Wirklichkeit zu tun?«, hakte Anne nach.

Ich nickte. »Es gehört zu einer Serie von Bildern, in einem Album. Auf einem davon bin ich zu sehen, in den Armen meiner Mutter. Ist in Kalifornien. Wir sind damals durch die Wüste gefahren. Ich muss so fünf, sechs Jahre alt gewesen sein. Mit einem großen sonnengelben Camper. Damals haben wir noch in Boston gelebt. Das war der Anfang.« Ich zuckte mit den Schultern. »Das glaube ich zumindest.«

»Daran kannst du dich noch erinnern, an diese Reise?«

»Nur an dieses Foto. Manchmal kommt es mir so vor, als würde ich diesen Ort zuerst riechen, bevor ich das Bild dazu sehen kann.«

»Schließ kurz die Augen.«

Ich zögerte.

Sie legte ihre Hand auf meine. Es war das erste Mal, dass sie mich berührte. Sie strich mit dem Daumen über meinen Handrücken. »Vertrau mir.«

Ich schloss die Augen.

»Wonach duftet es, wenn du diese Straße vor dir siehst?«, fragte Anne sanft.

»Sand und noch etwas, wie ... wie Staub mit ... mit Zitrone. Ein kühler Geruch. So was wie Salbei, nur stärker konzentriert, und etwas Medizinisches. Ja, da ist auch etwas Medizinisches, das nicht dorthin passt. Desinfektionsmittel, etwas in der Art, nur positiver.«

»Positiver«, hörte ich Anne sagen. Gefolgt von dem Kratzen ihres Bleistifts. Wie Mum schrieb sie am liebsten mit dem Bleistift. Ihre Hand löste sich von meiner. Der Duft in meinem Kopf mischte sich mit dem Duft ihres Parfums. Für Sekunden fühlte ich mich entspannt, bis die Mischung sich auflöste und nur noch eine Ahnung zurückblieb.

Ich öffnete die Augen wieder und holte tief Luft.

Anne lächelte. »Gut«, sagte sie, die Hände über ihrem aufgeschlagenen Notizbuch gefaltet. »Woran erinnerst du dich noch, wenn du an die Wüstenbilder denkst? Es darf auch abstrakter sein. Ein Gefühl. Eine Ahnung.«

»Wärme«, sagte ich und nickte langsam. »Ich erinnere mich an die Wärme. An ein Gefühl von Geborgenheit. So ein Alles-wird-gut-Gefühl.« Tränen stiegen mir in die Augen, während ich die Worte mit den Lippen formte und das Gefühl der Einsamkeit in mich eindrang. Ich sehnte mich nach dieser Geborgenheit. Ich vermisste meine Eltern. Ich wollte sie zurückhaben, meine Familie, dieses »Wir«. Ich brauchte es zum Atmen, dieses zweite Leben.

Sie waren meine Eltern und würden es immer bleiben. Egal, was sie getan hatten, um mich über die Grenze zu bringen. Egal, ob der Name in meinem Pass nun stimmte oder nicht. Egal, ob die Geschichte, die sie mir erzählt hatten, der Wahrheit entsprach. Egal, ob die Geschichten von Farid und Yuma stimmten. Sie hatten uns gerettet, zu Geschwistern gemacht. Uns dreien eine Chance auf der privilegierten Seite der Welt gegeben. Dafür durfte man sie nicht bestrafen, dafür nicht.

Ich zeichnete die Umrisse einer großen Plakatwand, die neben dem Highway aufragte, und begann die leere Fläche mit Bleistift zu schraffieren. Ich erinnerte mich an das Plakat, unscharf im Hintergrund, aber nicht daran, was darauf zu sehen war. Wahrscheinlich der Hinweis, genügend Wasser zu trinken oder die Straße nicht zu verlassen. Die feinen Unebenheiten des Holztischs drückten durch das Papier und gaben der Fläche Schattierungen. Dann begann ich damit, unsere Mutter zu zeichnen. Yuma hatte mir beigebracht, wie man Gesichter zeichnete. Die Symmetrie. Die Hilfslinien. Augen, Nase und Mund. Die Besonderheiten. Der seitliche Lichteinfall, der ein Gesicht plastischer wirken lässt, ihm die Tür zur Wirklichkeit öffnet und es lebendig macht. Auf dem Foto blickte sie direkt in die Kamera. Ihr Lächeln durchströmte mich. Es war fast so, als würde sich der Moment wiederholen, jetzt, wo ich daran dachte. Ich als dünnes Kind in ihren Armen. Ich mit wachen glänzenden Augen, in denen sich das Licht der untergehenden Sonne voller Dankbarkeit spiegelte.

Das Foto klebte auf der siebten Seite meines Albums. Die erste Erinnerung. Immer mehr Details kamen mir in den Sinn. Ich zeichnete weiter. Das musste die erste Erinnerung an dieses neue Leben sein. Hinter der mexikanischen Grenze. Auf der anderen Seite. In diesem neuen Leben.

»Kannst du dem Bild eine Emotion zuordnen?«, fragte die Psychologin. »Das, was du spürst. Was du jetzt spürst?«

Ich überlegte. Ich beschwor das Gesicht meiner Mutter erneut herauf. Stellte mir vor, wie mein Vater dieses Foto machte. Versuchte, mir die Stimme von Mum vorzustellen, wie sie mit mir sprach. Wahrscheinlich hatte sie mir von der Landschaft und den Bäumen erzählt, davon, was sie so besonders macht, und gesagt, wie stark ich sei. Vielleicht hatte sie kurz davor ein Lied gesungen. Vielleicht hatte sie gerade gesagt, dass sie mich liebte. Vielleicht sah ich deshalb so glücklich aus.

Ich schrieb das Wort »Liebe« neben die Zeichnung. Dann »Vertrauen«. Und »Zukunft«. Der Stift in meiner Hand wurde wieder schwerer. Das Zittern kehrte zurück. Ich begann erneut zu weinen. Mein ganzer Körper bebte. Ich war überrascht, als Anne vor mir in die Hocke ging, mir ein Taschentuch reichte und mich in die Arme nahm. Ich hörte mein Schluchzen, fühlte mich einsam und verlassen. Anne drückte mich fest an sich und strich mir übers Haar. Sie flüsterte, dass es gut sei, zu weinen, dass auch ich das Recht habe, schwach zu sein. Dass jeder Mensch dieses Recht hat. Ich ließ meinen Kopf auf ihre Schulter sinken, spürte, dass ich von Anne gehalten wurde, dass sie mich stützte, während ich Rotz und Wasser heulte.

Ich wischte mir die Tränen aus dem Gesicht. Fühlte mich erleichtert und müde. Wir machten eine Pause, setzten uns nebeneinander auf das ausgeblichene rote Sofa. Schweigend schenkte mir Anne Tee ein, Pfefferminztee, und fragte, ob wir für heute Schluss machen sollten. Zwei Stunden waren vergangen. Die großen Zeiger der Wanduhr hatten sich unbemerkt weitergedreht. Ich verneinte. Ich wollte das dicke Papier mit weiteren Erinnerungen füllen. Ich wollte daran glauben, dass alles wieder gut würde. Ich wollte nicht, dass die Straße hier endete.

C. G. JUNG,
OHNE ZU TRÄUMEN

SAMSTAG, 16.03.2024

01:40 UHR *Heute gelernt, dass der Blick nach vorne, mit Zielen und positiven Assoziationen, meist der bessere ist, wenn es einem scheiße geht. Die Vergangenheit ist ungenau. Erinnerungen sind ungenau. Weiß nicht, was ich von diesem Ansatz halten soll. Aber die Medis machen meinen Kopf träge, und das Schlafmittel verhindert, dass ich träume. Annes therapeutischer Ansatz war ein anderer. Sie war eher C. G. Jung, Rückblick und Analyse. Aber Anne hat gelogen, deshalb will ich sie vorerst nicht mehr sehen. Zumindest so lange, bis ich eine Entscheidung getroffen habe, wie ich mit diesem Leben weitermachen will. Wie ich mit dem Wissen umgehen werde, das mir meine Eltern gegeben haben.*

02:13 UHR *Habe mir die Haare abrasiert. Ging leichter als gedacht. Wollte sehen, ob da nicht doch irgendwo eine Narbe an meinem Kopf ist. Hab davon geträumt, da oben eine Schnittstelle zu haben und ein Cyborg zu sein.*
Das Notizbuch hat gestern ordentlich was abbekommen. Das hab ich Jan zu verdanken. Er hat beim Nachmittagstee seinen Kakao umgekippt. Jan gestikuliert wie irre, wenn er seine Medis weglässt, um mehr er selbst zu sein, und seinen Blutzuckerspiegel in Rekordhöhen jagt. Wir haben uns vorübergehend auf eine platonische Beziehung geeinigt. Jan nennt es »Friends without Benefits«. Er hat einen guten Humor. Ich mag ihn.

Frank, der Polizist, mit dem ich mich nachts unterhielt, wenn er im Wechsel mit seiner candy-crush-süchtigen Kollegin Dienst hatte, war geschieden und hatte zwei Kinder, die er als verwöhnt bezeichnete. Bei jedem Zug aus der Zigarette pumpte sich sein eingefallenes Gesicht auf wie der Blasebalg eines Akkordeons. Wir standen im toten Winkel einer neu angebrachten Überwachungskamera, lehnten mit dem Rücken gegen die Hauswand und blickten auf den kurz geschorenen Rasen mit der rostigen Hollywoodschaukel, an der Efeu emporrankte. Ich war froh, dass Frank da war. Auch wenn er seinem pessimistischen Blick auf die Welt treu blieb, fasste er sich mittlerweile allgemeiner und gab ein paar skurrile Anekdoten aus seiner Zeit als Personenschützer einer »bekannten Politikerin« zum Besten, die er ständig in irgendwelche Nachtclubs begleiten musste. Sie sei verrückt danach gewesen, zu tanzen, und habe ordentlich gebechert. Er lachte, ein tiefes brummiges Lachen. Flüsternd wetterte er gegen das »globalisierte Verbrechen«, Clans, die Mafia und den grassierenden Drogenhandel, und gab mir, ohne zu zögern, eine Zigarette, wenn ich ihn darum bat. Nebenbei erklärte er mir die Grundlagen des deutschen Rechtssystems, sagte, was gerade im Hintergrund passierte, und nannte die ungefähren Zeitspannen, mit denen wir zu rechnen hatten. Er zweifelte nicht daran, dass der Prozess eröffnet wurde. Auch wenn viel Schwachsinn über unsere Eltern und uns Kinder in Umlauf sei.

»Der Staatsanwalt ist ein harter Hund«, sagte Frank und blies den Zigarettenrauch in die Dunkelheit. »Aber du hast ihn ja schon kennengelernt.«

»Ja, ein harter Hund«, wiederholte ich tonlos und nickte. Über meinen Ausraster wusste Frank also nicht Bescheid. Das war gut. Ich wollte nicht, dass er mich für seltsam hielt. Das hatte ich schon häufig, unabhängig von meinen Wutausbrüchen, erlebt, wenn ich mich so verhielt und so redete, wie es sich für mich richtig anfühlte. Mit Ironie und schwarzem Humor können nicht besonders viele Leute etwas anfangen. Sie verstehen den Sinn dahinter nicht. Sie denken, man sei gefühlskalt, nur weil man sich dazu entschlossen hat, manchmal auch an den Stellen zu lachen, die die ganze Widersprüchlichkeit der menschlichen Spezies offenbaren. Zeigen, dass sich die Technik entwickelt, aber der Mensch nicht. Dass er primitiver ist als Ratten und Stadttauben, die er als Plage bezeichnet, obwohl sie aus ihren Fehlern lernen und nicht nach der größten Waffe suchen, um sich auszurotten. Die Gleichzeitigkeit von Hunger und Überfluss, Gewalt und Liebe, Gut und Böse, Krieg und Frieden, Zerstörung und Wiederaufbau lässt sich anders nicht ertragen als durch Ironie – und durch ein befreiendes Lachen. Hinter diesem Lachen versteckt sich die Ohnmacht, dass es keinen Ausweg gibt, dass alles bleibt, wie es ist, weil die Macht und die Waffen in der Hand der Erwachsenen liegen, die zu wenig Aufmerksamkeit und Liebe von ihren eigenen Eltern bekommen haben und damit nicht klarkommen.

Frank zeigte auf ein Eichhörnchen, das im Halbschatten der Hecke über den Rasen hüpfte und im abgehackten Spirallauf eine halb verdorrte Fichte erklomm.

»Wir werden abgehört«, sagte er schmunzelnd und leuchtete mit seiner Stabtaschenlampe in die Richtung. Das Eichhörnchen verharrte kurz im flirrenden Lichtkegel, dann setzte es zum rettenden Sprung ins Gebüsch an und verschwand in der Dunkelheit.

Ich drückte meine Zigarette in dem nassen Aschenbecher aus, den Frank aus einem Schrank im Besprechungsraum geholt hatte. Ein altes Modell, vermutlich aus Marmor. Ein kurzes Zischen beim Erlöschen der Glut. Der Gedanke an meinen Vater, der die Augen verdreht hätte, wie er es auch bei Mum tat, wenn er sie beim Rauchen ertappte.

»Sie, ähm ... meine Eltern, kommen vor dem Prozess also nicht aus der U-Haft frei?«, fragte ich, obwohl ich die Antwort kannte.

Frank schüttelte den Kopf und stieß einen mitfühlenden Seufzer aus. »Verdunklungsgefahr. Eure Eltern sind ja nur bedingt kooperationsbereit.«

»Sind sie?«

»Leider. Sie ... sie scheinen da in etwas reingeraten zu sein, was eure Adoption betrifft. Aber das ... das weißt du nicht von mir.«

»Unsere Adoption«, wiederholte ich, in der Hoffnung, dass er noch mehr preisgab.

»Das ist das, was ich weiß und ...« – er hob die dichten Brauen – »... weitergeben kann.«

Wenn es gut lief, würde die Verhandlung in zwei, drei Monaten beginnen, das hätte ihm eine Bekannte gesteckt. Weil Kinder im Spiel und die Sache verzwickt war, rechnete er mit zwanzig Verhandlungstagen – mindestens. Einer Kaution hätte der Haftrichter nicht zugestimmt. Den Grund wollte mir Frank nicht nennen. »Ich komm jetzt schon in Teufels Küche, wenn du jemandem erzählst, was ich dir hier alles anvertraue. Das könnte mich meine Pension kosten.« Er zog hastig an seiner Zigarette. Ich gab ihm die Hand drauf, zu schweigen und nicht nach weiteren Details zu fragen. Ich wollte nicht, dass er wegen mir Ärger bekam oder gar versetzt wurde. Obwohl die Ungewissheit kaum auszuhalten war. An meine Geschwister gab ich nur das Nötigste weiter, positiv verpackt, sodass die Stimmung nicht noch schlechter wurde. Frank nannte das Warten »Ausnahmesituation«, und er war der Einzige, der nicht im Gegenzug erwartete, Geschichten über unsere Familie zu hören. Er rauchte dieselbe Marke wie unsere Mutter, Gauloises, was mich für Minuten ihre Nähe erahnen ließ. Sobald ich mit geschlossenen Augen den Rauch inhalierte, das Kratzen im Rachen spürte, wurde das Gefühl noch stärker. Ich sah sie erschöpft, aber zufrieden auf dem schmalen Holzbänkchen hinter der Praxis sitzen, die Beine von sich gestreckt, die Zigarette damenhaft elegant zwischen Zeige- und Mittelfinger, wie bei ihrer eigenen Mutter. Im Sommer war das der Ort gewesen, an dem sie die kurzen Pausen verbrachte, um sich zu erholen. Sie hatte wahnsinnig viel zu tun. Der Altersdurchschnitt in und um St. Engbert lag jenseits der sechzig, und die Einsamkeit tat ihr Übriges, um ihr Wartezimmer Tag für Tag mit Besuchern, von denen viele schnell zu Stammgästen wurden, zu füllen.

Seit der Verhaftung hatten wir unsere Mutter nicht mehr gesehen. Auch nicht unseren Vater. Schließlich seien wir Kinder Teil der Ermittlungen, sagte Frank. Da müsse man sicherstellen, dass es zwischen uns und unseren Eltern keine Absprachen gab, solange die Beweisaufnahme noch lief. Das sei ein ganz normales Vorgehen. Für mich klang das alles surreal. Ausgerechnet unsere Mutter, die alles darangesetzt hatte, das Gute in der Welt zu sehen, sollte nun mutwillig gegen Gesetze verstoßen haben. Das konnte ich nur schwer glauben.

Geleitet wurde das Safe House von einem schwulen Pärchen, das früher bei der Polizei gearbeitet hatte und aus der Unterbringung von Zeugen ein lukratives Geschäftsmodell gemacht habe, wie Frank abschätzig sagte, um im nächsten Atemzug klarzustellen, dass er nichts gegen Schwule und Lesben »und was es sonst noch so gibt« habe. Was die Menschen privat so treiben, sei ihm egal. Nur wenn es darum gehe, Leistungen zu verkaufen, die nicht erbracht werden, zum Beispiel eine bessere Überwachungsanlage und Toiletten, aus denen es nicht stinkt, würde er sich beklagen. »Schließlich muss der Steuerzahler für all das aufkommen.«

Im Wohnzimmer der Villa gab es eine große Sammlung an Brettspielen, Playstation, Nintendo, deckenhohe Regale voller Bücher und Bildbände von Banksy, Matisse und Basquiat. Von dem amerikanischen Künstler hatte unser Vater zwei Drucke mit verstörenden Voodoo-Albträumen in St. Engbert in das Treppenhaus im Seitentrakt gehängt. Im Haupthaus wollte die Bilder keiner von uns haben.

In einer Sitzecke im ersten Stock der Villa stand ein schmales Regal mit Fantasy-Romanen. Sobald sich Yuma wieder beruhigt hatte, würde sie dort bestimmt fündig werden. Sie mochte Geschichten in urbanem Setting und von Mittelaltermythen inspiriert. Wenn sie las, lebte sie für Stunden und Tage in diesen anderen Welten und war nicht ansprechbar. Bei mir funktionierte das nur selten, sobald es magisch wurde oder romantische Liebe ihren Auftritt hatte, war ich draußen. Wie unser Vater war auch ich mehr der realistische Typ. Schon als Kind hatte ich eine Abneigung gegen überdrehte, knallbunte Kinderbuchcover. Ich hatte mich immer gefragt, warum auf den Büchern nur selten echte Menschen abgebildet waren und die Körperproportionen der kulleräugigen Figuren nicht stimmten. Andere, »normale« Kinder schien dieser Umstand nicht zu stören.

Bei Yumas Zeichnungen ihrer Fantasiegestalten war das anders. Trotz ihrer Zweidimensionalität fühlte ich mich sofort mit ihren Todesfeen und Geistern verbunden. Egal, ob jung oder alt, egal, ob Mädchen oder Junge, Mann oder Frau, sie waren alle von einer bedrückenden, aber nicht gewöhnlichen Schönheit. Manche Zeichnungen wirkten wie Fotografien, über die man einen Schwarz-Weiß-Filter gelegt hatte. Feine Gesichtszüge. Hände (mit einem dünnen Geflecht aus Adern), Arme und Beine, die in Bewegung zu sein schienen. Wenn man länger hinschaute, hatte man den Eindruck, diese Überwesen stünden kurz davor, in die Wirklichkeit hinauszutreten. Yuma schaffte es, die Zerrissenheit dieser Gestalten (von denen meistens eine tödliche Gefahr für gewöhnliche Menschen ausging) mit wenigen Strichen einzufangen. Oft standen ihre Figuren leicht verzerrt an geöffneten Fenstern oder auf Penthouse-Balustraden in Downtown New York, der Stadt, von der sie schwärmte, ohne je dort gewesen zu sein. Mit wehendem langen Haar, durchlässigem Körper, in knöchellangen weiten Kleidern, die sich mit bauschenden Gardinen zu einer endlosen Schleppe verwoben. Unentschlossen standen sie da. Als hätte sie beim Blick in den Abgrund ein starker Schwindel erfasst, der ihre gebeutelten Seelen im Spannungsfeld zwischen Angst und Sehnsucht hielt. Unter ihnen labyrinthartige Schluchten. Kraterlandschaften. Die Figuren sahen aus, als würden sie darüber nachdenken, zu springen (was vermutlich nicht ihr Ende bedeutet hätte, weil es sich ja nicht um Menschen handelte). Yuma konnte ihnen das geben, was auch ihr Cellospiel so besonders machte: Melancholie und Tiefe. Nicht Traurigkeit. Es war ihr immer wichtig, diesen Unterschied zu machen. Auch wegen Sina. In der Grundschule hatte sich unser Nesthäkchen um Yuma gesorgt, weil die beim Cellospielen die Augen schloss und das Gesicht verzog. Zwischen ihren Brauen zeigte sich eine Furche. Yuma war ganz eins mit der Musik. Sina dachte, sie würde sich quälen. Sie musste erst lernen, dass der Ausdruck in Yumas Gesicht Hingabe war, nicht Schmerz. Vollkommene Hingabe. Das Höchste, wozu ein Mensch fähig ist, um das Leben, die Liebe und die Kunst zu würdigen, wie unser Vater sagte.

Weil wir nur unter Aufsicht Trash-TV oder Kindersendungen auf dem Fernseher im Besprechungsraum sehen durften und das Internet weiterhin tabu war, versuchte ich mich an schwedischen Kriminalfällen in Buchform, die im Winter oder bei Dauerregen spielten. Davon gab es Dutzende in den Regalen. Ich folgte einer abgehalfterten Kommissarin, die eine Zumutung für Familie und Kollegen war, aber einen guten Riecher für Kinderschänder und Psychopathen aus der Stockholmer High Society hatte. Manchmal hatte ich das Gefühl, selbst Teil einer solchen Geschichte zu sein. Wie Farid spielte ich mit dem Gedanken, abzuhauen, auf eigene Faust nach der Wahrheit zu suchen und die Unschuld unserer Eltern zu beweisen. Als Kind hatte ich zusammen mit Yuma und Sina eine Detektei gegründet. Tatsächlich war es uns gelungen, Farid zu überführen, dass er es war, der unseren Eltern Kleingeld aus den Portemonnaies und Manteltaschen klaute. Doch das hatten wir ihnen nie erzählt. Wir hatten Farid nicht verraten. Das hätten wir nie getan. Sogar Sina, damals erst eingeschult, hatte sich daran gehalten. Und schließlich hatte Farid das Geld ja dazu benutzt, für sich und seine Kumpels Süßigkeiten zu kaufen, damit sie ihn wegen seiner femininen Gesten und seiner Leidenschaft fürs Eiskunstlaufen und später fürs Ballett nicht hänselten. Das genügte uns als Rechtfertigung.

Yumas letzter öffentlicher Post vor der Festnahme unserer Eltern. Bevor die Polizei sie dazu gebracht hatte, ihre Accounts offline zu nehmen, hatte Yuma jede Menge Drohungen bekommen. In einem mehrteiligen Reel zeigte sie sich nackt, in einem halb geöffneten Priesterumhang und in lasziver Pose vor einem gekreuzigten und mit Kunstblut beschmierten Jesus. Das war keine Fotomontage, wie ich anfangs gedacht, wohl eher *gehofft* hatte, sondern gehörte zu einer Serie von zwölf Bildern und Videosequenzen, in denen Yuma ein schwarzes Kind gebar. Die Reels waren in wenigen Stunden viral gegangen. Galerien aus der ganzen Welt hatten Yuma Anfragen geschickt. Perverse wollten wissen, ob sie noch Jungfrau war. Religiöse Fanatiker schickten Todesdrohungen, weil meine Schwester Symbole der Weltreligionen auf den Altar gestellt und nacheinander abgefackelt hatte. Farid hatte die Filmaufnahmen gemacht. So viel wusste ich mittlerweile. Zum Rest hatten die beiden bisher geschwiegen.

Diese »Performance« war der letzte Akt eines monatelangen

Experiments gewesen, bei dem Yuma verzweifelt nach der passenden Religion für ihr Leben und ihre Zukunft gesucht hatte, aber auf immer mehr Widersprüche gestoßen war. Ich hatte ihr dazu geraten, das Beste aus allen Religionen zu nehmen und daraus ihre eigene zu machen. Das war durchaus ernst gemeint. Aber Yuma war da schon zu sehr in ihrem Tunnel gewesen, hatte das Patriarchat als Übel der Menschheit und der Frauen ausgemacht und sich mit Insa darüber gestritten, ob es nicht besser wäre, alle Männer wegzusperren oder zumindest zu kastrieren. Dabei hatte Yuma zu der Zeit noch was Ernstes mit einem Jungen aus dem Hockeyteam am Laufen. Zum Glück hatte der Pfarrer auf eine Anzeige verzichtet. Unsere Eltern waren für den Schaden aufgekommen. Ich hatte sie noch nie so wütend erlebt wie an dem Abend, als die Polizisten vor unserer Tür gestanden und ihnen das Video gezeigt hatten. Sogar Paps hatte Yuma angebrüllt, obwohl er das hasste.

NORMAL PLUS/MINUS 5

SONNTAG, 17.03.2024

01:40 UHR *Die Psychologen hier sind darauf geschult, uns wieder vom Kopf auf die Beine zu stellen, damit wir uns nicht länger im Kreis drehen und dem Schwindel entkommen, der einen befällt, wenn man sein Ich zwanghaft in seine Einzelteile zerlegt, weil man gerne wissen würde, wer man ist, wo man hinwill und welche Rolle die Vergangenheit bei dieser Entscheidung spielen soll und warum Sätze so lang werden, wenn man verwirrt ist.*
Jan behauptet, dass er die Stimme seiner toten Mutter hört. Ich glaub, er will sich wichtigmachen. Ich denke an Yuma. Vielleicht hat sie wieder Kontakt zu Insa. Das würde ihr bestimmt guttun. Auch wenn sie sich in St. Engbert zum Schluss gestritten hatten, war Insa eine wichtige Person in Yumas Leben. Vielleicht sollte ich Insa schreiben, dass sie den ersten Schritt macht.
Feststellung: Hier drin läuft es komplett anders als draußen. Die Leute mit den krassesten Fehlschaltungen im Kopf bekommen den größten Respekt.

Im Gegensatz zu den anderen Experten traute sich Anne als Einzige zu sagen, dass alles wieder gut würde. Ihr wollte ich das sogar glauben, weil es sich aus ihrem Mund nicht wie eine Floskel anhörte, sondern wie ein realistisches Szenario. Sie wirkte nicht so professionell distanziert wie die anderen Leute, die uns ausfragten, sondern als würde sie unser Schicksal tatsächlich berühren, als wäre es ihr wichtig, dass die Geschichte für uns gut ausging. Für alle aus unserer Familie, auch für Farid, der wie ein Tiger in einem Käfig murrend im Haus und auf dem Grundstück umherstrich und, um die Zeit totzuschlagen, mit Krafttraining begonnen hatte.

Immer wenn ich kurz davor stand, zu weinen, nahm Anne meine Hand, sagte mit ruhiger Stimme »Alles wird gut« und drückte sie fest, um mir zu zeigen, dass sie an diesen Satz glaubte und ich dasselbe tun sollte.

Wenn ich von Schwere sprach, sprach Anne von Traurigkeit, wenn ich von Glück sprach, wollte sie, dass ich ihr dieses Glück auf allen Ebenen erklärte und nach Verknüpfungen im Außen und Innen suchte. Die Veränderung der Farben, das Gefühl der Leichtigkeit, die Bilder und Szenen in meinem Kopf. Gesichter und Emotionen, die ich damit verband. Wie diese Gesichter aussahen. Detaillierte Beschreibungen. Ob es einen Zusammenhang mit dem Verhalten meiner Eltern und dem meiner Geschwister gab. Auch das wollte sie wissen. Wo ich meine Gefühle auf einer Skala von eins bis zehn einordnen würde. Jedes Ereignis, das ich auf der Timeline markierte, bekam eine Reihe von Stichworten, selten nur noch Zeichnungen. Schritt für Schritte näherten wir uns der Gegenwart. Dem Tag, als die Polizei unser Haus gestürmt und uns auseinandergerissen hatte.

Das interessierte auch den Psychiater. Zusätzlich wollte er wissen, was ich gegessen und getrunken hatte, ob ich die Pille nahm oder andere Medikamente von meiner Mutter verschrieben bekommen hatte. Als hätten unsere Eltern vorgehabt, uns zu vergiften. Zweimal interviewte mich der vollbärtige Mann anhand eines mehrseitigen Fragebogens, den er auf einem nach Holzspänen riechenden Klemmbrett befestigte. Er selbst war auf der Geruchsebene harmlos. Frittierfett und ein billiges Deo, das mich aufgrund seiner würzigen, aber künstlichen Schärfe zum Niesen brachte. Kein unangenehmer Körpergeruch. Kein Testosteron, nur der harmlose Geruch von Cola-Fläschchen, wenn er mal in meine Richtung sprach.

Ähnliche Fragebögen kannte ich in digitaler Form bereits von unserem Vater. Er hatte sie für seine Software verwendet, um die »User-Experience« zu optimieren und die Wirksamkeit des Programms abzuschätzen. Wir durften sie nach den Tests selbst ausfüllen und zum Schluss Vorschläge machen, was wir ändern würden. Schließlich waren Jugendliche und junge Erwachsene die Hauptzielgruppe der ersten käuflichen Version.

Der Psychiater schaute mir immer nur kurz in die Augen, was mich derart verunsicherte, dass ich mich ständig verhaspelte und meine Antworten korrigierte. Vielleicht gehörte das dazu. Vielleicht sollte diese Befragungstechnik das Lügen schwerer machen. Obwohl ich nicht vorhatte zu lügen. Wozu auch? Unsere Eltern hatten uns nichts angetan. Ich sagte, was ich dachte, nicht, was ich für die beste Option hielt, gab dem Mann zu verstehen, dass es keinen Grund gab, unsere Eltern wie Verbrecher zu behandeln.

Weder der Psychiater noch Anne fragte nach dem Schmerz. Niemand wollte von mir wissen, wie ich den Schmerz aushielt, mich an all das zu erinnern, was in den letzten Monaten schön gewesen war. An die Stille, den Winter. Den Frühling und die singenden Vögel. An den Sommer mit den heftigen Gewittern. An Farids leuchtende Augen, wenn er uns stolz die Choreografien vorführte, die er im Tanzstudio lernte. An Sinas Liebe zu Paulo, einem abgemagerten Esel, den unsere Eltern dem herzlosen Besitzer eines Freizeitparks abkaufen mussten, damit unsere kleine Schwester nicht in den Hungerstreik trat. An Yumas verrückte Zeremonien am Lagerfeuer, bei denen sie uns mit Asche Zeichen auf die Stirn gemalt hatte, um unsere Kräfte und unsere Seelen gegen das Böse zu bündeln, das dabei war, die Welt und die Menschen zu infizieren.

Der Schmerz über den Verlust meiner Familie, die gleichzeitig meine Heimat war, war kaum auszuhalten.

Obwohl mir bei den medizinischen Untersuchungen im Krankenhaus eine geringe physische Schmerzempfindlichkeit, unterhalb von »normal«, attestiert wurde, hatte ich Schmerzen. Am ganzen Körper. Zähne und Kiefer schmerzten beim Sprechen. Die Ärzte sagten, es wäre alles nur psychisch, Einbildung, nichts Körperliches. Körperlich sei ich gesund. Für mich machte das keinen Unterschied.

NUMMER 9

MONTAG, 18.03.2024

00:20 UHR In der dritten oder vierten Nacht im Safe House, so genau weiß ich das nicht mehr, als Yuma und ich händchenhaltend im großen Doppelbett im Zimmer mit der Nummer 9 (Sinas Glückszahl) lagen und die Stimmen vor unserer Tür verstummt waren, erzählte sie mir, wie sie die Ankunft in St. Engbert erlebt hatte. Sie konnte sich nicht daran erinnern, weshalb sie in den ersten Wochen so wütend auf uns und unser neues Zuhause gewesen war.

»Ich hatte das Gefühl, dass etwas nicht stimmt, dass ihr zusammen unter einer Decke steckt und mir etwas verheimlicht. Das war kaum auszuhalten, die Vorstellung, von euch allen belogen zu werden.«

»Hatte das doch was mit dem Unfall zu tun?«, fragte ich.

»Kann sein. Ich kann mich nicht erinnern. Der Tag ist wie ausgelöscht. Ich erinnere mich nur an ein schleifendes Geräusch. Als würde jemand einen Teppich oder so über einen Kiesweg ziehen, an Schweißgestank und Übelkeit. Und an einen medizinischen Geruch. Desinfektionsmittel oder so.«

Yuma redete von einem »inneren Wissen«, das nicht zu ihrer Wahrnehmung gepasst habe. Als hätte ein Teil von ihr in einem Albtraum festgesteckt, so wären die ersten Wochen in St. Engbert für sie gewesen. Sie hatte das Gefühl gehabt, keinem von uns trauen zu können.

Ich spürte, dass sie mir nicht alles sagte, dass da noch mehr war. Aber ich beließ es dabei. Es war die Wahrheit, nicht die ganze

Wahrheit, aber den Rest würde sie mir erzählen, sobald sie sich sortiert hatte, sagte meine innere Stimme. In den acht Monaten im Schwarzwald war ja so viel passiert, worüber wir nicht gesprochen hatten. Die vielen Jungen und Mädchen, mit denen Yuma rumgemacht hatte. Die Verzweiflung derer, die dachten, es sei etwas Ernstes.

Jeden Morgen sei sie mit Bauchschmerzen aufgewacht, die stärker wurden, redete Yuma heiser weiter. Sobald sie unsere Stimmen hörte, legte sich ein Schalter in ihrem Kopf um, und das Haus war nur Kulisse. Wochenlang sei das so gewesen. Wochenlang habe sie sich wie die nutzlose Statistin in einem Film gefühlt.

Derealisiert. Dieses Wort, das gleichzeitig Diagnose ist, taucht auch in einem Gutachten über mich auf, das ich dank meiner Anwältin noch vor der Verhandlung einsehen durfte.

Von der Umgebung und den Menschen losgelöst.

Allein.

FEHLER IM CODE

MITTWOCH, 20.03.2024

09:12 UHR *Jan meinte in der Gruppenrunde, dass er nicht damit klarkommt, dass das Gesicht seiner toten Mutter immer mehr aus seinem Kopf verschwindet. Fotos seien nicht dasselbe. Er will sie nicht vergessen, nicht ihr Lächeln, nicht den Duft der Creme, die sie morgens benutzte. Er hat nicht geweint, obwohl sein Kinn gezittert hat. Diese Nebenwirkung steht nicht in den Beipackzetteln der Medikamente: dass sie einem die Möglichkeit nehmen, zu weinen, wenn die Seele danach verlangt. Die Seele ist ohnehin nichts, was die von der WHO berücksichtigen. Wahrscheinlich stehen auch Wörter wie »Glaube« und »Vertrauen« auf dem Index.*
Ich habe Jan die Tonscherbe von Farid gezeigt und davon erzählt, was sie für meinen Bruder bedeutet, wie sie ihm dabei hilft, die Verbindung zu seiner Mutter zu halten. Das hat Jan beeindruckt.
Und er hat es dann doch geschafft zu weinen. In meinen Armen.

Ich erzählte Anne auch von der Software unseres Vaters. Wie unermüdlich er in den letzten Jahren daran gearbeitet hatte. Ich sagte, wie sehr es ihn treffen würde, wenn die ganze Arbeit umsonst wäre, nur weil der Staatsanwalt den blödsinnigen Gerüchten glaubte, dass sich damit Menschen manipulieren ließen. Anne nickte, ging aber nicht näher darauf ein. Alles, was auch nur im Entferntesten mit der Ermittlungsarbeit der Polizei zu tun hatte, ließ sie unkommentiert. Fragte ich sie ganz direkt nach ihrer Einschätzung, schüttelte sie nur stumm den Kopf und sagte: »Das kann ich nicht machen, Espe, sonst bin ich draußen.«

Ich wollte Anne nicht in Schwierigkeiten bringen. Auf keinen Fall. Dafür waren mir unsere Treffen zu wichtig. Und da gab es ja auch immer noch Frank. Wenn man Interesse für seine Arbeit zeigte, wurde man mit kleinen Insider-Häppchen belohnt. Natürlich immer unter dem Siegel der Verschwiegenheit. Das war ihm ganz wichtig.

Mittlerweile war das Papier mit meiner Timeline gespickt mit Ereignissen und Zeichnungen. Unterschiedliche Farben. Unterschiedliche Gefühle. Unterschiedliche Konstellationen. Mal waren meine Geschwister involviert, mal meine Eltern, mal ging es nur um mich. Mal kam mir spontan die Idee für eine Zeichnung, mal war es leichter, nach den passenden Stichworten zu suchen.

»Hier haben wir noch eine größere Lücke«, sagte Anne und zeigte auf die Papierbahn, auf das letzte Drittel. »Fällt dir da noch etwas ein?«

»Pandemie«, sagte ich und zuckte mit den Schultern. »Isolation. Das, was alle in der Zeit durchgemacht haben. Dieses Täglich-grüßt-das-Murmeltier-Gefühl. Das Eingesperrtsein. Und diese bescheuerten Zoom-Calls, zu denen irgendwann keiner mehr Lust hatte.«

»Noch was?«

Ich erzählte von den Lockdowns, der Enge und Yumas Panik, einen von uns anzustecken, »umzubringen«. Dieses Wort hatte sie benutzt, nachdem sie sich infiziert hatte. Außer Halsschmerzen hatte sie keine Symptome. Trotzdem hatte sie sich in ihrem Zimmer verbarrikadiert und wollte selbst dann nicht rauskommen, als mehrere Tests negativ gewesen waren und sie keine Gefahr mehr für uns darstellte. Mum musste sie via Facetime dazu anleiten, sich selbst Blut abzunehmen, was ewig gedauert hatte, weil Yuma ihre Vene verfehlte. Obwohl das Laborergebnis, wie erwartet, negativ ausfiel, mussten ihr unsere Eltern bei Pollys Leben versichern, nicht mehr ansteckend zu sein. Erst dann kam sie aus ihrem Zimmer. Stundenlang hatte sie nur geweint.

Ich erzählte Anne, wie fürsorglich unser Vater in der Zeit gewesen war, während unsere Mutter Tag und Nacht im Krankenhaus sein musste, um Leben zu retten. Paps hatte uns jeden Wunsch von den Augen abgelesen. Und wir durften dabei sein, wenn er an seiner Software arbeitete. Er erklärte uns, was der Begriff »Workaround« bedeutete und warum es an einem bestimmten Punkt so schwierig war, Fehler im Programmcode zu finden.

Anne war es auch, die uns behutsam darauf vorbereitete, dass wir nach unserer Zeit im Safe House vom Jugendamt auf unterschiedliche Stellen verteilt werden mussten, weil es kaum freie Plätze gab. Aber sie setzte sich dafür ein, dass wir im Umkreis von wenigen Kilometern in Freiburg untergebracht wurden, und veranlasste, dass wir uns so oft wie möglich sehen durften. Dafür waren wir ihr unendlich dankbar. Auch unseren Eltern fiel ein Stein vom Herzen, als ich ihnen davon beim ersten Besuch im Gefängnis erzählte.

DRITTER TEIL
HÖREN

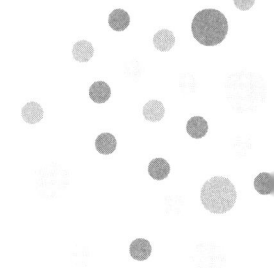

Hören: [ˈhøːʀn̩] Die Fähigkeit, akustische Signale, Klänge, Töne oder gesprochene Worte mit den Ohren aufzunehmen und zu verstehen. »Hören« kann auch im übertragenen Sinne verwendet werden, um das Verstehen oder die Aufmerksamkeit für eine Information, eine Botschaft oder eine Aussage zu beschreiben.

Farb-Musik-Synästhesie: Bei dieser Form der Synästhesie sehen Menschen Farben, wenn sie Musik hören. Bestimmte Klänge oder Töne können für sie Farben oder Muster auslösen, was eine Verbindung zwischen der auditiven Wahrnehmung von Musik und der visuellen Wahrnehmung von Farben herstellt.

DER PROZESS

DONNERSTAG, 21.03.2024

11:06 UHR *Ich bekomme ein neues Medikament, das nicht mehr so starke Nebenwirkungen haben soll wie das letzte. Mein Herz ist wegen dem Zeug völlig aus dem Takt geraten, von Gleichmäßigkeit keine Spur. Daher kommt der Schwindel und vielleicht auch die Übelkeit, sagen die Ärzte.*
Jan macht sich Sorgen um mich. Ich habe ihm von meinen Eltern erzählt, von den Vorwürfen, dem Prozess, dem Presserummel und meinen Geschwistern. »Du bist dieses Mädchen mit den seherischen Fähigkeiten«, hat er überernst gesagt und dann (völlig unpassend, wie ich finde) laut losgelacht. Wie ein Irrer. Ich habe ihm einen Stoß mit dem Ellenbogen verpasst. In die Seite. Stärker als beabsichtigt. Er hat nach Luft gejapst. Ich hab mich gleich bei ihm entschuldigt, aber auch gesagt, dass ich es scheiße finde, wenn er lacht, wenn ich gerade dabei bin, ihm mein Herz auszuschütten.
Ich hab dann einen zweiten Anlauf gewagt und die Geschichte damit begonnen, dass man unsere Eltern wegen Kindesentführung, der Fälschung von Dokumenten, dem Verstoß gegen irgendwelche Grundsätze in der Medizin-Ethik und noch zwei Sachen, die Software unseres Vaters betreffend, angeklagt hat. Von den Tests, die er mit uns gemacht hat, hab ich auch erzählt. Das hat gereicht, um Jan für die kommenden zwanzig Minuten ruhigzustellen. Er traute sich kaum noch zu atmen. Als er weg war, habe ich mein Notizbuch rausgeholt und wie bekloppt geschrieben. In der Hoffnung, zwischen all meinen wirren Gedanken auf eine Möglichkeit zu stoßen, damit umzugehen, als einzige von meinen Geschwistern die ganze Wahr-

heit zu kennen und eine Entscheidung für meine Zukunft treffen zu müssen.

FREITAG, 22.03.2024

00:10 UHR *Ich denke an Yuma. Ich wache nachts schweißgebadet auf und sehe die Bilder, die sie gezeichnet hat, vor mir. Vielleicht sind Yumas Geschichten alles Vorsehungen gewesen. Die Wesen mit den halben Gesichtern, der Soldatenjunge, der sich auflöst. Vielleicht steht alles, was wir tun, tatsächlich schon irgendwo geschrieben, wie Insa behauptet hat.*
Am Ende des Sommers wollte sie in Yuma eine Schamanin erkennen. Ein Medium, das sich mit Geistern und Tieren verbinden kann, wenn es bereit ist, diese Gabe, die gleichzeitig Bestimmung ist, anzunehmen. Vielleicht hätten sich unsere Eltern nicht einmischen sollen, als Insa Yuma darum bat, Kontakt mit ihrem verstorbenen Mann aufzunehmen. Mum ist regelrecht ausgerastet, hat Insa gesagt, dass sie damit aufhören soll, mit diesen »Märchen«.
Im Nachhinein verstehe ich die Reaktion unserer Mutter. Damals fand ich sie überzogen. Yuma hat geweint. Sie hat es Insa nicht verziehen, dass sie ohne ein Wort des Abschieds einfach gegangen war und ihre Sachen von einem Bekannten hat abholen lassen.
Vielleicht ist unsere Wirklichkeit tatsächlich umgeben von anderen Wirklichkeiten. Vielleicht müssen unsere Eltern anerkennen, dass Wissenschaft, Zahlen und Fakten für sie dasselbe sind wie für andere Menschen eine Religion. Dass sie ihnen Halt und Ordnung geben, in einer Welt, die bei genauerer Betrachtung vom Chaos regiert wird. Vielleicht sind die Theorien unserer Mutter zum Bewusstsein von Mensch und Tier nur ein Teil der Wahrheit.
»Mathematik«, hat Yuma in ihr Notizbuch geschrieben, das sie mir

nach dem Prozess gegeben hat, »Mathematik kann nur das abbilden, was die Apparate und Sensoren messen können. Nicht die Gedanken, nicht die Träume, nicht die Vorahnung, nicht den Schmerz, die Gesichter der richtigen Eltern in Albträumen zu sehen und zu wissen, dass sie einen nicht geliebt haben. Obwohl das ihre Aufgabe gewesen wäre. Ich wünsche mir, ihre Gesichter zu vergessen, ich wünsche mir, ihre Stimmen zu vergessen. Ich wünsche mir, dass diese Träume verschwinden, in denen ich vor ihnen weglaufe. Ich wünsche mir, dass der Geruch verschwindet, den ihr Atem und die Berührung ihrer Hände auf meiner Haut zurücklassen. Ich wünsche mir, zu vergessen, dass es sie jemals gegeben hat.
Ich wünschte, ich könnte sie hassen.«
Ich lese den undatierten Eintrag wieder und wieder. Sehe jedes Mal neue, schreckliche Bilder. Visionen von Yumas erstem Leben.
Was haben ihre leiblichen Eltern getan? Ich weiß es nicht, und vielleicht will ich es auch gar nicht wissen. Vielleicht will ich darauf vertrauen, dass unsere Eltern in ihrem Fall die richtige Entscheidung getroffen haben.

01:40 UHR Bei Gericht trug ich mein Haar offen und in der Mitte gescheitelt, um mich zu den Seiten hin abzuschirmen. Ich starrte auf meine Hände, atmete tief in den Bauch, während ich von fremden Blicken seziert wurde, die mich für die Dauer der Verhandlung zum Opfer ihrer wilden Spekulationen machten. Jeder der Anwesenden wollte an mir Hinweise entdecken, die seine Version stützten. Jeder baute sich seine eigene Geschichte zusammen. Auch wenn ich als Nebenklägerin auftrat und damit juristisch gesehen im Team des Staatsanwalts spielte, ging es mir einzig und allein darum, mehr über meine Herkunft und die meiner Adoptivgeschwister zu erfahren. Nicht aus zweiter Hand und zeitverzögert über die Nachrichten-Ticker, sondern in dem Moment, wo es ausgesprochen wurde. Ich wollte die ganze Wahrheit wissen, aber gleichzeitig wollte ich meine Eltern davor schützen, für Dinge bestraft zu werden, die sie nicht getan hatten. Das hatte ich Farid, Sina und Yuma noch vor Prozessbeginn erklärt.

Wie Paps es getan hätte, hatte ich ein Schaubild gezeichnet, um ihnen zu zeigen, wie die einzelnen Aufgaben bei Gericht organisiert sind und wie so eine Verhandlung abläuft.

»Du willst sie also nicht ins Gefängnis bringen?«, hatte Sina besorgt gefragt.

»Nein, im Gegenteil«, hatte ich geantwortet. »Ich will der Richterin sagen, dass sie gute Eltern sind, wenn es daran Zweifel gibt. Dass sie uns nichts angetan haben und man sie uns nicht wegnehmen darf, weil wir sie lieben.«

»Aber das kannst du doch auch als Zeugin«, hatte Farid eingewendet.

»Ja, aber nur einmal. Und dann bin ich wieder weg. Aber wenn ich die ganze Zeit dabei bin, sieht der Staatsanwalt und auch die Richterin, dass es mir gut geht. Dass ich kein ... kein Opfer bin und ihr auch nicht. Das hat mir die Anwältin erklärt, dass es gut ist, wenn ich das Gericht durch meine Anwesenheit immer wieder daran erinnere, dass unsere Familie eine gute Familie für uns Kinder ist.«

Dass die Zeit zwischen der Verhaftung und dem Prozess so kurz war – außergewöhnlich kurz –, sei ein gutes Zeichen, sagte meine Anwältin. Das würde bedeuten, dass Anklagepunkte fallen gelassen wurden, weil die Beweislage zu dünn war. Anscheinend waren auch einige Datensätze verloren gegangen, mit denen man die Verbindung unserer Eltern zu Personen nachweisen wollte, die man wegen der illegalen Vermittlung von Adoptionen verhaftet hatte.

Gleich zu Beginn erteilte mir die Richterin das Wort. Ich durfte sitzen bleiben und hielt mich an die Abmachung mit meiner Anwältin. Ich sagte, dass es mir wichtig sei, der gesamten Verhandlung beizuwohnen und ich mich dem gewachsen fühlte. Mit diesem Glaubensbekenntnis sicherte ich mir einen Platz am Verhandlungstisch der Erwachsenen und die Möglichkeit, mich zu Wort zu melden und für unsere Eltern zu kämpfen, wenn es sein musste.

Sobald ich die Manege betrat, war ich halb Mensch, halb Projektionsfläche. Ich war die Adoptivtochter mit dem eisigen Blick. Ich war das Mädchen ohne Eigenschaften. Ich war der Garant für hohe Klickzahlen. Das war auch bei Yuma so, obwohl sie ihre Aussagen unter Ausschluss der Öffentlichkeit machte. Mit ihrer betörenden Schönheit und den Fotos, die es von ihr im Internet zu finden gab, kam sie auf die Titelseiten, als wäre sie ein Star. Und in gewisser Weise war sie das auch, waren wir das alle. Gegen unseren Willen. Es schien keine Rolle zu spielen, dass unsere Gesichter verpixelt werden mussten, weil wir minderjährig waren und Minderjährige ein Anrecht auf Unkenntlichkeit haben. Yumas Körper, der sichtbare Teil, die langen Beine, der Ansatz ihrer großen Brust, ihr Po, der von einem hellen Bikiniunterteil (das Foto war im Sommer am Weiher hinter dem Haus entstanden) kaum verdeckt wurde, schienen zu genügen. Jeder Quadratzentimeter ihrer Haut, der im Netz verfügbar war, wurde den Voyeuren zum Fraß vorgeworfen. Ihre Unschuld in Verbindung mit den lasziven Posen, in denen sie sich zuletzt im Internet präsentiert hatte, diente dazu, die Gier sabbernder Männer zu befriedigen, machten meine Schwester zum Objekt obszöner Fantasien. Bestimmt gab es die Fotos auch schon auf den einschlägigen Pornoseiten, für den Heimgebrauch. Optimiertes Material, mit aufmontiertem Gesicht, in jeder vorstellbaren Pose. Ich traute mich nicht, danach zu suchen. Ich wollte es nicht sehen. Auf Insta und TikTok wurden Yumas Bilder tausendfach gelikt und geteilt. Ich machte Screenshots von den ekligsten Kommentaren. Es wurden von Tag zu Tag mehr. Und keiner schien etwas dagegen zu unternehmen. Ich sammelte die Nicknames und Profilbilder, legte einen Ordner an und malte mir aus, wie ich ganz ohne Polizei hinter ihre echte Identität kommen würde. Eines Tages würde ich diesen armen Würstchen einen Besuch abstatten und sie mit ihren übergriffigen Sprüchen konfrontieren. Vielleicht in Gegenwart ihrer Frauen und Kinder. Dann, wenn sie ihre Taten längst vergessen hatten, weil es für sie ja nur Zeitvertreib war, meine Schwester zu erniedrigen und als Wichsvorlage zu benutzen.

Die Richterin, eine großgewachsene Frau mit zu viel Rouge auf den Wangen, ließ sich nicht in die Karten schauen. Sie hätte eine hervorragende Pokerspielerin abgegeben. Man wusste nie, was sie dachte, was in ihr vor sich ging, wenn sie die Zeugen mit unbewegter Miene befragte und sie mit einem kurzen »Danke« und dem Hinweis entließ, dass sie sich für die Fahrtkosten und den Verdienstausfall eine Entschädigung auszahlen lassen konnten. Sie verkörperte perfekt die Neutralität der Justiz. Ein paarmal lieferte sie sich einen Schlagabtausch mit dem Staatsanwalt, der von dem Gedanken besessen zu sein schien, unseren Vater als gewissenlosen Tech-Nerd und unsere Mutter als seine Komplizin zu überführen. Im Auftrag »ominöser« Geldgeber hätten die beiden an ethisch fragwürdigen Forschungsprojekten gearbeitet. Die Softwarefirma sei für diese Vorhaben nur die passende Tarnung, behauptete der immerzu schwitzende Mann mit zusammengekniffenen Augen und forderte, sie sofort vom Markt zu nehmen.

Zum Glück orientierte sich die Richterin an den Fakten und nicht an den Verschwörungstheorien, von denen mit Beginn der

Verhandlung fast täglich neue Versionen auftauchten, die Spinner für ihre Community zu Tatsachen erklärten. Unsere Eltern würden einer wissenschaftlichen Elite angehören, die heimlich an einem neuen, perfekten Menschen arbeitete. Diese Idee war nicht neu, aber die Presse stürzte sich abermals darauf und erklärte mich und meine Geschwister zu »Frankensteins Kindern«.

Meine Ärztin hatte mir ein leichtes Beruhigungsmittel verschrieben, um all die Eindrücke auszuhalten und die vielen Journalisten, die in mir nur eine spannende Story sahen, eine Möglichkeit, sich ihren Lebensunterhalt zu verdienen.

Links von mir, im Publikum, in der ersten Reihe, saß ein junger Gerichtszeichner mit Pferdeschwanz und kupferfarbenem Ziegenbart, der mit Hingabe die weißen Blätter seines Skizzenblocks füllte, als wäre es das Storyboard zu einer neuen Serie. Unser Leben, das Leben unserer Familie, als Doku-Fiction auf Netflix – Ausgang ungewiss. Schräg hinter ihm eine Journalistin in den Fünfzigern, hager, mit blassem Gesicht, kurzen blondierten Haaren und fahrigen Augen. Die Frau machte sich permanent Notizen und war an jedem öffentlichen Verhandlungstag anwesend. Gleich am ersten Tag passte sie mich in der Toilette ab. Ich war gerade dabei, mir kaltes Wasser ins Gesicht zu schöpfen, um wacher zu werden. Sie hielt mir ein Papierhandtuch hin, sagte, sie sei freie Journalistin und würde für seriöse Zeitungen und Magazine arbeiten. Sie hieße Carolin Marquart, meinte, ich solle sie googeln. Ich sagte ihr, dass ich nicht mit ihr reden wolle, dass ich das gar nicht durfte, genauso wenig, wie es ihr nicht gestattet war, eine Minderjährige ohne Zustimmung der Eltern zu befragen. Sie drückte mir trotzdem ihre altmodische Visitenkarte in die Hand. Hielt sie kurz fest, als ich danach griff, und blickte mir in die Augen. »Vielleicht kann ich dir irgendwann helfen. Ist ja nicht sicher, wie der Prozess ausgeht, welche Fragen geklärt werden können und welche nicht. Das muss sich ja erst noch herausstellen.«

Ich wunderte mich über meinen Vater. Vor Gericht spielte er vom ersten Moment an den weltfremden Nerd, dem es schwerfiel, seine Arbeit für alle verständlich zu erklären, während unsere Mutter die Aussage verweigerte. Paps sprach in einem sachlich-monotonen Singsang über seine Software. Dabei war *Soulmate* sein Baby. Zehn Jahre hatte es gedauert, bis aus einer spontanen Idee eine funktionierende Software geworden war, und jetzt, wenige Wochen nach dem Verkaufsstart, wollte die Software jeder haben. Er sagte nicht, wie glücklich er damals gewesen war, als ihm knapp drei Monate nachdem wir in St. Engbert angekommen waren, der Durchbruch gelungen war. Er sagte nicht, was dieser »Meilenstein« mit ihm, aber auch mit unserer Mutter gemacht hatte. Sie waren ausgelassen durch das Wohnzimmer getanzt, wie wir es selten erlebt hatten. Wir waren alle gemeinsam in ein schickes Restaurant zum Essen gegangen, obwohl unsere Eltern Essengehen für Zeit- und Geldverschwendung hielten.

Und jetzt saß unser Vater zusammengesunken auf der Anklagebank und tat so, als wäre *Soulmate* nicht mehr als irgendein Achtsamkeits-Gadget für den Massenmarkt, um den Alltagsstress besser zu bewältigen. Auf die Nachfragen der Sachverständigen redete er ganz allgemein von Reizüberflutung, der Zunahme von Konzentrationsstörungen bei Kindern und Jugendlichen und spielte die Wirksamkeit seiner Software herunter. Stundenlang ging das so. Immer wieder richtete der Staatsanwalt Fragen an unsere Mutter, doch die reagierte nicht. Die Anwälte unserer Eltern (es waren zwei Frauen und ein Mann) mussten etliche Male darauf hinweisen, dass unsere Mutter die Aussage »in allen Punkten« verweigerte.

Paps sagte, dass er sich nie Gedanken darüber gemacht habe, ob es okay war, seine Software an uns Kindern zu testen und uns um Rat zu fragen. »Ich fand es schön, dass sich meine Kinder für meine Arbeit interessierten und die Software ausprobieren wollten. Die Software wurde offiziell von der USK als unbedenklich, mit einer Altersfreigabe ab sechs Jahren eingestuft. Denken Sie allen Ernstes, dass ich vorhatte, unseren Kindern zu schaden?«

»Nein, aber ich denke trotzdem, dass Sie hier nicht die Wahrheit sagen und es einen Zusammenhang zwischen der Software, der Adoption Ihrer drei Kinder, Ihrer Forschung und der Ihrer Frau gibt, auch wenn Sie und Ihre Anwälte das so vehement bestreiten.«

»Wir lieben unsere Kinder«, sagte unser Vater mit halb erstickter Stimme.

»Das bezweifle ich nicht.« Der Staatsanwalt hielt den Blick. »Liebe lässt sich aber leider sehr vielfältig definieren. Je nachdem, welche Perspektive man einnimmt.«

»Bitte unterlassen Sie solche Unterstellungen«, sagte die Richterin scharf. »Kehren wir zu dem zurück, was wir wissen.« Sie blickte auf ihr iPad. »Was ist mit den Daten passiert?«

»Mit welchen Daten?«, fragte unser Vater.

»Na, die Daten Ihrer Kinder, die Sie bei den Tests gewonnen haben. Was ist damit passiert?«

»Was soll damit passiert sein?«

»Haben Sie die Ergebnisse an Ihr Team weitergegeben, um die Software zu optimieren? Haben Sie Daten von diesen Versuchen geteilt?«

Mein Vater runzelte die Stirn. Ich war irritiert von dieser Reaktion, denn ich kannte dieses besondere Stirnrunzeln vom Schachspielen, wenn er mich gewinnen lassen wollte. Nur wusste ich nicht, welche Strategie er verfolgte, wie diese Partie ausgehen sollte, was »gewinnen« im Zusammenhang mit dem Prozess bedeutete.

Er redete ruhig weiter. »Ich ... ich habe die Daten aller Probandinnen und Probanden verwendet – auch meine eigenen, die meiner Frau oder unserer Haushaltshilfe –, warum sollte ich das nicht tun? Die Scans sind alle anonymisiert, und Gedanken lassen sich damit auch nicht lesen.« Er lächelte kurz auf. »Es braucht immens viele Datensätze, um darin Muster zu erkennen und dem Programm das Denken beizubringen. So funktioniert KI. Durch Training, Analyse und Korrektur. Hunderttausende, Millionen und Milliarden Datensätze braucht es, um an halbwegs verlässliche Ergebnisse zu kommen. Das nennt sich Big Data.«

»Und was genau heißt das jetzt?«, ging der Staatsanwalt dazwischen.

»Dass die Datensätze meiner Kinder im großen Ganzen völlig unerheblich waren. Vier Salzkörner in einer Suppe, das ist in etwa die Relation, von der wir hier sprechen. Deshalb verstehe ich auch nicht, was Sie mir vorwerfen wollen, außer vielleicht, dass es ethisch nicht ganz korrekt ist, die eigene Familie als Probanden zu benutzen.«

»Sie würden also sagen, dass die Tests mit Ihren Kindern nicht von Bedeutung waren«, hakte die Richterin nach.

Unser Vater nickte. »Ja, das würde ich sagen.«

»Und Sie würden auch sagen, dass diese Tests in Ihren Augen unbedenklich waren und keinerlei Auswirkungen auf die Psyche Ihrer Kinder hatten?«

Er nickte erneut. »Wer auch immer dieses Gerücht in die Welt gesetzt hat, dass wir, meine Frau und ich, mit unseren Kindern experimentierten, hat keine Ahnung von KI-gesteuerten Biofeedbackverfahren, wie viel Datenausschuss dabei produziert wird und was diese Tools können und was nicht. Schauen Sie sich das

Programm an. Da wird niemand hypnotisiert oder stimuliert oder was auch immer. Da geht es einzig und allein um Entspannung und die Möglichkeit, unser Gehirn aufnahmefähig zu halten und Kapazitäten freizusetzen.«

Paps wich meinem Blick aus und machte sich Notizen. Uns gegenüber hatte er diese Rechnung immer andersherum aufgezogen, gesagt, dass jeder Test, und sei er auf den ersten Blick noch so unbedeutend, zum Erfolg des Ganzen beiträgt, weil darin eine Information verborgen sein könnte, die der Software etwas beibringt, was sie noch nicht weiß.

Der Staatsanwalt holte sich mit einem Räuspern die Erlaubnis der Richterin, die nächste Frage zu stellen. »Ist es nicht merkwürdig, dass ein Wissenschaftler Ihres Formats nach Jahrzehnten der intensiven Forschung zu Epigenetik in Verbindung mit Parkinson, Alzheimer und Krebs plötzlich auf eine Software umschwenkt, die einzig und allein dem Zweck dienen soll, Geld zu verdienen, wie Sie uns hier weismachen wollen?«, fragte der Staatsanwalt. »Sollen wir Ihnen das wirklich glauben?«

»Das ist eine Suggestivfrage«, ging eine der Anwältinnen meiner Eltern dazwischen. »Können wir bitte bei den Fakten bleiben?«

»Frau Kovacic, bitte geben Sie dem Herrn Staatsanwalt eine Chance, seine Gedanken auszuführen«, sagte die Richterin. »Fahren Sie fort.«

»Danke, Frau Vorsitzende«, sagte der Staatsanwalt. »Versuchen wir es anders: Sollen wir Ihnen allen Ernstes glauben, dass Ihre Frau, die auf ähnlichen Gebieten wie Sie selbst geforscht hat und mehr als fünf Jahre für den Google-Konzern Gelder in Milliardenhöhe an Biotech-Start-ups verteilt hat – von denen übrigens auch Ihre erste Firma profitiert hat –, nun das gemütliche Landleben, mit Arztpraxis und eigenem Gemüsegarten, gewählt hat, um Ihren Kindern beim Aufwachsen zuzusehen?«

»Wir waren beide erschöpft nach der Pandemie«, sagte unser Vater und schwenkte den Blick zu Mum, die wie ausgeschaltet vor sich hin starrte. »Die einzige Landarztpraxis im Umkreis von zwanzig Kilometern zu führen, die auch ein Röntgengerät hat, ist alles andere als entspannend. Und eine Softwarefirma mit zwei Dutzend Mitarbeitern läuft auch nicht von selbst.«

Der Staatsanwalt verdrehte die Augen. »Ich sehe, wir kommen in dem Punkt nicht weiter. Frau Vorsitzende, lassen Sie uns mit der Befragung der Experten weitermachen. Vielleicht bringt uns das neue Erkenntnisse, wie das alles miteinander zusammenhängt.«

INTERVIEW VOM 12.02.24
VIA ZOOM

REPORTAGE: EIN DORF SUCHT DIE WAHRHEIT (ARBEITSTITEL)

CAROLIN MARQUART Ich muss zugeben, dass ich immer noch nicht genau begriffen haben, worum es bei dem Start-up von Erik Simwe damals gegangen ist. Im Internet findet man dazu kaum Informationen.

ALAN V. Vereinfacht gesagt, ging es um die Kartierung verschiedener Hirnareale. Erik – wir – wollten herausfinden, wie das Zusammenspiel in unserem Gehirn funktioniert und was sich aus den Aktivitäten der einzelnen Bereiche ablesen lässt. Mit mathematischen Modellen haben wir versucht, Krankheitsbilder wie Epilepsie, Parkinson oder Demenz sichtbar zu machen.

CAROLIN MARQUART Haben Sie vielleicht ein Beispiel, wie Sie dabei vorgegangen sind?

ALAN V. Nehmen Sie die Musik. Stellen Sie sich vor, dass es möglich ist, nur anhand der neuronalen Aktivität der unterschiedlichen Regionen einen Song wiederzuerkennen. Nur weil das Programm gelernt hat, die Muster der Erregung im Gehirn zu lesen.

CAROLIN MARQUART Sie sprechen jetzt aber nur von der Melodie, oder?

ALAN V. Nein, ich spreche davon, den ganzen Song, Text, Melodie und Rhythmus, über Kodierungsmodelle auslesen zu können.

CAROLIN MARQUART   Das klingt aber jetzt sehr nach Gedankenlesen und Science-Fiction.

ALAN V.   Ist es nicht. Stellen Sie sich vor, dass Menschen, die nicht mehr sprechen können, mithilfe einer Schnittstelle ihre Sprache wieder zurückbekommen. Mit den heutigen Technologien ist es sogar denkbar, dass sie mit ihrer eigenen Stimme antworten, wenn es davon Audiomaterial gibt.

CAROLIN MARQUART   Aber Sie haben diesen Ansatz nie zu Ende verfolgt.

ALAN V.   Forschung ist kostspielig. Und die Geduld der Investoren endlich. Der Druck, Ergebnisse zu liefern, war auch damals schon sehr hoch.

CAROLIN MARQUART   Haben Sie eigentlich Frau Simwe kennengelernt?

ALAN V.   Ja, natürlich. Sie hat ja die Berichte für Alphabet, also Google, geschrieben und übergreifend nach Synergien gesucht. Sie war sehr gut darin, den Überblick zu behalten und die richtigen Fragen zu stellen. Sie ist ja selbst eine herausragende Wissenschaftlerin. Es hat mich gefreut, dass Sibel und Erik sich ineinander verliebt haben. Beide sind sie unheimlich ehrgeizig und idealistisch.

CAROLIN MARQUART   Aber Soulmate, die Software, das ist ja schon eher ein Produkt, bei dem es darum geht, Geld zu verdienen, oder nicht?

ALAN V.   Um das zu beurteilen, müsste ich es mir genauer ansehen. In jedem Fall bin ich davon überzeugt, dass es Erik nicht allein um Erfolg geht. Ich müsste mich schon schwer täuschen, wenn sich an seiner grundlegenden Einstellung etwas geändert hat.

SCIENCE-FICTION

SAMSTAG, 23.03.2024

01:40 UHR »Alle drei Adoptivkinder weisen eine deutlich niedrigere Merkfähigkeit auf, als es anhand des ermittelten IQs zu erwarten wäre. Ursache dafür könnten Umwelteinflüsse und Stress sein. Es könnte sich aber auch um ein Phänomen handeln, das vor allem bei Adoptivkindern auftritt. Das zu überprüfen, dazu bräuchte es jedoch mehr Daten, die sich speziell mit der geistigen Entwicklung von Adoptivkindern befassen. Inwieweit sich Adoptionen auf die Entwicklung kognitiver Fähigkeiten auswirken, kann die Wissenschaft nach heutigem Stand nicht beantworten. Die Hirnforschung steht auf vielen Gebieten noch am Anfang.«

»Verstehe.« Die Richterin nickte. »Einen direkten Zusammenhang zwischen der Software des Vaters und den Tests, die er mit seinen Kindern durchgeführt hat, sehen Sie also nicht?«

»Nein«, sagte der Gutachter. »Zum jetzigen Zeitpunkt würde ich das ausschließen. Das klingt doch mehr nach Science-Fiction und übersteigt die gegenwärtigen Möglichkeiten der Wissenschaft.«

»Auch nicht im Zusammenspiel mit den Medikamenten, von denen man Spuren bei einem der Kinder im Blut gefunden hat?«

Ich zuckte zusammen. Davon hörte ich heute zum ersten Mal. Meine Mutter hielt den Kopf gesenkt, mein Vater wich meinem fragenden Blick aus. Hatten sie uns ohne unser Wissen irgendwelche Sachen verabreicht? Aber wozu sollte das gut gewesen sein?

»Die Pharmakologie ist zwar nicht mein Fachgebiet«, redete

der Sachverständige weiter, »aber nach Rücksprache mit einigen Experten würde ich die Software und die Medikamente isoliert betrachten.«

»Sie kennen den toxikologischen Befund? Auch den des Vaters?«

»Ja, den habe ich gelesen.«

»Und zu welchem Schluss sind Sie gekommen?«

»Betablocker und Medikamente wie das besagte Modafinil erfreuen sich unter Wissenschaftlern und Studenten, aber auch bei Führungskräften, einer immer größeren Beliebtheit, um die Leistungsfähigkeit des Gehirns zu steigern. Aber auch bei Schülern werden diese und andere Stoffe immer beliebter.«

»Sie sind also der Meinung, dass der Vater diese Medikamente selbst genommen hat, um sein Gehirn zu ›dopen‹, wie er ausgesagt hat?«, fragte der Staatsanwalt. »Und dass eines der Mädchen, Yuma, sich selbst aus dem beachtlichen Vorrat bedient haben soll, sich daran aber nicht mehr erinnern kann oder will?«

»Diese Frage kann ich nicht beantworten.«

»Natürlich können Sie das nicht«, schnaubte die Richterin. »Dafür haben wir die Berichte der Polizei und der eingeschalteten Psychologen und Psychiater, verehrter Herr Staatsanwalt.«

»Bei Frau Dr. Simwe und dem Jungen wurden Spuren von THC im Blut nachgewiesen«, fuhr der Staatsanwalt unbeirrt fort. »Es gilt also heute als normal, dass sich in Akademikerfamilien jeder seinen eigenen Stoff besorgt und keiner mehr wirklich weiß, was er sich eingeworfen hat? Soll das der Schluss sein, den wir daraus ziehen sollen?«

»Könnten Sie bitte den Sarkasmus unterlassen?«, sagte die Richterin. »Das bringt uns an dieser Stelle nicht weiter. Gibt es noch etwas, das zur Klärung des Sachverhalts beiträgt, oder können wir an anderer Stelle fortfahren?«

»Einen Augenblick«, nuschelte der Staatsanwalt und kritzelte etwas auf einen karierten Zettel.

»Wollen Sie noch etwas von Herrn Frey wissen, bevor wir ihn entlassen?«

»Ja, das will ich, Frau Vorsitzende.« Der Staatsanwalt holte tief Luft. Sein Blick streifte mich. Ich ärgerte mich einmal mehr darüber, damals im Safe House die Beherrschung verloren zu haben. Er strich seine Robe glatt und räusperte sich. »Auch wenn Sie und die Verteidiger der Angeklagten diesen Schauplatz schon wieder verlassen wollen, würde ich gerne noch etwas tiefer in die Materie eintauchen.«

»Dann bitte.« Die Richterin blickte auf ihre Armbanduhr. »Sollen wir damit nach der Pause weitermachen, oder wollen Sie das jetzt noch angehen?«

»Gerne jetzt.«

»Gut.«

»Herr Frey, wie genau kommen Sie zu der Annahme, dass das Programm des Vaters so harmlos ist?«, fragte der Staatsanwalt. »Die Vorgeschichte von Herrn Simwe und von seiner Frau, die es ja leider immer noch vorzieht zu schweigen, weckt in mir Zweifel, dass es im Hause der Familie wirklich nur um das Wohl der Kinder gegangen ist. Die Verstöße gegen die Medizin-Ethik und die Arbeit für den Google-Konzern Alphabet wollen sich nicht so recht einfügen. Nicht umsonst hat der Konzern Frau Simwe in einem früheren Prozess des Verrats von Betriebsgeheimnissen bezichtigt.«

»Und die Klage fallen gelassen«, meldete sich die Richterin zu Wort. »Können Sie bitte zum Punkt kommen. Ich habe Hunger.«

»Für mich ergibt sich daraus das Bild eines ehrgeizigen Wissenschaftler-Ehepaars, das es mit Regeln nicht so genau nimmt, wenn es darum geht, die eigenen Visionen voranzutreiben.

Schließlich sind sie beide exzellente Vertreter ihrer Fachgebiete. Da fällt es mir schwer, die Software des Vaters nur als clevere Geschäftsidee zu betrachten.«

Die Richterin verdrehte die Augen. »Was meinen Sie, Herr Frey? Sie haben die Software einer eingehenden Überprüfung unterzogen. Zu welchem Schluss sind Sie gekommen?«

»Ich habe mit mehreren Kollegen gesprochen, die sich mit KI-gesteuerter Medizin-Software auskennen, wie sie in Wissenschaft und Forschung immer häufiger zum Einsatz kommt. Unter anderem mit dem Leiter der IBM-Watson Group, die auf diesem Gebiet als führend gilt. Alle teilen sie die Meinung, dass die Software des Angeklagten eher als harmloses Lifestyle-Produkt gesehen werden sollte denn als präzises Medizinprodukt. Von diesen Anwendungen sind momentan Hunderte im Umlauf. Einen tieferen Eingriff in die Psyche der Kinder durch die vom Vater an den Kindern durchgeführten Beta-Tests würde ich zum jetzigen Zeitpunkt ausschließen«, sagte der Gutachter.

»Mit welcher Wahrscheinlichkeit«, hakte der Staatsanwalt nach. »Es geht in Ihrem Fachgebiet doch immer um Wahrscheinlichkeiten, nicht wahr?«

Ich konnte seine Eitelkeit förmlich riechen. Er gefiel sich in der Rolle des Aufklärers. Kam sich besonders clever vor, wenn er sein Halbwissen einbrachte.

»Oberhalb von neunzig Prozent«, antwortete der Sachverständige, ohne zu zögern. Auch ihm schien der belehrende Tonfall des Staatsanwalts auf die Nerven zu gehen. »Die Ausreißer, die es bei der zweitältesten Tochter im MRT-Scan gegeben hat, sind in meinen Augen eher auf das unverhältnismäßige Vorgehen der Polizei und die Nachwirkungen zurückzuführen denn auf die Software.«

Ich war erleichtert. Paps auch. Das konnte ich ihm ansehen.

Der lächerliche Vorwurf, Paps hätte uns Kinder als Versuchskaninchen missbraucht, war damit wohl vom Tisch. Das war gut. Das war sehr gut.

Stattdessen nannte der Sachverständige eine posttraumatische Belastungsstörung als mögliche Ursache für die Auffälligkeiten, die es bei den Untersuchungen gegeben hatte. Schließlich habe man uns Kinder in einem »fast schon barbarischen Akt« mitten in der Nacht von unseren Eltern getrennt, sagte er, räusperte sich, straffte den Rücken. »In Anbetracht der Vorgeschichte der Kinder, dass drei von ihnen adoptiert und somit vorbelastet sind, halte ich die Untersuchungsergebnisse für wenig aussagekräftig.« Der Mann wechselte zu einem selbstbewussteren Tonfall. Panik und wiederkehrende Ängste seien die mächtigsten Gegenspieler menschlicher Erinnerung, redete er weiter. Der »nächtliche Überfall« und die »dauerhafte Medienhetze« könnten Ängste hervorgerufen und damit das Erinnerungsvermögen von uns Kindern nachhaltig blockiert haben. Zum Abschluss machte er den Vorschlag, die Tests zu einem späteren Zeitpunkt zu wiederholen, um einen Vergleich zu haben. Doch dazu würde es nicht kommen.

»Danke für Ihre ausführliche Schilderung«, sagte die Richterin. »Sie können sich wieder setzen. Ich denke, damit hätten wir diesen Punkt geklärt und können uns wieder den Fakten zuwenden. Das ist aufreibend genug.«

Mum starrte auf ihre spröden rissigen Hände. Und dann tat sie das, was sie Sina immer verboten hatte: Sie kaute an ihren Fingernägeln. Ich musste unwillkürlich den Kopf schütteln. Genau in dem Moment kreuzten sich unsere Blicke. Anstatt wegzusehen, wie sie es in den ersten Verhandlungstagen getan hatte, schloss sie für ein, zwei Sekunden die Augen, bevor sie mit zittriger Hand einen Schluck Wasser trank und wieder den Kopf senkte.

Was hatte das zu bedeuten? Hatte es überhaupt etwas zu bedeuten, dieses Augenschließen nach dem Blickkontakt? Wollte sie mir damit signalisieren, dass alles okay war? Dass ich mich nicht über ihr seltsames Verhalten und das von Paps wundern sollte? Dass sie beide hier vor Gericht eine Rolle spielten? Ich hatte sie das letzte Mal vor drei Wochen gesehen. Damals hatten wir uns im Besucherraum des Gefängnisses gestritten. Meine Mutter und ich. Sie hatte erneut versucht, mich davon abzubringen, als Nebenklägerin beim Prozess aufzutreten.

»Du musst mir glauben, dass es gute Gründe gibt für das, was wir getan haben. Wir lieben dich. Paps und ich, wir werden dafür sorgen, dass alles wieder in Ordnung kommt. Das ist alles, was ich dir zu diesem Zeitpunkt sagen kann, Espe. Bitte vertrau uns. Wir sind und bleiben eure Eltern.«

Sie konnte nicht frei sprechen. Auch das hatte mir Frank an einem Abend im Safe House erklärt, als Yuma noch nicht ihr Cello zertrümmert hatte. Sobald eine Verhaftung im Zusammenhang mit organisierter Kriminalität stand, gab es für Verdächtige und Angeklagte keine Privatsphäre mehr. Während der Untersuchungshaft musste man immer damit rechnen, abgehört zu werden. Dieses Vorgehen sei vom Gesetz gedeckt. Damit sei es erst vorbei, wenn ein Urteil gesprochen war. Aber so lange konnte ich nicht warten. Auch wegen meiner Geschwister. Wir alle wollten wissen, wie viel von dem stimmte, was Paps in unsere Alben geschrieben hatte. Ihnen ging es von Woche zu Woche schlechter. Farid hatte zehn Kilo zugenommen und mit dem Tanzen aufgehört, Yuma zog sich immer mehr zurück, und Sina wurde immer dünner. Wir brauchten Gewissheit. Wir mussten wissen, was an den Anschuldigungen stimmte.

POP-UP-STORE

SONNTAG, 24.03.2024

13:12 UHR Ich spürte die vielen neugierigen Augenpaare im Gerichtssaal, wie sie mich abscannten, mir folgten, wenn ich hereinkam und an einem der dunkelbraunen Tische auf der rechten Seite Platz nahm. Keine drei Meter vom Staatsanwalt entfernt, der mich an jedem Verhandlungstag stumm, mit einem gleichgültigen Nicken, begrüßte, aber keinen weiteren Versuch unternahm, mir die Hand zu geben. Dabei lag mein Ausraster im Safe House mittlerweile viele Wochen zurück, und einen weiteren derartigen Zwischenfall hatte es nicht gegeben. Weder bei mir noch bei meinen Geschwistern. Trotzdem schien der Mann mir nicht mehr über den Weg zu trauen. Auf Anraten meiner Anwältin, die den Platz zwischen uns einnahm, hatte ich mich gleich am ersten Prozesstag bei ihm entschuldigt, irgendwas von Ausnahmesituation und Schlafmangel genuschelt und devot gelächelt. Leider ermutigte ihn meine Entschuldigung dazu, immer dann theatralisch den Blick von meinen Eltern zu mir und dann weiter zur Richterin wandern zu lassen, wenn sie die Aussage verweigerten oder es um die vielen Ungereimtheiten bei unseren Adoptionen ging.

»Es wäre auch zum Wohle Ihrer Kinder, die ein Anrecht auf die Wahrheit haben.« Der Blick zu mir. »Wie sollen sie sich fühlen, wenn Sie ihnen vorenthalten, was es noch über ihre Adoptionen zu wissen gibt?«

Der Staatsanwalt redete laut und überdeutlich, den Kopf gerötet, saß oder stand, zupfte Fussel von seiner schwarzen Robe und wurde seiner Rolle als Ankläger mehr als gerecht. Er genoss das öffentliche Interesse, wollte seinen Namen in der Presse lesen und durch Attribute wie »gnadenlos«, »unbarmherzig« oder »streng« ergänzt sehen. Er hatte sich fest vorgenommen, unsere Eltern ins Gefängnis zu bringen. Es ging ihm nicht um die Frage der Schuld, sondern um die Anzahl der Jahre, die er im Schlussplädoyer fordern würde. Das hatte er gleich zu Beginn der Verhandlung klargemacht. Dank des Beruhigungsmittels konnte ich Stunden in seiner unmittelbaren Nähe verbringen und seine gepresste Stimme hören, ohne dass die Schwärze ihren Auftritt hatte. Ich nahm die harten Gesten des Staatsanwalts und seinen Körpergeruch nicht mehr als bedrohlich wahr, obwohl Ausläufer davon hin und wieder meine Nase streiften. Nur selten kletterte mein Stresslevel in den roten Bereich, obwohl unser Leben in Trümmern lag. So wie bei den Zeichnungen von Yuma, die ich mir damals angeschaut hatte. Dieses umherirrende Kind auf dem Schlachtfeld war die bildliche Entsprechung meines Zustands. Ich hatte das Gefühl und vielleicht auch den Wunsch, mich aufzulösen, während ich mich gleichzeitig danach sehnte, Gewissheit über meine Herkunft und die von Farid und Yuma zu bekommen.

16:20 UHR *Erneuter Anruf meiner Eltern. Sie wollen noch mal mit mir sprechen. Wahrscheinlich haben sie Angst, dass ich meinen Geschwistern erzähle, was ich weiß, oder der Polizei.*

Als die Richterin die schriftlichen Aussagen der amerikanischen Einwanderungsbehörde verlas, hielt ich den Atem an. Zuerst ging es um Farid. Ich war aufgeregt, wollte kein Wort verpassen. Ich hatte das Gefühl, gleich ohnmächtig zu werden. In meinen Ohren rauschte es wie verrückt. Übelkeit stieg in mir auf. Ich hasste mich dafür, so schwach zu sein. Ich durfte jetzt nicht schwach sein. Ich presste die Kiefer aufeinander und versuchte, tief in den Bauch zu atmen, während die Richterin monoton wie eine Maschine Zeile für Zeile vorlas.

Meine Eltern hatten Farid mit echten Adoptionspapieren und falscher Identität nach Europa gebracht. Das galt mittlerweile als gesichert. Auch, dass ein Zufall den Stein ins Rollen gebracht hatte. Beim Routineabgleich von Genmaterial, das man nach dem Brand in der Schweinezucht gefunden hatte, wurde versehentlich auch ein Abgleich über die europäischen Grenzen hinweg durchgeführt. Und dieser Abgleich hatte rund zehntausend Kilometer entfernt zu einem Treffer geführt. In den USA. Und das war eigentlich nicht möglich, denn die festgestellte DNA gehörte zu einem namenlosen, einem etwa zweijährigen Kind, das bei der Bootsüberfahrt – der Flucht – von Kuba in die USA ertrunken war.

Einen Fehler schloss der Sachverständige der Forensik aus. Wie es unseren Eltern gelungen war, Fingerabdrücke, DNA und Fotos des toten Jungen mit denen von Farid zu verknüpfen, sagten sie nicht. Um so etwas zu machen, brauche es Helfershelfer und jede Menge kriminelle Energie, sagte die Richterin in hartem Tonfall. Sie appellierte an unsere Eltern, ein Geständnis abzulegen, damit das ertrunkene Kind vielleicht doch noch unter seinem echten Namen beerdigt werden konnte.

»Wahrscheinlich ist das nicht der einzige Fall. Wahrscheinlich hat diese Täuschung Methode«, sagte der Staatsanwalt. »Das würde bedeuten, dass Angehörige vergeblich nach ihren Kindern, Brüdern und Schwestern suchen.«

»Das ist totaler Quatsch!«, fuhr unser Vater aus der Haut. Das war das erste und einzige Mal, dass er vor Gericht die Fassung verlor. »Wir haben keine weiteren Kinder aus dem Lager geholt. Und ... und die Daten zu fälschen war die einzige Möglichkeit, Farid eine angemessene medizinische Versorgung zukommen zu lassen, die ihm nach den schweren Verbrennungen an den Unterschenkeln eine Zukunft ohne Rollstuhl ermöglichte, bevor es zu spät war.«

»Das sei dahingestellt. Dazu werden wir noch Fachleute befragen«, sagte der Staatsanwalt unbeeindruckt. »Es würde mich trotzdem interessieren, wie Sie das gemacht haben, und nach welchen Kriterien Sie die anderen beiden Kinder ausgewählt haben.«

»Dazu kann ich Ihnen nur das sagen, was Sie ohnehin schon wissen.«

»Dann erwarten Sie nicht von mir, dass ich Mitgefühl habe. Die Einzigen, mit denen ich Mitgefühl habe, sind Ihre Kinder.«

Unsere Eltern hatten Farid nach einem Feuer in einem Aufnahmelager in Südflorida, bei dem etliche Menschen ums Leben gekommen waren, schwer verletzt aus dem Lager geschleust, um seine Brandwunden von Spezialisten behandeln zu lassen. Wer ihnen dabei geholfen hatte, darüber schwiegen sie sich aus. Weiterhin ungeklärt war Farids richtiger Name. Mein Bruder galt nirgendwo als vermisst. Seine Ankunft im Lager war nicht registriert. Ob er allein gewesen war oder, wie es in seinem Album auf der zweiten Seite stand, sich eine Frau um ihn gekümmert hatte, war nirgendwo dokumentiert. Seine Spur, die Spur seiner DNA, hatte man, wie gesagt, nach dem Brand in der Schweinezucht im Schwarzwald entdeckt. Aber er war nicht der Täter, er war dort gewesen, um den Brand zu löschen. Bei dem Versuch, einige der Schweine vor den Flammen zu retten, hatte er sich an der Hand verletzt. Die Polizei hatte sein Blut fälschlicherweise für das Blut des Brandstifters gehalten, die DNA in die Datenbank eingegeben und einen Treffer gelandet, der zu dem Auffanglager führte und zu dem toten Jungen. Die Polizei vor Ort hatte sofort die Ermittlungen aufgenommen. Über Kreditkartenabrechnungen unserer Eltern von Farids Krankenhausbehandlung waren sie ihnen letzten Endes auf die Spur gekommen.

Mithilfe einer Anwaltskanzlei war es unseren Eltern gelungen, die Adoption von Farid rückwirkend zu beantragen, seine wahre Herkunft zu verschleiern und seinen Aufenthaltsstatus zu legalisieren. Zwei Experten waren als Zeugen geladen, um den Weg, mit all den Gesetzen und Ausnahmen, die es in den USA gab, zu erklären.

An dieser Stelle begann meine Mutter zu weinen. Es war das erste Mal, seit der Prozess begonnen hatte. Sie weinte lautlos, während mein Vater tröstend ihre Hand hielt.

Ich war wie gelähmt. Ich war da und doch nicht. Ich hörte die Worte, schaffte es aber nicht, sie in einen sinnvollen Zusammenhang zu bringen.

Die Richterin versuchte, die Erkenntnisse für alle Anwesenden zusammenzufassen und Farids Weg bis nach St. Engbert darzulegen. Ihre Stimme klang belegt. Man sah ihr an, wie viel Kraft es sie kostete, nicht aus der Rolle zu fallen.

Um meinen Bruder nach seiner »Entführung«, wie es der Staatsanwalt nannte, halbwegs legal adoptieren zu können, hatten sich unsere Eltern zuerst an *terre des hommes* gewandt (E-Mail, Beweisstück 17/B_06), wo man sie abgewiesen hatte. Erst dann hatten sie sich an die Anwaltskanzlei gewandt, die ihnen gegen viel Geld die notwendigen Papiere besorgt hatte, um Farid mit nach Europa zu nehmen.

Ich war die Einzige von uns dreien, bei der die Adoption den normalen Weg vom Waisenhaus über anerkannte Adoptionsstellen genommen hatte und lückenlos belegt werden konnte. Aber irgendwas an der Beweisführung störte mich. Ein Punkt folgte auf den anderen. Eine Station auf die nächste. Doch genau das machte mich stutzig. Dass es scheinbar auf jede Frage die passende Antwort gab.

Bei Yuma endete die Spur in einem mittlerweile geschlossenen Waisenhaus in Mexiko, das privat geführt worden war und mit illegalen Adoptionen in Verbindung gebracht wurde. Eine Expertin erklärte, dass in dieser Zeit Waisenhäuser in Mexiko, aber auch in Guatemala wie Pop-up-Stores gegründet wurden, um Geschäfte mit gut betuchten, kinderlosen Ausländern zu machen. Arme Familien hätten sogar Kinder abgegeben, in der Hoffnung, ihnen eine bessere Zukunft zu schenken. Es seien aber auch Fälle dokumentiert, in denen Säuglinge oder Kleinkinder entführt wurden, um sie über Waisenhäuser, die wie Zwischenhändler fungierten, weiterzuverkaufen. »Dort wurden sie dann mit gefälschten Papieren ausgestattet.«

Die Polizei habe erst spät, und auf Druck ausländischer Behörden, eingegriffen, weil auch dort Einzelne an diesem Handel mitverdient hätten. »Dasselbe System gab es in dieser Zeit verstärkt auch in anderen Ländern Lateinamerikas. Kinder wurden zur Exportware erklärt.«

Unsere Eltern nahmen zu den Vorwürfen des Staatsanwalts, als Mitarbeiter von *Ärzte ohne Grenzen* von diesen Praktiken gewusst zu haben, keine Stellung.

In einem gelöschten und wieder hergestellten Ordner meiner Mutter hatte die Polizei Notizen entdeckt, die darauf hinwiesen, dass in ihrem Auftrag Urkunden gefälscht worden waren, um Yuma nach Deutschland zu bringen. Diese Aufzeichnungen waren ein wichtiger Beweis. Das Waisenhaus war zur Zeit ihrer Adoption in den Schlagzeilen gewesen, weil von dort auch einige Hollywoodgrößen ihre Kinder adoptiert hatten und mehrere Mitarbeiter später wegen Menschenhandels und Kindesmissbrauchs verhaftet worden waren.

STORYTELLING

MONTAG, 25.03.2024

05:12 UHR Zum Glück durfte ich weiterhin zu Anne gehen. Sogar mehrmals die Woche, wenn ich wollte. Sie hatte eine eigene Praxis, unweit der WG, in der ich vorübergehend mit zwei Mädchen, die es zu Hause nicht mehr ausgehalten hatten, wohnte. Anne war meine Therapeutin, Trauma-Therapeutin, stand auf dem Plexiglasschild über der Klingel. Sie half mir dabei, diese Zeit ohne Medikamente zu überstehen. Bei Anne, in dem hellen großen Zimmer mit den orangenen Salzsteinen auf dem Fensterbrett, lernte ich zu weinen. Richtig zu weinen. Tränen zuzulassen und nicht dagegen anzukämpfen. Auf einem Ohrensessel, der mich mit seinen Polsterarmen festhielt, wenn ich mich darin zusammenrollte und mit geschlossenen Augen dem Weg von Annes Stimme über Frühlingswiesen und Schneefelder (ich hatte ihr von der besonderen Stille erzählt) folgte. Die Tränen halfen mir dabei, wieder freier atmen zu können, wenn sich mein Asthma meldete. Das sagte ich auch zu meinen Geschwistern. Zu Sina, wenn ich sie in ihrer Pflegefamilie besuchte, dass es gut ist zu weinen. Dass es ein Zeichen von Stärke ist.

07:15 UHR Die wenigen Male, in denen wir unsere Eltern im Gefängnis sehen durften, hatten sie uns darum gebeten, ihnen keine Fragen zu stellen zu dem, was passiert war. Vorausgeschickt, dass sie uns über alles lieben würden, es aber noch zu früh sei, uns mehr über die Anschuldigungen zu sagen. In dem schmucklosen Raum, in den wir nach dem Passieren mehrerer Schleusen und einer Ausweiskontrolle geführt wurden, roch es nach kaltem Zigarettenrauch und fettigem Essen, wenn die schmalen Fenster auf Kipp standen. Unsere Eltern trugen keine Anstaltskleidung, keine orangefarbenen Overalls, wie in amerikanischen Serien, dafür immer dieselben Sachen.

»Warum sind wir überhaupt hier, wenn ihr uns nicht sagen dürft, was wirklich los ist?«, fragte Yuma. »Was sollen wir hier machen? Löcher in die Wände starren?«

»Zusammen sein«, sagte Mum. Ihre Augen waren geschwollen, wahrscheinlich vom vielen Weinen, und ihre Haare sahen ungepflegt aus. Das Wort »verwahrlost« kam mir bei ihrem Anblick in den Sinn. Dass sich Mum so gehen ließ, war für uns alle wahrscheinlich der größte Schock. Auch wenn sie keinen großen Wert auf Mode gelegt hatte, war ihr ein gepflegtes Äußeres immer wichtig gewesen.

»Ich bin froh, dass wir euch sehen dürfen«, sagte Paps und rang sich ein Lächeln ab. »Dass ihr hier seid. Das gibt uns allen Kraft, diese schwere Zeit gemeinsam zu überstehen.«

Yuma schüttelte den Kopf. »Jetzt redest du schon wie ein Priester. Könnt ihr uns nicht einfach sagen, was von den Anschuldigungen stimmt? Habt ihr einen von uns oder uns alle illegal über die Grenze gebracht?«

»Yuma, bitte«, sagte Mum erschöpft. »Darüber können und wollen wir momentan nicht reden. Sieh das doch ein.«

»Ja, ja«, schnaubte sie. »Klar. Nur nichts Falsches sagen.«

Sinas Augen wanderten ständig zu der Kamera an der Decke, die uns im Blick hatte. Sie konnte am wenigsten mit der Spannung umgehen, mit dem Ungesagten, den Gedanken, die durch unser aller Köpfe schwirrten und die stickige Luft noch stickiger machten. Paps' Aufmunterungsversuche waren von vornherein zum Scheitern verurteilt.

»Ist deine Pflegefamilie nett zu dir?«, fragte er, an Sina gerichtet.

Sina nickte. »Okay.«

»Okay heißt nett?«

»Okay heißt okay«, ging Yuma dazwischen und legte einen Arm um Sinas Schultern. Sina würde gleich losweinen.

»Und Polly, wie geht es Polly?«, fragte unser Vater.

»Gut. Polly geht es gut«, antwortet Sina. Die ersten Tränen kullerten über ihr blasses Gesicht. »Können wir jetzt wieder gehen? Ich ... ich hab nachher noch Cello-Unterricht.«

»Ja«, sagte ich und strich ihr übers Haar.

Ich hatte gedacht, dass Kinder in irgendeiner Weise von Überwachungsmaßnahmen ausgenommen werden. Dass es für die Dauer dieser kurzen dreißig Minuten eine echte Privatsphäre gab, aber das war nicht so. Zumal wir Kinder ja im Mittelpunkt der Vorwürfe standen. Und immer noch die lächerlichen Missbrauchsvorwürfe im Raum standen. Und so füllten wir die restlichen Minuten mit Weinen, Schweigen und Floskeln, die man austauscht, wenn man weiß, dass jemand zuhört und man versucht, für den anderen stark zu sein.

Sina war in den Monaten vor dem Prozess höchstens drei Mal mitgekommen. Zum Abschied warf sie sich diesmal schluchzend an Mums Hals und beteuerte, wie leid ihr alles tun würde. Ich fragte mich, was sie damit meinte. Sie traf keinerlei Schuld. Genauso wenig, wie es bei uns der Fall war.

»Komm, meine Kleine, wir müssen gehen«, sagte Farid und zog sanft ihre Arme weg. Ich glaube, diese Szene hatte uns allen das Herz gebrochen. Selbst die Beamten, die in der Ecke des Raums standen und uns bewachten, hatten Tränen in den Augen, als sie uns nach draußen begleiteten.

INTERVIEW VOM 08.02.2024
VIA TELEFON

REPORTAGE: EIN DORF SUCHT
DIE WAHRHEIT (ARBEITSTITEL)

CAROLIN MARQUART Warum haben die Eltern nicht versucht, den normalen Weg zu gehen, und sich stattdessen strafbar gemacht, indem sie den Jungen – wie auch immer sie das genau gemacht haben – aus dem Lager entführt haben?
ANTONIO P. Der normale Weg ... na ja ... Den gab und gibt es nicht. Auch jetzt machen sich jeden Tag Hunderte Menschen von Kuba aus auf den Weg in die USA. Erwachsene und Kinder. In Booten und an Bord von Frachtschiffen mit umgebauten Containern. Nach dem Feuer damals, bei dem der Junge verletzt wurde, und dem internationalen Aufschrei, den es wegen der vielen Toten gegeben hat, waren die Behörden damit beschäftigt, das Lager so schnell wie möglich zu räumen, was bedeutete, dass ein Großteil der Geflüchteten bei Nacht und Nebel in Busse verfrachtet wurde, um sie später mit Schiffen wieder nach Kuba zurückzubringen.
CAROLIN MARQUART Aber das Kind hatte doch Verbrennungen an den Beinen? Das hätte man doch nicht einfach zurückgeschickt?
ANTONIO P. Bei Verletzungen, die nicht akut das Leben gefährden, verzögert sich der Vorgang höchstens um ein paar Wochen, versorgt mit dem Notwendigsten. Sobald die entsprechenden Amtsärzte das Okay geben, geht es zurück in das jeweilige Herkunftsland. Das sind die Erfahrungen, die wir machen. Niemand will für eine teure medizinische

Versorgung bei Geflüchteten aufkommen, auch nicht bei Kindern. Ganz zu schweigen von den seelischen Narben, die zurückbleiben.

CAROLIN MARQUART Auch bei einem Zweijährigen, der ohne Mutter ins Land gekommen ist?

ANTONIO P. Bei den vielen Menschen, die jeden Tag in den Lagern ankommen, interessiert das keinen. Es passiert oft genug, dass Kinder von ihren Eltern getrennt werden. Deshalb braucht es Anwälte und Hilfsorganisationen, die dieses Unrecht publik machen und dagegen juristisch vorgehen.

CAROLIN MARQUART Was ich nur nicht verstehe, wie konnten die Eltern die Daten des Kindes manipulieren?

ANTONIO P. Ich kann nur vermuten, dass ihnen jemand von den Sicherheitskräften dabei geholfen hat. Wo Menschen dazu gezwungen werden, im Namen des Gesetzes Unrecht zu begehen, gibt es auch immer jemanden, der diese Gesetze im Namen der Menschlichkeit nicht anerkennt und nach einer Möglichkeit sucht, das Leid, wo er kann, zu mindern.

CAROLIN MARQUART Sie glauben also nicht, dass Farid das einzige Kind ist, das auf diese Weise unentdeckt an eine neue Identität gekommen ist?

ANTONIO P. Sehen Sie sich die Listen der Auffanglager mal genauer an. Keiner spricht darüber, aber es verschwinden ja nicht nur Erwachsene. Kinder und Jugendliche sind auch darunter. Nach dem verheerenden Feuer und den vielen Neuankömmlingen genügte es, meiner Ansicht nach, entweder das Armband mit der Identifikationsnummer zu vertauschen oder den Datensatz.

CAROLIN MARQUART Aber wie ist der Junge dann aus dem Lager gekommen?

ANTONIO P. Mit Gottes Hilfe.

VIERTER TEIL
RIECHEN

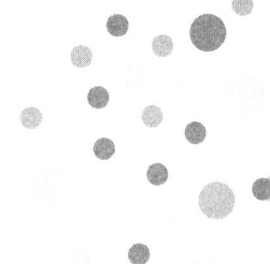

Riechen: [ˈʁiːçn̩] Die Fähigkeit, Gerüche wahrzunehmen und zu erkennen. Der Geruchssinn ermöglicht es Menschen und Tieren, chemische Verbindungen in der Luft oder in ihrer Umgebung zu erfassen und zu interpretieren. Dies geschieht durch spezielle sensorische Rezeptoren in der Nase, die auf Moleküle in der Luft reagieren und Signale an das Gehirn senden.

Gerüche: Gerüche können starke emotionale Reaktionen auslösen und Erinnerungen wecken. Das limbische System im Gehirn, das für Emotionen verantwortlich ist, ist eng mit dem Geruchssinn verbunden. Das Gehirn hat die Fähigkeit zur Neuroplastizität, das heißt, es kann sich bis zu einem gewissen Grad an veränderte Bedingungen anpassen. In einigen Fällen kann das Gehirn lernen, auf verbleibende olfaktorische Signale effizienter zu reagieren, um den Verlust des Geruchssinns auszugleichen. So können Menschen ihre Geschmacksrezeptoren nutzen, um einige der Aromen und Geschmacksrichtungen zu erkennen, die normalerweise mit dem Geruchssinn wahrgenommen werden.

DAS URTEIL

DIENSTAG, 26.03.2024

00:12 UHR »Im Namen des Volkes ergeht folgendes Urteil.«
Die Richterin machte nach der Einleitung eine längere Pause, in der sie den Blätterstapel vor sich sorgsam zusammenschob, als würde sie an dem zweifeln, was sie gleich verkündete. Alle im Saal mussten sich erheben.

»Die Angeklagten, Sibel Anjali Simwe und Erik Simwe, werden der gemeinschaftlichen und vorsätzlichen Kindesentführung, gemäß Paragraf 235 StGB, schuldig gesprochen und der Urkundenfälschung, gemäß Paragraf 267 StGB.« Sie machte eine erneute Pause. »Die Begründung lautet wie folgt.«

Meine Beine begannen zu zittern. Ich hatte das Gefühl, dass sie gleich unter mir wegknickten. Ich stützte mich mit den Händen auf der Tischplatte ab, während die Richterin Wort für Wort weiterlas.

Meine Anwältin bedachte mich mit einem mitfühlenden Nicken. Sie hatte mir haarklein erklärt, was heute passieren würde. Ich hatte diese Erklärung an Farid und Yuma weitergegeben, sie darum gebeten, nicht hierherzukommen, obwohl ihnen das keiner verbieten konnte. Zu Sina würde ich direkt im Anschluss fahren und bei ihr übernachten. Das hatte ich mit ihren Pflegeeltern abgeklärt. Sie war so tapfer, meine kleine Schwester, so stark.

»Die Strafen werden nicht zur Bewährung ausgesetzt«, hörte ich die Richterin sagen. »Da die Angeklagten jedoch gehandelt haben, um dem Kind eine dringend benötigte medizinische Versorgung zukommen zu lassen, und das Kind, Stand heute, keine

Angehörigen hat und sich in einem Flüchtlingslager befand, war es nicht leicht, ein gerechtes Urteil zu treffen. Das Gericht erkennt den humanitären Aspekt dieser Handlung an und berücksichtigt dies bei der Strafzumessung.«

Im Saal hörte man die Stifte der Journalisten, wie sie über die Notizblöcke kratzten, so still war es.

Da meine Eltern zu den Vorwürfen der Entführung und Urkundenfälschung bei Farid und Yuma keine Aussagen gemacht hatten und sich darüber ausschwiegen, wer ihnen dabei geholfen hatte, Farid nach dem Brand aus dem Aufnahmelager zu holen, mussten sie für drei Jahre ins Gefängnis.

Kurz vor Ende der Verhandlung hatte der Staatsanwalt ihnen einen Deal angeboten, wenn sie den Ermittlern aus den USA erklärten, wie sie die Daten von Farid an mehreren Stellen ändern konnten, doch darauf waren unsere Eltern nicht eingegangen. Sie wollten nicht, dass noch jemand bestraft wurde. Das passte zu ihnen. Von dem Vorwurf, dass sie zu einem Menschenhändlerring gehörten, der Kinder illegal an reiche Europäer vermittelte, wurden sie freigesprochen. Wie ihre Namen auf die Listen eines beschlagnahmten Handys gekommen waren, konnte nicht geklärt werden.

Das Publikum hatte sich mehr erhofft. Schon in den letzten Tagen, als durch verschiedene Zeugenaussagen klar wurde, dass unsere Eltern gute Eltern waren und die Vorwürfe zu wissenschaftlichen Experimenten mit uns Kindern keinen Bestand hatten, war die Aufmerksamkeit weniger geworden. Die Reihen im Zuschauerraum hatten sich gelichtet. Der Gerichtszeichner fertigte das letzte Bild an. Die Journalistin, die mich gleich am Anfang auf der Toilette angesprochen hatte, kritzelte mit langsamen Bewegungen in ihren Notizblock und machte ein unzufriedenes Gesicht. Wahrscheinlich hatte auch sie sich einen Showdown erhofft.

Die Richterin kam langsam zum Ende. Sie wurde persönlich und sagte, dass ihr die Urteilsfindung nicht leichtgefallen sei, sie aber hoffe, dass die Familie, dass *wir* einen Weg finden würden, diese Zeit zu überstehen und gemeinsam nach vorne zu blicken.

Das war die Stelle gewesen, an der meine Mutter zum zweiten Mal während des Prozesses weinte. Sie sah kurz zu mir, schloss die Augen langsam wie in Zeitlupe, während Tränen über ihre eingefallenen Wangen liefen.

ZEBRAFISCHE

MITTWOCH, 27.03.2024

02:10 UHR *Morgen ist Farids Geburtstag. Das passt gut. Weil da auch der Tag meiner Entlassung ist. Jan muss noch hierbleiben. Wegen seiner Panikattacken wird er gerade auf ein neues Medikament eingestellt. »Ein Originalpräparat«, hat er stolz gesagt. »Neuartiges Zeug, das auch Stars bekommen, wenn ihnen mal der Himmel auf den Kopf fällt.«*
Ich werde ihn vermissen.
Entweder wird Farid morgen fünfzehn oder sechzehn. Genau lässt sich das nicht sagen. Aber eigentlich ist es auch egal. Hauptsache, er ist glücklich. Er tanzt wieder, und verliebt ist er auch. Zum ersten Mal. Aber er will nicht sagen, in wen.
Ich werde Farid nicht erzählen, was ich über ihn und mich weiß und was der wahre Grund für meinen Nervenzusammenbruch war. Das habe ich beschlossen.

Die letzten Aufsager der Reporter wurden im Schneetreiben vor der tristen Kulisse des Landgerichts gemacht. Das Urteil den Zuschauern verkündet, die bis zuletzt darauf gehofft hatten, die Aufklärung eines spektakulären Kriminalfalls mitverfolgt zu haben, und nun enttäuscht zur nächsten Story switchten.

Ich folgte meiner Anwältin durch ein Gewirr aus Gängen, wie ich es schon so oft gemacht hatte, um nicht von den Journalisten belästigt zu werden. Wir nahmen den Lastaufzug nach unten. Ich fühlte mich taub. Wir kamen vorbei an ausgemusterten Sitzbänken, grauen Tischen mit abgebrochenen Mikrofonen und Aktenordnern mit durchgestrichenen Aktenzeichen. Der staubige Kellergeruch würde für immer mit diesem Tag verbunden sein. Und das Gefühl, nichts zu fühlen. Die schwache Beleuchtung im Durchgang zur Tiefgarage wurde von Motten für ein Schattenspiel genutzt. Wenn die Falter hier unten blieben, würden sie vielleicht das Frühjahr erleben, bevor sie von Spinnen gefressen wurden. Ein Schwall warmer, abgestandener Luft schlug mir entgegen, als meine Anwältin die schwere Stahltür aufzog. Das lautlose Aufflackern unzähliger Lichter empfing uns mit gleichgültiger Routine. Ich folgte dem Klicken der hohen Absätze meiner Anwältin, die leicht nach vorne gebeugt auf ihren schneeweißen Mercedes zusteuerte und dabei eine Sprachnachricht an ihren jüngsten Sohn aufnahm. Sie würde ihn später vom Tennistraining abholen. Sie hatte Feierabend. Ihr Job war erledigt. Ich wusste, was ich wissen wollte, und hatte dennoch das Gefühl, meine Eltern in einem anderen Licht zu sehen. Sehen zu müssen, vor allem meine Mutter. Ich kapierte einfach nicht, dass sie kein einziges Mal das Wort ergriffen hatte. Was wollte sie verheimlichen?

Während der Wagen aus der Tiefgarage rollte, tippte ich eine Nachricht an meine Geschwister. Das war die Abmachung. Mich direkt im Anschluss an die Urteilsverkündung bei ihnen zu melden. Aus dem Sofort war eine halbe Stunde geworden, weil es im Saal und dem Nebenraum keinen Handyempfang gegeben hatte. Ich wollte die Nachricht nicht sprechen. Ich wollte nicht, dass sie hörten, wie schlecht es mir ging. Ich war die Älteste. Ich musste stark sein. Für uns alle musste ich stark sein. Wahrscheinlich wussten sie eh schon Bescheid. Hatten die Ungewissheit nicht ausgehalten und sich durch die Nachrichtenseiten geklickt. Ich versuchte in meinen Sätzen, die ich tippte, so optimistisch wie möglich zu klingen.

Der Schneefall war noch dichter geworden. Im Radio wurde

Schneekettenpflicht für die Höhenlagen des Schwarzwalds ausgerufen. Bestimmt war die Straße, die hoch nach St. Engbert führte, nicht passierbar. Das war im vergangenen Winter mehrmals der Fall gewesen.

Wir fuhren aus der Tiefgarage. Vor der Absperrung stand ein Polizist, warf einen Blick in den Wagen und winkte uns durch. Man hatte mit einem größeren Andrang gerechnet. Wir mussten an einer roten Ampel warten. Ich spürte, wie die Wirkung des Beruhigungsmittels nachließ und in mir ein unruhiges Kribbeln aufstieg. Unsere Eltern mussten für mehrere Jahre ins Gefängnis. Zwar konnten sie gegen das Urteil Berufung einlegen, aber so erleichtert, wie sie ausgesehen hatten, als sie von den Beamten aus dem Saal geführt worden waren, war das eher unwahrscheinlich.

Ich erschrak, als es an der Scheibe klopfte. Eine Frau in dickem Mantel. Ich erkannte sie erst wieder, als sie ihre Wollmütze abzog. Sie machte Zeichen, dass ich die Scheibe herunterlassen solle. Es war die Journalistin, die mich in der ersten Prozesswoche in der Toilette angesprochen hatte. Ihre Visitenkarte lag auf meinem Schreibtisch. Ich hatte ihren Namen nicht vergessen. Sie hieß Carolin Marquart.

»Kennst du die Frau?«, fragte meine Anwältin misstrauisch.

Ich nickte. »Ist eine Journalistin. Heißt Marquart. Carolin Marquart.«

»Ach, natürlich«, sagte meine Anwältin. »Jetzt erkenn ich sie auch. Soll ich sie abwimmeln? Du musst nicht mit ihr reden.«

Ich schüttelte den Kopf. »Ich ... ich weiß«, sagte ich und ließ die Scheibe herunter. Sofort wirbelten Schneeflocken herein. Dicke Schneeflocken, die auf meiner warmen Stirn schmolzen. Die Kälte tat gut. Die klare Luft.

»Ich wollte dir nur alles Gute wünschen«, sagte Carolin Marquart. »Wenn du deine Eltern siehst, dann sag ihnen, dass ich sie verstehe und ihnen alles Gute wünsche. Sie haben das Richtige getan. Und du auch. Du kannst stolz auf dich sein.«

Ich war überrascht. »Aber ... aber meine Eltern kennen Sie doch gar nicht?«

»Aber sie kennen Daphne Jules, und Anne Wicorek, deine Therapeutin, müssten sie auch kennen nach allem, was ich bei meiner Recherche herausgefunden habe.«

»Was wollen Sie damit sagen?«

»Dass nicht alle Fragen beantwortet wurden.«

»Aber ...«

»Ich denke, das reicht«, ging meine Anwältin dazwischen. »Sie haben neuerdings eine merkwürdige Art, Interviews zu führen, Frau Marquart. Das bin ich gar nicht von Ihnen gewöhnt. Haben Sie Ihre Auftraggeber gewechselt?«

»Nein, nur die Zielsetzung.«

»Trotzdem möchte ich Sie bitten, meine Mandantin in Ruhe zu lassen. Sonst müsste ich mich beim Presserat über Sie beschweren. Und das wollen Sie doch nicht?«

Die Journalistin lächelte. »Ich denke, das ist nicht nötig. Die Wahrheit ist ein hohes Gut, das uns doch allen sehr am Herzen liegt. Geht es doch in erster Linie um das Wohl der Kinder und Gerechtigkeit.«

»Einen schönen Tag wünsche ich Ihnen.« Meine Anwältin ließ die Scheibe wieder nach oben und fuhr los. »Wenn Sie noch einmal versucht, mit dir in Kontakt zu treten, dann gib mir Bescheid. Dann werde ich mich über sie beschweren.«

Sie scherte in den stockenden Verkehr ein. »Frag mich echt, was mit den Leuten los ist. Scheinen jegliche Form von Anstand verloren zu haben. Selbst die Guten.«

Ich nickte automatisch. Dabei war ich der Journalistin dankbar für ihre Anspielung. Hatte sie doch nur das bestätigt, was ich vom ersten Verhandlungstag an geahnt hatte: dass unsere Eltern nicht die Wahrheit sagten. Dass unser Vater für sie beide gelogen hatte. Ich kam nur nicht dahinter, warum sie das taten. Wen oder was wollten sie durch ihre Lügen decken? Was wollten sie unbedingt vor der Öffentlichkeit verbergen?

Meine Anwältin merkte mir an, dass es in mir arbeitete, und versuchte, mich aufzumuntern. Sie wollte mir das Urteil tatsächlich als Sieg verkaufen. Nannte unsere Eltern starke Persönlichkeiten und lenkte den Wagen durch den dichter werdenden Schneefall. Auch sie sagte, ich könne stolz auf mich sein, und erklärte, dass unsere Eltern maximal zwei Drittel der Strafe verbüßen mussten und sie nach einem Jahr vielleicht schon an den Wochenenden Freigang bekämen. Schließlich sei das Gericht nicht daran interessiert, eine Familie auseinanderzureißen, in der seit über einem Jahrzehnt stabile Verhältnisse herrschten. Das habe ja auch die Gutachterin vom Jugendamt bei Gericht gesagt.

Stabile Verhältnisse.

Ich wusste, dass das Stück Karton mit meinem Namen nicht echt war, aber mein Name schon. Wenn er mir auch nicht von meiner Mutter gegeben worden war, sondern von der Nonne, die mich am Eingang zum Kloster entdeckt hatte. Sie hatte mich Esperanza genannt, weil mein zweites Leben an diesem Tag, dem *Día de la Esperanza*, begonnen hat. Der Tag, der später auch zu meinem Geburtstag erklärt wurde.

In meinem Pass stand die verkürzte Form von Esperanza: Espe.

Dieser Teil meiner Geschichte fehlte in meinem beigefarbenen Album. Und ich wusste nicht genau, warum. Bei meinem Alter war man sich auch nicht ganz sicher. Ich sei damals unterernährt gewesen, das verzögerte die Entwicklung der Knochen. Es konnte auch sein, dass ich acht, neun Monate älter war, als es in meinem Pass stand. Doch das spielte keine Rolle. Es gab ein Dokument über den ersten Tag ohne meine Mutter, das ich bei der Verhandlung zum ersten Mal zu Gesicht bekommen hatte. Es war die beglaubigte Kopie eines Schriftstücks. Die Richterin hatte es vorgelesen und dabei Tränen in den Augen gehabt.

Ich kenne den Text mittlerweile auswendig, spüre in Gedanken den Zungenschlag dieser zugleich fremden und vertrauten Sprache.

La niña fue acogida de forma anónima en el orfanato Santa María de los Ángeles el 16.12.2011 dándole un nombre de forma provisional. Se gestionaron los trámites legales correspondientes, además de proporcionarle la debida asistencia, llamando también a un médico para que comprobara y documentara el estado de salud de la niña. Esta presentaba rozaduras en las rodillas y parecía atemorizada. Se dio aviso a las autoridades.

Das Kind wurde am 16.12.2011 anonym im Waisenhaus Santa Maria der Engel aufgenommen. Ihm wurde ein vorläufiger Name zugewiesen. Es wurden geeignete rechtliche und pflegerische Schritte eingeleitet und ein Arzt gerufen, um den Gesundheitszustand des Mädchens zu überprüfen und zu dokumentieren. Das Mädchen hatte Schürfwunden an den Knien und machte einen verstörten Eindruck. Die zuständigen Behörden wurden benachrichtigt.

Da meine Mutter die amerikanische Staatsbürgerschaft hatte und sie und unser Vater zu der Zeit wochenweise für *Ärzte ohne Grenzen* an der mexikanischen Grenze gearbeitet hatten, war meine Adoption deutlich schneller über die Bühne gegangen als gewöhnlich. Auf die üblichen Überprüfungen habe man damals verzichtet, sagte eine Expertin und fügte an, dass zu dieser Zeit viele der Adoptionen nicht nach internationalem Standard über die Bühne gegangen waren, weil, verstärkt durch die Wirtschaftskrise, Waisenhäuser und Kinderheime aus allen Nähten geplatzt waren. Häufig sei es zu Bestechungen gekommen, um Verfahren zu beschleunigen, wovon sie in meinem Fall aber nicht zwangsläufig ausgehen würde.

Ich hätte nicht geweint, erinnerte sich eine der Nonnen, Camila, die ich ausfindig machen konnte, noch während der Prozess lief. Sie hatte sofort einem Videocall zugestimmt, als ich sie darum bat. Saubere frische Kleidung hätte ich getragen. Aber ich sei sehr schreckhaft gewesen.

»Más miedo que un perro callejero«, sagte sie mit einem mitleidigen Lächeln. Schreckhafter als ein Straßenhund. Mein Schulspanisch reichte nicht aus, um mich fließend mit ihr zu unterhalten. Das war anders als heute, in meinen Träumen, wo ich das Gefühl habe, meine Muttersprache in ihren Feinheiten zu beherrschen.

Die Nonne beglückwünschte mich die ganze Zeit, sagte, dass aus mir eine hübsche junge Frau geworden sei, und bestand darauf, mir ein Jesuskreuz mit dem Namen ihres Ordens zu schicken und ein paar Fotos, die sie am Tag meiner Aufnahme, aber auch später noch gemacht hatten.

Für mich war es das Wichtigste, zu hören, dass es diesen Ort wirklich gab. Auch wenn ich mich nicht daran erinnern konnte.

INTERVIEW VOM 18.02.24
VIA ZOOM

REPORTAGE: EIN DORF SUCHT
DIE WAHRHEIT (ARBEITSTITEL)

CAROLIN MARQUART Können Sie mir erklären, worum es bei dem Forschungsprojekt gegangen war, als Herr Simwe an Ihrem Institut gearbeitet hat?

SADEK P. Nach dem, was ich in unseren Unterlagen finden konnte, hat er sich mit bestimmten Genvarianten beschäftigt und deren Veränderlichkeit aufgrund unterschiedlicher Einflüsse untersucht – vereinfacht gesagt. Dazu hat er Metastudien angefertigt und nach Mustern, nach Auffälligkeiten im menschlichen Erbgut gesucht. Später hat er Exkursionen nach Kuba und Afrika unternommen, um der Entstehung bestimmter Krankheiten und Resistenzen anhand genetischer Analysen auf die Spur zu kommen.

CAROLIN MARQUART Wissen Sie noch, welches Ziel er damit verfolgt hat?

SADEK P. Das kann ich Ihnen leider nicht sagen. Seine Ansätze waren damals ziemlich innovativ. Wahrscheinlich gab es nur eine Handvoll Leute, die ähnliche Forschungen betrieben haben. Aber der Aufbau und die Verschaltung der DNA spielt überall im Körper eine Rolle. Das wird mittlerweile nicht mehr isoliert betrachtet. Um Genaueres zu erfahren, müssten Sie aber schon direkt mit ihm sprechen. Und Dr. Simwe hat das Institut ja auch schon bald wieder verlassen, ohne, wie vertraglich vereinbart, einen abschließenden

Bericht zu schreiben. Wenn eine Großmacht wie Google anklopft, kann man schon mal schwach werden. Mit der finanziellen Ausstattung kann keine Uni mithalten, die unabhängige Forschung betreiben will.

CAROLIN MARQUART Er hat also nichts veröffentlicht, während er bei Ihnen am Institut war?

SADEK P. Nur zu einem Experiment mit Zebrafischen.

CAROLIN MARQUART Wir reden jetzt aber nicht von seiner Frau?

SADEK P. Nein. Seine Frau war damals ja schon im Management von Google, hat dort Forschungsprojekte koordiniert.

CAROLIN MARQUART Und davor? Wissen Sie, ob Frau Dr. Simwe auch in diese Richtung geforscht hat?

SADEK P. Meines Wissens hat sie mehrere Studien mit Primaten durchgeführt und auch welche mit Hunden. Dabei ging es, glaube ich, um die Evolution des Gehirns bei Säugetieren.

CAROLIN MARQUART Aber auch diese Resultate wurden nicht veröffentlicht? Oder hab ich da an der falschen Stelle gesucht?

SADEK P. Das müsste ich überprüfen. Aber es ist keine Seltenheit, dass Versuche nicht die gewünschten Ergebnisse liefern. Sie werden dann als »unsuccessful outcome« bezeichnet und landen in der Ablage P.

CAROLIN MARQUART Was könnte dafür die Ursache gewesen sein?

SADEK P. Unerwartete biologische Unterschiede zwischen Mensch und Tier zum Beispiel oder ein Versagen der Technik. Auch das kommt vor.

CAROLIN MARQUART Aber was genau haben Zebrafische

denn mit Indigenen zu tun? Können Sie mir das vielleicht noch kurz erklären?

SADEK P.   Der Zebrafisch – *Danio rerio* – wird in der biomedizinischen Forschung häufig als Modellorganismus verwendet. Viele Aspekte seines Körpers und seiner Biologie sind mit denen des Menschen vergleichbar. Evolutionär ist er mit dem Säugetier verwandt.

CAROLIN MARQUART   Sie sprechen von der DNA?

SADEK P.   Ja, auch. Aber dann geht es meist nur um Teile davon, um einzelne Sequenzen. Spannender ist die Tatsache, dass Zebrafische ein einfaches und gut charakterisiertes Gehirn haben, das während der Entwicklung ähnliche Muster aufweist wie das eines Menschen. Grundlegende Mechanismen sind gut erforscht und lassen sich in ihrer Funktionsweise auch auf die des Menschen übertragen. Dadurch kann der Zusammenhang von Hirnschaltkreisen und Verhaltensweisen hergestellt werden.

CAROLIN MARQUART   Könnten solche Experimente auch bei Alzheimer- oder Parkinson-Erkrankungen eine Rolle spielen?

SADEK P.   Durchaus. Zebrafische können Nervenschäden selbst reparieren, das nennt man neuronale Plastizität. Sie sind in der Lage, Nervenzellen nach einer Verletzung neu zu organisieren, und bilden alternative Schaltkreise, um Funktionen wiederherzustellen. Ließe sich das irgendwann auf das menschliche Gehirn übertragen, so könnte man eventuell das Vergessen aufhalten.

CAROLIN MARQUART   Aber das Spezialgebiet von Frau Dr. Simwe war doch die Genetik, oder bringe ich da jetzt etwas durcheinander?

SADEK P.   Sie hat sich vorwiegend mit dem zweiten Code der Biologie beschäftigt. Mit der Epigenetik, dem An- und

Ausschalten von Genen. Dass ein Mensch Krebs bekommt oder Alzheimer, hängt davon ab, welche DNA-Bausteine aktiv sind und welche nicht. Das weiß die Wissenschaft mittlerweile. Vererbung, aber auch Umwelteinflüsse spielen dabei eine große Rolle. Aber auch in unserem Erbgut steckt die Möglichkeit, sich selbst zu heilen.

CAROLIN MARQUART Denken Sie, dass sich das Prinzip, diese Fehlschaltungen über genetische Anpassungen zu korrigieren, eines Tages auch auf psychische Erkrankungen übertragen lässt?

SADEK P. Davon bin ich überzeugt. In nicht allzu ferner Zukunft wird es gelingen, den menschlichen Körper als Ganzes zu verstehen. Schnelle Computer, komplexe Algorithmen und die Fortschritte in der Biologie werden es ermöglichen, jedem Menschen eine maßgeschneiderte Therapie anzubieten, um Defekte zu beheben. Das Rätsel des Lebens wird irgendwann ein offenes Buch sein, in dem wir jede Seite unserer Geschichte lesen und korrigieren können.

CAROLIN MARQUART Auch, was in der Vergangenheit passiert ist? Zum Beispiel die Folgen von Traumata?

SADEK P. Eines Tages wird bestimmt auch das möglich sein.

FÜNFTER TEIL
FÜHLEN

Fühlen: [ˈfyːlən] Fühlen bezieht sich auf die Wahrnehmung und Erfahrung von Sinneseindrücken oder Empfindungen, insbesondere auf die Wahrnehmung von Berührungen. Es kann sich jedoch auch auf die emotionalen oder geistigen Empfindungen einer Person beziehen.

Taktile Illusionen: Taktile Illusionen sind Phänomene, bei denen Berührungen oder taktile Reize in einer Art und Weise wahrgenommen werden, die von der tatsächlichen Realität abweicht. Ein bekanntes Beispiel ist die »Gummihand-Illusion«, bei der Personen glauben, dass eine Gummiattrappe ihrer Hand Teil ihres eigenen Körpers ist.

FEUERKIND

DONNERSTAG, 28.03.2024

03:40 UHR Der Raum, in dem wir uns trafen, war deutlich größer als der in der U-Haft. Es gab mehrere Nischen mit Tischen und Stühlen, die durch Plexiglasscheiben voneinander abgetrennt waren. Drei davon waren besetzt. Auf dem grauen Linoleumboden waren die Wege aufgezeichnet, die man gehen musste, sobald man den Raum von der Besucherseite aus betrat. Gelbe Pfeile führten hinein. Orangefarbene wieder hinaus. Die Besucher durften immer nur einzeln eintreten. Selbst bei Familien war das so. Überall stand der mehrsprachige Hinweis, dass man auf die anderen Besucher Rücksicht nehmen sollte.

Meine Eltern waren schon da. Sie saßen hinter einem der rechteckigen grauen Tische und wirkten nervös. Aber nervöser als ich konnten sie nicht sein. Und auch nicht wütender. Ich wollte endlich die Wahrheit wissen, die ganze Wahrheit.

Wir umarmten uns kurz. Das war gestattet. Zur Begrüßung und zum Abschied. Längere Berührungen hingegen nicht.

»Wie geht es dir jetzt?«, fragte meine Mutter. »Du warst so tapfer. Wir sind stolz auf dich.« Sie lächelte.

Ich ließ das Lächeln unerwidert. »Warum habt ihr gelogen«, zischte ich. »Warum hat Paps gelogen?«, korrigierte ich mich.

Meine Mutter wurde schlagartig ernst. Sie tauschte Blicke mit meinem Vater. Der deutete mit dem Kopf zu den Wärtern, von denen jeder die Augen auf einen Tisch gerichtet hielt.

»Was ... was meinst du?«, fragte sie. Mum war so eine schlechte Schauspielerin.

Ich blickte zu meinem Vater. »Warum hast du bei Gericht nicht die Wahrheit gesagt? Warum hast du so getan, als wäre dir die Software egal und die Tests, die du mit uns gemacht hast? Was wolltet ihr verbergen?«

»Espe«, sagte mein Vater ungewohnt streng. »Das ... das ist nicht der richtige Ort und auch nicht der richtige Zeitpunkt, um über Vermutungen zu sprechen.«

»Ich glaube nicht, dass es ›Vermutungen‹ sind.«

»Wir haben dir und deinen Geschwistern alles erzählt, was wir sagen können«, seufzte meine Mutter. »Mehr können wir im Augenblick nicht tun. Auch wenn wir das gerne würden.«

»Paps hat für dich gelogen«, sagte ich lauter als beabsichtigt. »Damit du es nicht selbst tun musstest. Hab ich recht?«

Sie senkte den Blick. Einer der Beamten schaute zu uns herüber und deutete zu dem Schild mit den Verhaltensregeln. Ich lächelte entschuldigend, zuckte mit den Schultern und redete mit gesenkter Stimme weiter. »Ich dachte mit der Überwachung ist es vorbei, wenn das Urteil gesprochen ist. Das haben eure Anwälte doch gesagt.«

Meine Mutter schloss kurz die Augen und holte tief Luft. »Espe, ich weiß, was wir dir und deinen Geschwistern zumuten. Aber es geht nicht anders. Wir können dir nur das sagen, was du ohnehin schon weißt. Bitte versteh das.« Sie streckte ihre Hand nach meiner aus. Ich wich zurück.

»Wenn das so ist, dann müssen wir uns auch nicht mehr sehen.« Ich machte dem Wärter, der uns beobachtete, Zeichen, dass ich gehen wollte.

»Espe«, sagte mein Vater. »Espe, das ist doch nur zu eurem Besten.«

»Das wage ich zu bezweifeln.«

Der Beamte stand neben mir. »Wollen Sie auf die Toilette?«

»Nein, ich ... ich will gehen.«

»Gut.« Er nickte einer Kollegin zu, dass sie sich um meine Eltern kümmerte. Ich erhob mich und schob den Stuhl an den Tisch.

»Darf ich meine Tochter noch umarmen?«, fragte meine Mutter heiser. Ich sah ihr an, dass sie kurz davor stand, zu weinen.

»Ja, natürlich, aber nur kurz.«

Ich war so perplex, dass ich wie angewurzelt stehen blieb, während meine Mutter um den Tisch herumging und mich umarmte.

»Espe«, flüsterte sie mir ins Ohr. »Frag Anne nach *Mute*. Und bitte, bitte: kein Wort zu deinen Geschwistern, bevor du mit ihr gesprochen hast.«

MUTE

DONNERSTAG, 28.03.2024

05:08 UHR Ich folgte Anne in den Raum mit dem Sofa und den Sesseln. Ich spürte meine Schritte nicht, obwohl ich meine Straßenschuhe gegen die dünnen Filzschlappen getauscht hatte, die paarweise neben der Garderobe standen. Ich war noch nie so spät am Abend bei ihr gewesen. Sie hatte sich nicht gewundert, als ich bei ihr angerufen und um ein Treffen gebeten hatte. Ich hatte gesagt, dass ich alleine bei unseren Eltern im Gefängnis war und mich schlecht fühlen würde. Das war alles. Mehr hatte ich am Telefon nicht rausgebracht.

Jetzt ging mir so vieles durch den Kopf. Ungeordnet.

»Soll ich dir einen Tee machen?«, fragte sie.

»Nein«, sagte ich und setzte mich in den Sessel. Aber ich lehnte mich nicht zurück, sondern blieb vorne auf der harten Kante sitzen.

»Was ist passiert?«, fragte sie und nahm mir gegenüber Platz. »Hattest du wieder ein Flashback? Oder hat der Besuch bei deinen Eltern etwas in dir ausgelöst?«

Ich holte tief Luft. »*Mute*«, sagte ich.

Kurz entgleisten Anne die Gesichtszüge. »Sie ... sie haben es dir gesagt?«

Ich nickte. Ich beobachtete jede Regung ihres Gesichts. Ich hatte immer gedacht, Anne vertrauen zu können. Ein Fehler.

»Meine Mutter, die du wohl schon länger kennst, hat mir dieses Wort mit auf den Weg gegeben. Was ist das, *Mute*? Was steckt hinter dem Wort?«

»Espe.« Anne holte tief Luft. Sie nestelte an ihrer Kette herum. »Ich ... es ging nicht anders ... Das möchte ich vorausschicken.«

Mein Kreislauf spielte verrückt. Hier drin war es viel zu warm. »Kannst du nicht einfach sagen, was dieses Wort bedeutet?«

Sie nickte. »Ja, das ... das kann ich. Aber mit der Bitte, es nicht an deine Geschwister weiterzugeben. Das musst du mir versprechen! Du musst mir versprechen, dass das, was ich dir jetzt erzähle, diesen Raum nicht verlässt.«

»Ich soll *dir* etwas versprechen, nachdem *du* mir die ganze Zeit was vorgespielt hast? Findest du das nicht seltsam?«

»Espe, ich hab dir nichts vorgespielt. Ich habe dir nur nicht alles gesagt. Das ist ein Unterschied.«

»Klar. Erwachsene haben immer einen guten Grund, Kinder zu belügen. Ist es nicht so?«

»Ich hab dich nicht angelogen.«

Ich stieß geräuschvoll Luft aus. »Kannst du nicht einfach sagen, was dieses beschissene Wort bedeutet, damit ich wieder gehen kann?«

»Ich verstehe, dass du wütend bist.« Sie ließ den Anhänger ihrer Kette wieder los. Er klebte schief auf ihrer blassen Haut. »Du hast allen Grund, wütend auf mich zu sein und auf deine Eltern, nach dem, was in den letzten Monaten passiert ist. Aber deine Eltern tragen eine große Verantwortung.«

»O mein Gott, können wir bitte den Punkt überspringen, wo du mir sagst, dass alles nur zu unserem Besten war? Das klingt so nach Hollywood und schlechtem Drehbuch.«

Anne lehnte sich nach vorne. Der Anhänger löste sich von der Haut und baumelte hin und her, wie ein Pendel. »*Mute* ist ein neuartiges Verfahren, das deine Eltern gemeinsam mit anderen Wissenschaftlern und Experten über die letzten ungefähr zehn Jahre entwickelt haben, um Menschen mit schweren traumatischen Erfahrungen, vor allem Kindern, ein normales Leben zu ermöglichen.«

»Was?« Ich brauchte einen Moment, um die Information zu verarbeiten. »Uns... unsere Eltern. Ihr habt uns also doch als Versuchskaninchen benutzt? Der Staatsanwalt hatte recht? Er hatte die ganze Zeit recht. Ihr habt uns für medizinische Versuche missbraucht!«

»Das so zu nennen ist falsch. Deine Eltern wollten und wollen, *wir* wollen, dass es euch gut geht. Auch in Zukunft.« Sie schenkte mir Wasser ein. »Allen, die an diesem Projekt, die an *Mute* beteiligt sind, geht es darum, das Leiden in der Welt mithilfe modernster Medizin zu lindern. Acht Milliarden Menschen auf einem unruhigen, von Kriegen, Krankheiten, Hungersnöten und Verbrechen gebeutelten Planeten, bedeuten Millionen traumatisierte Menschen, die es nicht schaffen, aus eigener Kraft wieder auf die Beine zu kommen.«

»Dafür gibt es doch Therapeuten wie dich und Tabletten, damit das nicht so bleibt«, sagte ich hart.

»Das gibt es eben nicht für jeden. In Ländern, wo Krieg, Armut und Hunger herrschen, mangelt es an allem. Aber auch in reichen Ländern gibt es genügend Menschen, bei denen gängige Behandlungsmethoden und Medikamente nicht funktionieren. Wir wollen schwer traumatisierten Menschen ein Leben ermöglichen, das nicht überwiegend aus Ängsten besteht. Wir wollen verhindern, dass eine Kriegsgeneration ihre schrecklichen Erfahrungen an die nächste weitergibt und dadurch wieder neues Leid entsteht.« Sie schob mir mein Glas hin. »Espe, bitte trink einen Schluck. Hast du das Beruhigungsmittel heute schon genommen?«

»Nein«, sagte ich. »Und das werde ich auch nicht mehr tun! Ich werde gar nichts mehr tun, was du oder die anderen mir sagen. Können wir bitte ein Fenster aufmachen? Mir ist schrecklich warm.«

»Natürlich.« Anne erhob sich, schob den Vorhang zur Seite und öffnete das Fenster.

Von draußen hörte man das Rauschen der nahe gelegenen Autobahn. Schneeluft wehte herein. Ich trank einen Schluck Wasser. Meine Kehle war staubtrocken. Als Anne sich wieder hinsetzte, nahm ich den Duft ihres Parfums wahr. Doch darunter lag heute noch ein anderer Geruch, es roch nach Schweiß. Leicht säuerlich. Und ich spürte, wie dieser Geruch an meine Rezeptoren andockte und mich wütend machte.

»Was genau habt ihr mit uns gemacht?«, fragte ich mit harter Stimme. Anne war mir fremd. Ich hatte mich in ihr getäuscht. »Was bedeutet *Mute* wirklich? Kannst du das nicht einfach sagen?«

»Doch.« Sie nickte und trank einen Schluck Wasser. Menschen sehen so anders aus, wenn man weiß, dass man ihnen nicht vertrauen kann. Anne würde ich nie mehr vertrauen können.

»Wir ...«, begann Anne. »Alle, die an diesem Projekt beteiligt sind, haben versucht, mithilfe der Software deines Vaters, dem Einsatz von neuartigen genbasierten Medikamenten und Analyseverfahren Ereignisse aus der Vergangenheit stummzuschalten beziehungsweise zu löschen. Doch dieser Vorgang ist sehr komplex, weil dabei auch die Verschaltung Tausender Nervenzellen berücksichtigt werden muss, um den gewünschten Effekt zu erzielen und das Risiko von Nebenwirkungen zu reduzieren.« Sie machte eine Pause. »Du musst sagen, wenn du etwas nicht verstehst.«

»Nein, alles ... alles gut.«

»Es gibt eine Vielzahl von Möglichkeiten, das Speichern, Stummschalten oder Relativieren von Erinnerungen zu steuern.

Aber nur wenige davon sind geeignet, um Stressreaktionen bei Patienten mit Traumaerfahrungen zu verhindern. Es funktioniert nicht, wie bei einer Viruserkrankung, allen Menschen dasselbe Medikament, dieselbe Impfung zu verabreichen. Man muss wissen, welche Gene aktiviert und welche deaktiviert werden müssen, man muss die Muster kennen, damit das Gedächtnis nicht davon beeinträchtigt wird.«

»Haben wir, haben Farid, Yuma und ich deshalb Schwierigkeiten mit dem Langzeitgedächtnis?«

»Ja. Das ist wahrscheinlich der Grund. Ein Nebeneffekt.«

Anne redete weiter, erklärte, welche Rolle meine Mutter bei den Forschungen spielte, und sagte, dass sie durch ihre Arbeit den Grundstein gelegt habe. Ich versuchte zu verstehen, was Anne mir erklärte, aber in meinem Kopf brannte es.

»Und was ... was habt ihr bei mir *gemutet?*«, brach es aus mir heraus. »Habt ihr Erinnerungen aus meiner Kindheit gelöscht? Ist das so?«

Anne presste die Lippen aufeinander. Dann nickte sie. »Espe, als du noch ein kleines Kind warst, ist dir etwas Schreckliches zugestoßen. Etwas sehr Schreckliches. Anhand eines Gentests, den deine Mutter entwickelt hat, als sie noch für *Ärzte ohne Grenzen* aktiv war, konnte sie sehen, dass daraus mit hoher Wahrscheinlichkeit ein schweres Trauma entstehen wird. Deshalb hat sie, haben *wir* gemeinsam entschieden, dich als eine der Ersten in unser Therapieprogramm aufzunehmen.«

»*Therapieprogramm ...*« Ich schüttelte den Kopf. »Ihr ... ihr habt mich als Versuchskaninchen benutzt! Nichts anderes habt ihr getan! Ihr habt mir meine Vergangenheit genommen!«

»Espe. Wir haben uns diese Entscheidung nicht leicht gemacht. Das kannst du mir glauben.«

»Ja, klar, natürlich.« Meine Stimme zitterte. »Aber, was habt ihr gelöscht? Welche Erinnerung ist so schlimm, dass ich nicht damit leben könnte?«

Anne zögerte. »Möchtest du das wirklich wissen? Heute?«

»Ja, das will ich! Das will ich ganz bestimmt!«

»Aber es ist nicht einfach, damit zu leben.«

»Mit einer Lüge zu leben ist auch nicht besser.«

»Da bin ich mir nicht sicher.« Anne zuckte leicht mit den Schultern. »Deine Wutanfälle, die Erinnerungsfetzen und die Flashbacks bei bestimmten Gerüchen, von denen du mir erzählt hast, und auch die Bilder, die du bei eurem Unfall gesehen hast. Das sind die Vorboten. Dein Gehirn sucht nach einem Weg, sich die Erinnerung zurückzuholen. Das macht auch der emotionale Stress, dem du momentan ausgesetzt bist.«

Mein Mund wurde trocken. Ich trank nun doch einen Schluck Wasser. »Welche Erinnerung habt ihr bei mir gemutet? Kannst du das nicht einfach sagen?«

»Die ... die Erinnerung an die Ermordung deiner Mutter. Du bist dabei gewesen, als sie erschossen wurde. Du musstest zusehen, wie sie vor deinen Augen verblutet ist. Hast zwei Tage neben ihrem toten Körper gesessen.«

Plötzlich fühlte ich gar nichts mehr. Ich war da und irgendwie auch nicht. *Die Ermordung meiner Mutter,* echote es in meinem Kopf.

»Das ... das ist also der Anfang, der auf der Timeline gefehlt hat?«, hörte ich mich fragen.

»Ja, das ist der Anfang.«

»Aber ... aber warum wusste die Nonne nichts davon? Ich hab doch mit ihr gesprochen. Warum hat sie mir das nicht gesagt?«

»Weil sie weiß, wie wichtig es ist, zu schweigen.«

Anne fragte, ob sie mich in den Arm nehmen dürfe. Aber ich wollte nicht in den Arm genommen werden. Ich wollte, dass dieser Raum, dieser Abend, dieses Gespräch nur ein schlimmer Traum war, aus dem ich gleich aufwachte.

Wir saßen minutenlang stumm da. Ich fixierte das Pendel auf dem Glastisch. Die silbernen Kugeln, die wie erstarrt an Nylonfäden hingen und darauf warteten, dass sie jemand anstieß.

»Ihr ... ihr könnt doch nicht einfach entscheiden, mir meine Erinnerung und meine Geschichte zu nehmen und mich stattdessen mit einer Lüge aufwachsen zu lassen.«

»Espe, deine Eltern haben das nur gemacht, um dich vor Schlimmerem zu bewahren. In groß angelegten Studien weltweit haben wir bei traumatisierten Kindern aus Kriegsgebieten das Erbgut untersucht und Marker gefunden, die anzeigen, ob jemand nach traumatischen Erlebnissen schwere psychische Störungen entwickelt. Und bei euch dreien, bei Yuma, Farid und dir, war das Ergebnis positiv.«

»Das hat uns also für eure Tests qualifiziert«, sagte ich scharf. »Deshalb haben uns unsere Eltern adoptiert, um sich und den anderen aus eurer ›Organisation‹ zu beweisen, wie genial sie sind.«

»Sie lieben euch«, sagte Anne sanft. »Sie lieben euch über alles.«

»Und ... und was habt ihr bei Yuma und Farid stummgeschaltet? Was haben sie so Schreckliches erlebt, dass ihr sie muten musstet?«

»Farid, dein Bruder, hat gesehen, wie seine Mutter und seine ältere Schwester ... wie die beiden bei dem Brand im Flüchtlingslager in den USA ums Leben gekommen sind. Seine Mutter hat Farid gerettet, indem sie ihn mit ihrem Körper vor den Flammen geschützt hat.«

Ich versuchte, mir das vorzustellen. Flammen, Farid, Schreie. Aber mein Gehirn schaffte es nicht, aus Annes Worten Bilder entstehen zu lassen. Ich sah vor meinem inneren Auge nur Dunkelheit. Eine alles überdeckende Dunkelheit.

»Und was ist mit Yuma?«, brachte ich kraftlos hervor. »Was musste sie vergessen?«

Anne holte tief Luft. »Das kann ich dir nicht sagen. Das geht nicht. Wir müssen absolut sicher sein, dass Yuma auf keinen Fall davon erfährt, was sie erleben musste. Das würde sie zerstören.«

Annes Augen füllten sich mit Tränen. Sie stand auf und schloss das Fenster.

»Aber wir drei ... wir drei waren doch mit Sicherheit nicht die Einzigen, bei denen diese besonderen Marker in den Genen gefunden wurden.«

Anne drehte sich um. Sie weinte. »Nein«, sagte sie mit tränenerstickter Stimme, gefolgt von einer Pause. »Aber ihr, du und deine beiden Geschwister, ihr seid die Ersten, bei denen wir das Verfahren angewendet haben, um die Wirkung über einen so langen Zeitraum zu beobachten.«

»Das war also der Grund für die Adoption«, sagte ich leise. »Nicht Liebe, sondern die Forschung. Deshalb sitzen wir heute hier.«

»Espe«, sagte Anne und setzte sich wieder hin. Sie zog eines der dünnen Papiertücher aus dem Spender und wischte sich die Tränen aus den Augen. »So ist das nicht, und das weißt du. Eure Eltern sind gute Eltern, liebende Eltern, die alles in ihrer Macht Stehende getan haben, um euch ein gutes Leben zu ermöglichen. Du kannst ihnen nicht vorwerfen, egoistisch zu sein, denn das sind sie nicht.«

»Ihr habt an uns herumexperimentiert, ohne die Nebenwirkungen zu kennen«, sagte ich tonlos.

»Nein, Espe, das stimmt so nicht. Die Forschung ist auf diesem Gebiet schon weit fortgeschritten. Wir waren uns sicher, dass wir euch durch den Eingriff eher vor Schaden bewahren, als euch welchen zuzufügen. Sonst hätten wir das nie getan.«

Wir schwiegen erneut. Ich fühlte mich zu schwach, um aufzustehen und zu gehen. Aber ich wollte auch nicht länger hierbleiben. Als ich mich erhob, hatte ich das Gefühl, dass der Boden unter mir schwankte.

»Espe«, sagte Anne. »Bitte geh jetzt nicht. Es gibt da noch etwas, was ich dir sagen muss.«

»Noch etwas?«, hörte ich meine eigene Stimme. Sie war mir fremd. Ich war mir fremd. »¿Algo más?«, wiederholte ich auf Spanisch und hatte das Gefühl, diese andere Person sein zu wollen, die ich in mir trug, der Schatten, der mich begleitete. Auch mit dem Schrecklichen, das ich erlebt hatte.

Anne blickte mich besorgt an. Ich sank zurück auf den Sessel. In meinem Körper war keine Kraft mehr. Ich begann zu weinen. Lautlos zu weinen, wie meine Mutter. Nein, wie die Frau, die sich all die Jahre als meine Mutter ausgegeben hatte.

»Ich weiß, dass es schwer ist, das alles zu begreifen«, sagte Anne. »Aber wir sind bei dir. Wir lassen dich damit nicht alleine. Wir werden das gemeinsam wieder hinbekommen.«

»Das weiß ich nicht«, sagte ich. »Ich weiß nicht, ob ich das will.«

»Es gibt noch was, was ich dir sagen muss. Das Verfahren ist in Teilen reversibel. Die Erinnerung existiert noch, wenn wir die Spur zurückgehen und mit anderen Bildern und Gerüchen verknüpfen. Das zeigen auch deine Flashbacks. Nur lässt sich das Risiko nicht abschätzen. Wir wissen nicht, wie dein Gedächtnis reagiert, wenn wir die Lücke wieder schließen und sich die Verknüpfungen neu aufbauen. Dennoch möchten wir dir diese Entscheidung selbst überlassen.«

»Wow! Wie nett von euch«, entgegnete ich zynisch.

»Aber das sollst du natürlich nicht heute entscheiden.«

Was war schlimmer? Ein Leben zu leben, bei dem man sich oft von der Welt abgeschnitten fühlte, oder eine schreckliche Erinnerung, die einen immer wieder einholte und in Panik versetzte?

Ich wusste es nicht.

»Gibt es Bilder von meiner Mutter?«, fragte ich kraftlos.

Anne nickte zögernd. »Es sind leider nur die Bilder vom Tatort.«

»Ich ... ich will sie sehen«, sagte ich bestimmt.

»Jetzt?«

»Ja, jetzt.«

Anne ging zum Aktenschrank und kehrte mit einem braunen Umschlag zurück. Sie setzte sich wieder mir gegenüber und reichte mir das Kuvert. Ich holte tief Luft, zog eines der Fotos heraus und sah zum ersten Mal das Gesicht meiner Mutter – und das Blut. Überall.

Ein metallischer Geschmack breitete sich in meinem Mund aus. Betäubte die Innenseiten meiner Wangen. Ich hatte das Gefühl, keine Luft mehr zu bekommen, zu ersticken. Dann sah ich die Tischdecke mit den Löchern. Und ich sah die dunklen Augen. Die unnatürlich großen Pupillen eines Mannes. Ich hörte seine Stimme. Und ich war mir sicher, dass ich gleich sterben würde.

Ich hörte einen Schuss. Dann einen zweiten. Und ich hörte den Aufprall eines Körpers. Und ich wusste, dass es der Körper meiner Mutter war. Ich wusste, dass es ihr Blut war, das sich über die bunten Steine ergoss, in den Rissen versickerte und den Küchenboden in einen Tatort verwandelte, mich Zeugin und Opfer werden ließ, ein unschuldiges Kind, das aus eigener Kraft nicht vergessen würde.

Und dann kam die Angst. Eine überwältigende, dunkle Angst. Ein schwarzes Loch, das alle Energie aus mir heraussog. Mich lähmte, mein Herz mit Eisenzähnen umklammerte und mir den restlichen Sauerstoff zum Atmen nahm. Gleich würde ich ersticken. Gleich sterben. Meine Bronchien verengten sich. Ich wollte schreien, aber ich konnte nicht. Ich wollte davonrennen, aber meine Beine gehorchten mir nicht. Ich wollte ohnmächtig werden, aber es ging nicht.

Ich war gefangen in der Erinnerung.

Ich war eingesperrt.

Ich war wieder dieses kleine Kind.

Beweg dich nicht!, befahl meine innere Stimme.

Übelkeit.

Dunkelheit.

Leere.

INTERVIEW VOM 12.02.2024
VIA ZOOM

REPORTAGE: EIN DORF SUCHT
DIE WAHRHEIT (ARBEITSTITEL)

CAROLIN MARQUART   Sie haben ja damals gemeinsam mit anderen Wissenschaftlern nach Genmarkern gesucht, anhand derer sich erkennen lässt, ob ein Mensch mit traumatischen Erfahrungen im Verlauf seines Lebens an psychischen Störungen erkranken wird, die ihn beeinträchtigen.

SALEM A.   Ja. Wir wollten herausfinden, weshalb Gensequenzen bei Menschen unterschiedlich ausgelesen werden.

CAROLIN MARQUART   Ich kann Ihnen nicht ganz folgen.

SALEM A.   Stellen Sie sich unser Erbgut als sehr lange Klaviertastatur vor. Wenn diese Tastatur mit all ihren Informationen nicht korrekt ausgelesen werden kann, weil einige der Tasten durch äußere Einflüsse beschädigt sind und sich nicht mehr spielen lassen, führt das zu Störungen im System. Melodien können nicht mehr gespielt werden. Die Epigenetik beschäftigt sich genau damit, wie sich Umwelteinflüsse oder eben auch traumatische Erfahrungen auswirken. Welche Folgen diese sichtbare Veränderung vor allem im Kindesalter hat und wie sich das eventuell korrigieren lässt, bevor das ganze weitere Leben dadurch beeinträchtigt wird.

CAROLIN MARQUART   Um bei Ihrem Beispiel mit dem Klavier zu bleiben: Welche Konsequenzen hat es, wenn sich das Klavier nicht mehr richtig spielen lässt, weil einzelne Töne stumm bleiben?

SALEM A.   Im schlimmsten Fall werden diese Menschen

psychisch krank. Der Stress aus der Kindheit, Opfer oder Zeuge eines Verbrechens gewesen zu sein, um nur ein Beispiel zu nennen, wird viele von ihnen ohne geeignete Therapie ihr restliches Leben begleiten und immer wieder einholen. Das können Depressionen sein, Angstattacken und eine Vielzahl weiterer Erkrankungen.

CAROLIN MARQUART Aber das passiert nicht bei jedem Menschen?

SALEM A. Nein, aber bei etwa einem Drittel, wenn diese Störung bestehen bleibt. Je nachdem, welches Muster die beschädigte Klaviatur aufweist und welche genetischen Variationen vorliegen.

CAROLIN MARQUART Und damals im Start-up von Dr. Simwe haben Sie also nach diesen speziellen Markern gesucht, um damit, irgendwann, Geld zu verdienen, oder nicht?

SALEM A. Doch, natürlich. Forschungen in diesem Bereich sind extrem aufwendig und kostspielig und müssen irgendwann auch wieder Geld einspielen, sonst werden selbst große Konzerne wie Google ungeduldig.

CAROLIN MARQUART Lassen Sie uns diesen Gedanken weiterspinnen. Am Ende könnte also ein neuartiges Medikament oder eine Art Impfung gegen Depression oder Angststörungen stehen, das gezielt den einzelnen Menschen behandelt und nicht so unpräzise funktioniert, wie gängige Psychopharmaka es bis heute tun?

SALEM A. Das wäre der Jackpot. Wer dieses Rennen gewinnt, die Therapie industriell anwendbar macht und patentrechtlich schützt, wird auch seine Investoren glücklich machen. Das steht fest.

CAROLIN MARQUART So weit waren Sie damals aber noch nicht?

SALEM A.   Nein. Dazu fehlte es uns an Daten und geeigneten Rechenmodellen, die die Komplexität individueller psychischer Erkrankungen exakt genug erfassen können, um den Weg der Heilung und die damit verbundenen Risiken abzuschätzen und die entsprechende Therapie einzuleiten.

CAROLIN MARQUART   Ihre Forschungen auf diesem Gebiet liegen nun mehr als zehn Jahre zurück. Denken Sie, dass der Durchbruch auf dem Gebiet der epigenetischen Psychotherapie, wenn ich das so lapidar nennen darf, kurz bevorsteht oder bereits gelungen ist?

SALEM A.   Wenn dem so wäre, dann hätten Sie vermutlich schon darüber berichtet. Denn dann hätten wir es mit einer wissenschaftlichen Sensation zu tun.

EPILOG

FÜNF WOCHEN IST ES HER, dass Anne mich nach meinem Zusammenbruch hierhergefahren hat. Fünf Wochen habe ich in dieser Klinik verbracht und zu verstehen versucht, was unsere Eltern getan haben, überlegt, ob es richtig war oder falsch. Überlegt, wer ich bin und wer sie sind. Ich weiß nicht, ob ich ihnen jemals wieder vertrauen kann. Ich weiß nicht, ob ich an ihrer Stelle genauso gehandelt hätte. Und ich habe auch noch keine Entscheidung getroffen, ob ich meine Erinnerung wieder zurückhaben will.

Yuma, Sina und Farid sind gekommen, um mich abzuholen. Sie liebe ich. Das steht fest. Ich werde sie immer lieben, egal, was passiert. Wir umarmen uns.

»Krasse Frisur«, sagt Yuma. »Aber das sieht gut aus.«

Sina will mir über den Kopf streichen. »Darf ich?«

Ich nicke und beuge mich zu ihr herunter. »Warum hast du das getan?«, fragt sie.

»In der Klapse gab es Läuse«, behaupte ich und grinse. »Böse, verrückte Klapsenläuse.«

Sina lacht. Ich liebe ihr Lachen. Ich drücke sie an mich und wuschle ihr durchs Haar. »Aber jetzt lass ich sie wieder wachsen, bis sie lang sind wie deine.«

Polly ist auch dabei. Sie wedelt ganz aufgeregt mit dem Schwanz und wirkt überglücklich, dass wir alle vereint sind. Jan steht hinter dem Fenster im ersten Stock und winkt mir nach. Ich glaube, er weint schon wieder. Ich hab ihm versprochen, ihn so oft wie möglich zu besuchen, solange er noch hier ist.

Wir fahren mit dem Bus nach St. Engbert. Zuerst stapfen wir

durch den frischen Schnee, hoch auf die Kuppe mit der Burgruine. Wie schon im letzten Jahr war über St. Engbert eine späte Kältewelle hereingebrochen. Ich habe keine Ahnung, ob das ein Zeichen drohender Wetterextreme ist oder ob alte Bauernregeln uns vor dem Schneefall hätten warnen können. Denn dann hätten wir ganz sicher keinen Picknickkorb eingepackt.

Oben von der Kuppe kann man bei gutem Wetter das ganze Tal überblicken. Dicke Schneeflocken rieseln vom Himmel. Sina legt den Kopf in den Nacken und versucht, sie mit der Zunge zu fangen. Sie ist so glücklich. Heute ist sie so glücklich. Sie wird auch die restliche Zeit ohne unsere Eltern überstehen, dafür werden wir sorgen. Sie wird diese Erinnerungen behalten und daran wachsen.

Yuma geht es auch wieder besser. Sie tollt mit Polly durch den Schnee. Ihre Haare sind in den letzten Monaten noch länger geworden, ihr Gesicht wirkt erwachsener. Sie hat aufgehört, sich so stark zu schminken, und hat zusammen mit den Leuten aus ihrer WG eine eigene Punkband gegründet. Sie will Musikerin werden. Sie will auf der Bühne stehen und sagen, was sie denkt und fühlt, und anderen das Gefühl geben, das sie selbst hat, wenn sie diese Musik hört. Dass es jemanden gibt, der sie versteht und in ihrem Anderssein annimmt.

Wir gehen weiter zum Weiher, in dem Farid jeden Morgen geschwommen ist. Er liegt unter Eis und einer dünnen Schicht aus Pulverschnee begraben. Aber darunter gibt es Leben. Unter der dicker werdenden Eisschicht wird kein Fisch sterben.

Das Schilf an den Rändern und die Büsche bilden einen niedrigen, gezackten Wall. Am Ende des Stegs führt ein Seil hinüber zum Ruderboot. Auf dem Seil sitzen zwei Raben, die sich nicht darum kümmern, dass wir ihre Ruhe stören. Sie scheinen auf etwas zu warten.

»Von dort hab ich dich immer beobachtet«, sage ich zu Farid, der Sina dabei hilft, einen kleinen Schneemann zu bauen. Die Kälte verhindert, dass die Flocken miteinander verkleben, und sie geben auf.

»Ich weiß«, sagt er und lacht. »Ich hab dich gesehen, große Schwester.«

Er lässt sich rücklings in den Schnee fallen und beginnt mit Armen und Beinen zu rudern: ein Schneeengel. Sina macht es ihm nach. Yuma zögert, aber ich weiß, dass auch sie gleich mitmachen wird. Ich sehe es ihr an. Und ich tauche meine Nase in die eiskalte Luft und gebe mich der Leere hin. Doch die Leere ist heute anders als damals. Ich bin wohl doch kein Reptil, sondern ein Mensch, der andere Menschen braucht, um sich selbst und die Welt zu verstehen.

»Espe«, ruft Yuma, und ich zögere. Ich weiß, dass Espe nicht mein richtiger Name ist, sondern Vania. Das ist der Name, den mir meine mexikanische Mutter nach der Geburt gegeben hatte. Das stand in dem Brief, den meine Eltern für mich bei Anne, zusammen mit den Bildern meiner Mutter, hinterlegt haben. Und in den Polizeiakten über den Mord meiner Mutter, die ich einsehen durfte.

Vania. Gottes Geschenk.

Vielleicht war ich das für meine Mutter in all der Dunkelheit, in dem kleinen Häuschen mit dem wenigen Essen. Zumindest in manchen Stunden. Vielleicht hat sie dieser Gott bei sich aufgenommen. Vielleicht hat Yuma recht, dass es gut ist, an etwas Größeres zu glauben als nur an das, was wir sehen können. An etwas, was uns nach dem Tod in die Arme schließt. Vielleicht ist es der Fehler von uns Menschen, dass wir allem einen Namen geben und es verstehen wollen. Und erst dann seine Existenz anerkennen. Dass wir immer nach Erklärungen und Beweisen suchen, selbst für das Unbeweisbare. Und dieser Versuch führt dazu, dass wir uns streiten, weil die Bilder in unseren Köpfen unterschiedlich sind und wir das Unsichtbare sichtbar machen wollen, um es anderen zu zeigen. Um sie von unserem Glauben zu überzeugen, anstatt in Frieden miteinander unter demselben Himmel zu leben und zu atmen.

»Komm schon, Espe«, sagt Farid. »Das fühlt sich gut an. Du liebst doch Schnee.«

»Gleich«, sage ich, lasse die Augen noch einen Moment geschlossen und inhaliere die eiskalte Luft.

Ich weiß nicht, was ich tun werde. Der Gedanke an meine leibliche Mutter, die ich damals bei Anne zum ersten Mal auf einem Foto gesehen habe, lässt mich schaudern. Ihr verdrehter, lebloser Körper, das eine Auge halb geschlossen, das andere Auge ganz. Die Stirn blutverkrustet.

Ich weiß, dass dieser Mensch meine Mutter ist. Ich habe ein Gesicht, ich habe einen Anfang und eine Vergangenheit. Aber ich schaffe es nicht, dieses Bild so zu sehen, wie ich es sehen müsste, wenn ich *normal* wäre. Ich schaffe es nicht, um sie zu trauern, mit Tränen und Schmerz, dem echten, tiefen Schmerz, der einen durchschüttelt, wenn man einen geliebten Menschen verloren hat. Der Schmerz, der sich in die Seele einbrennt, die Schalter in unseren Zellen, die unser Leben und Fühlen steuern, umstellt.

Der Schmerz, der sich bei manchen Menschen wie ein dunkler Schatten über die Zukunft legt, sie beherrscht und am Guten in der Welt zweifeln lässt, selbst wenn sie den Beweis dafür Tag für Tag sehen dürfen. Selbst wenn sie von Freunden und Geschwistern, Eltern umgeben sind, die sie bedingungslos lieben.

Mittlerweile kenne ich alle Fotos aus der Polizeiakte meiner Mutter. Ich kenne den Bericht, der sich liest, als hätte der Verfasser kein Mitgefühl mit meiner Mutter gehabt, sondern nur mit mir, dem Kind, der Zeugin, dem Opfer, das alles mitansehen musste. Dabei hat meine Mutter genauso viel Mitgefühl verdient wie jeder andere Mensch. Auch wenn sie Drogen genommen hat, um ihr Leben zu ertragen, auch wenn die Armut und Verzweiflung sie überfordert und zu einer schlechten Mutter gemacht hat. Auch wenn sie Trost im Rausch und nicht in der Liebe gefunden hat. Was maßen sich Menschen an, über sie zu urteilen? Sie schuldig zu sprechen, ohne ihre Geschichte zu kennen. Die ganze Geschichte. Von Anfang an. Ihre Kindheit, ihre Eltern, ihre Jugend, ihre Erlebnisse.

Ich trage einen Teil ihrer Vergangenheit und der ihrer Vorfahren in mir und in meinen Genen. Dieser Teil macht mich zu dem Menschen, der ich bin. Genau wie die schrecklichen Bilder unseres Abschieds. Ich unter einem Glastisch, von dem die Ecken der Spitzendecke fast den Steinboden berühren. Ich, die gesehen, gehört und gerochen hat, wie meine Mutter starb. Drei Kugeln aus der Pistole eines ehemaligen Soldaten. Der Instinkt, der mich hat erstarren lassen. Das Aufheulen von Sirenen und das aufgeregte Bellen der Straßenhunde, das mich gerettet hatte.

Will ich dorthin zurück? An diesen dunklen Ort? Bin ich erst ich, wenn die Verbindungen wiederhergestellt sind und die Lücke geschlossen ist? Oder genügt es, zu wissen, dass es dieses schreckliche Ereignis gegeben hat? Genügt es, sich diese Nacht vorzustellen, ohne sie erneut zu erleben? Reicht das, um damit abzuschließen und weiterzugehen? Oder werden meine Blackouts und die unkontrollierbare Wut nur dann für immer verschwinden, wenn dieser »Schutz« aufgehoben wird?

Und was ist mit den anderen, den schönen Erinnerungen? Was ist mit den Tagen, an denen ich zusammen mit meiner Mutter die Sonne gesehen habe? An denen wir gespielt und gelacht haben? Diese Tage hat es doch mit Sicherheit auch gegeben. Diese

Tage gibt es in jedem Leben. Sind diese Bilder noch irgendwo in meinem Kopf? Würden sie mich trösten, wenn ich sie zurückbekommen würde?

Kann eine Wunde nur dann richtig heilen, wenn wir ihre Ursache kennen? Ist man nur dann ein vollständiger Mensch, wenn es keine Lücke gibt? Wenn das Gute neben dem Schlechten existieren darf? Die Hoffnung neben der Verzweiflung? Würde mich das vielleicht sogar stärker machen? Sind Narben auf der Seele kein Makel, sondern ein Beweis für diese Stärke?

Wer – bin – ich, ohne diesen Teil meiner Vergangenheit? Wer wäre ich geworden, wenn die Sperre in meinem Kopf nicht existierte? Wer werde ich sein, wenn ich mich dazu entschließe, das Verfahren rückgängig zu machen? Wie werde ich die Welt sehen? Wie mich selbst? Welche Augen werden mir im Spiegel entgegenblicken?

»Deine Wut und die Flashbacks«, hatte mir Anne bei ihrem kurzen Besuch auf der Akutstation erklärt. »Das sind vermutlich die Nebenwirkungen des Verfahrens. Ausgelöst durch bestimmte Gerüche und Situationen.« Sie hatte von hormonellen Veränderungen während der Pubertät gesprochen, vom Umbau des Gehirns und den Schwierigkeiten, all das bei dem »Eingriff« zu berücksichtigen. Das auch als Grund für Yumas Verhalten nach der Ankunft in St. Engbert genannt. »Die Methode deiner Eltern steht ja erst noch am Anfang«, hat sie zugegeben und erklärt, dass sich die Persönlichkeit eines Menschen auf vielfältige Weise zusammensetzt und durch Erlebnisse oder Erinnerungen in verschiedene Richtungen entwickeln kann. »Ist gut möglich, dass Yumas Gehirn durch den Unfall für kurze Zeit in eine frühere Erinnerungsphase zurückgeworfen wurde. Dadurch kann es auf emotionaler Ebene zu Verschiebungen kommen, die im Widerspruch zur Wirklichkeit stehen.« Eventuell müsste eine Neujustierung mit der Software vorgenommen werden. Schließlich sei das Programm dazu in der Lage, Auffälligkeiten zu erkennen, Erinnerungsspuren sichtbar zu machen und kleinere Fehler zu beheben.

Ihre Erklärungen haben mir noch mehr das Gefühl gegeben, nicht ich selbst zu sein mit dieser Sperre im Kopf.

Aber ich will weiterhin den Namen tragen, den mir die Nonne gegeben hat. Vania, das Kind, das ich vor *Mute* gewesen bin, existiert nicht mehr. Ich habe es zurückgelassen in meinem ersten Leben. Vielleicht ist es sogar schon am selben Tag gestorben wie seine Mutter.

Ich – bin – Espe.

Wiedergeboren in den Armen fürsorglicher Eltern. Wiedergeboren zwischen Geschwistern, die sie brauchen. Wiedergeboren in einem Zuhause, das trotz der vielen Lügen nicht einstürzen wird, weil es von der stärksten aller Kräfte zusammengehalten wird: von bedingungsloser Liebe.

Ich kenne die Fakten. Ob ich die Erinnerung zurückhaben will, weiß ich nicht. Dazu braucht es Zeit. Wochen, Monate oder Jahre. So lange, bis ich weiß, wer ich sein will, wo in dieser Welt mein Platz ist.

»Von da aus hast du mich also beobachtet«, sagt Farid, beschirmt seine Augen gegen das gleißend helle Sonnenlicht, das durch eine Lücke in den Wolken bricht, und deutet hinüber zur Trauerweide. »Ich kann schwimmen, sehr gut schwimmen, große Schwester«, sagt er. »Ich gehe nicht unter. Niemals.« Farid lacht. Heute ist sein Geburtstag. Yuma und Sina breiten die beigefarbene Wolldecke auf dem Steg aus und drapieren die Kissen um den Kuchen und die Geschenke. Die beiden haben den Kuchen heute Morgen gemeinsam gebacken, während ich noch zu Hause in der WG auf meinem Bett gelegen und an die Decke gestarrt habe. Ich gehe zu ihnen. Ich spüre meine Schritte nicht, höre nur das Knirschen des Schnees, spüre die klare Luft, wie sie meine Lungen füllt und den Sauerstoff in mein Leben und meine Zellen bringt. Ich denke daran, wie froh ich bin, dass es sie alle gibt. Dass es uns gibt. Unsere Familie. Vater, Mutter, vier Kinder und Polly, unsere Hündin.

Yuma verteilt Tassen und gießt uns von ihrem selbst gemachten Punsch ein. Polly kann sich nicht entscheiden, zu wem sie sich hinlegen soll. Wer von uns braucht ihre Wärme am meisten? Vielleicht ist es Sina. Vielleicht ist sie im Augenblick die Schwächste in unserem Rudel.

Polly kommt zu mir. Sie schmiegt sich an mich und stupst mich mit der Schnauze an. Ich streichle sie.

Farid bläst die Kerzen auf dem Kuchen, den Yuma und Sina für ihn gebacken haben, beim ersten Versuch aus. Wir jubeln. Er schließt die Augen und wünscht sich etwas.

Ich ziehe sein Album aus dem Rucksack und reiche es ihm. Er ist überglücklich, es zu sehen. Das ist der Moment, wo wir alle weinen. Aber nicht, weil wir traurig sind, sondern weil wir uns haben. Weil wir wissen, dass wir immer füreinander da sein werden. Farid bittet mich darum, den Kuchen anzuschneiden, während er die erste Seite in seinem Album aufschlägt und beginnt, laut vorzulesen. Er lächelt dabei. Ein dankbares Lächeln. Ich werde es ihm nicht nehmen. Ich werde ihm den Glauben an diese Geschichte nicht nehmen. Ich wickle die Tonscherbe aus dem Papier und lege sie vor ihm auf die Decke. Sein Lächeln wird größer. Ich weiß nicht, wie Farid damit umgehen wird, wenn ihn unsere Eltern vor die Entscheidung stellen, ob die Stummschaltung aufgehoben werden soll. Aber ich werde ihm zur Seite stehen. Ich werde bei ihm sein, wenn er sich mit dem Für und Wider quält und an den Ausgangspunkt seines zweiten Lebens, in das Auffanglager, zurückkehrt, nach den Bildern sucht und nach den Gefühlen. Wenn er die Zerrissenheit spürt, die diese Wahl mit sich bringt. Vor allem werde ich zuhören, wenn Farid mit mir über *Mute* reden möchte. Und ihm sagen, dass ich den Menschen liebe, der er ist, sein kann und sein wird. Dass wir alle ihn lieben. Bedingungslos und für immer. An manchen Tagen denke ich, dass jedes verletzte und gerettete Kind es verdient haben sollte, zu vergessen. Dass Vergessen manchmal vielleicht der einzige Weg ist zu heilen. An anderen Tagen glaube ich, dass dieses Gefühl, fremd in der Welt zu sein, erst dann verschwindet, wenn die Sperren in meinem Kopf aufgehoben sind.

Ich werde Yumas Notizbuch für sie aufbewahren. Vielleicht will sie gar nicht, dass wir über das reden, was sie über ihre leiblichen Eltern geschrieben hat. Vielleicht will sie nur, dass jemand dieses Gefühl, nicht geliebt worden zu sein, mit ihr teilt. Sie festhält, wenn der Schatten der Vergangenheit zu groß wird und die Frage nach dem Warum von einer unüberwindbaren Mauer abgeblockt wird. Vielleicht ist es in ihrem Fall gut, dass es durch *Mute* diese »Mauer« gibt, wie Anne die Sperre ein-, zweimal genannt hat. Auch wenn sich einzelne Steine aus dieser Mauer durch den Unfall oder die veränderte Chemie in Yumas Kopf gelöst haben, sei es wichtig, dass diese Mauer nicht einstürzt. Das will ich glauben. Das muss ich glauben. Denn Yuma hat dieses zweite Leben verdient. Sie hat es verdient, glücklich zu werden.

Ich will den Kuchen anschneiden, aber meine Hand zittert, und das Messer fällt mir herunter. Ich greife danach. Ich spüre einen hellen Schmerz, sehe den ersten Blutstropfen, wie er sich entlang des Schnitts auf meiner Haut bildet. Die Wunde ist nicht besonders tief. Sina fasst hinter sich in den Schnee, dann nimmt sie meine Hand in ihre und kühlt mit dem Schnee die Wunde.

Blut frisst sich durch den staubigen Schnee,
lauwarmes Blut, mein Blut.

»Das hört gleich auf«, sagt Sina. Ihre Stimme klingt so erwachsen und vernünftig. Sie träumt wieder davon, Ärztin zu werden wie unsere Mutter und anderen Menschen zu helfen. Schreiben will sie nur nebenbei.

»Wenn du deine Hand neben dein Ohr hältst, hörst du das Knistern«, sagt sie lächelnd.

Ich hebe meine Hand und halte sie neben mein rechtes Ohr. Wir schweigen.

»Schließ deine Augen«, sagt Sina.

Ich schließe meine Augen und höre das Knistern der Eiskristalle. Ich spüre, wie mich das Geräusch mit Glück erfüllt. Wie das Knistern ganz tief in mich eindringt und meinen Atem tiefer gehen lässt.

Espe – *Hoffnung* –, denke ich und stelle mir die Stimme meiner leiblichen Mutter vor, wie sie meinen neuen Namen Silbe für Silbe mit ihren Lippen formt.

Ich liebe sie.

Sie hat mir dieses Leben geschenkt.

Hoffnung.

Damit hat diese Geschichte begonnen.

Und damit wird sie jetzt enden.

ENDE

DANKSAGUNG

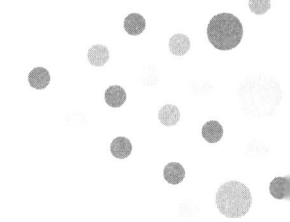

BEVOR ICH AN DIESER STELLE die Menschen aufzähle, ohne die es dieses Buch nicht geben würde, möchte ich noch kurz etwas Allgemeines zum Schreiben sagen, das auf (fast) alle meine Bücher zutrifft, vor allem aber auf *Mute*.

Ich bin Geschichtenerzähler mit Leidenschaft und kein Wissenschaftler. Ich vermenge unzählige Informationen und Erfahrungen (persönliche und fremde) zu (hoffentlich) neuen Geschichten. Bei diesem Text spielen Epigenetik und Traumata eine große Rolle. Während der Recherche habe ich mir ein oberflächliches Wissen zu diesen Themen angeeignet, das auf keinen Fall als faktisch korrekt bewertet werden sollte. Was Psychotherapie angeht und die Einnahme von Antidepressiva, konnte ich auf meine eigene Biografie zurückgreifen, da ich seit meiner frühen Jugend von Depressionen geplagt werde, die unter anderem durch traumatische Ereignisse in meiner Familie ausgelöst wurden. Erinnerungen, die ich an manchen Tagen gerne stummschalten würde.

Auch bei diesem Roman ging es mir in erster Linie um die Figuren und ihre Entwicklung. Medizinisch komplexe Wahrheiten und Erkenntnisse opfere ich einer funktionierenden Geschichte. In diesem Fall habe ich vereinfacht und übertrieben, zugespitzt und weggelassen, um die Handlung voranzutreiben. Was das Figurenpersonal angeht, die Herkunft und Hautfarbe und deren Verhältnis zu Religion, sich selbst und der Welt, habe ich versucht, jeder Figur Empathie und Respekt entgegenzubringen. Denn Schreiben bedeutet für mich (und deshalb liebe ich es), in fremde Köpfe und Biografien einzutauchen und sie mir, so gut das geht, »anzueignen«. Auch wenn dieses Wort für den einen oder anderen vielleicht einen negativen Beigeschmack hat, so halte ich es in diesem Kontext für passend.

Ich selbst bin halber Franzose, fühle mich halb in dieser Welt und halb als Betrachter von außen. Ich kenne das Gefühl vom Anderssein. Ich kenne das Gefühl, sich als Kind an (zu) vielen Tagen falsch im eigenen Elternhaus zu fühlen und einsam zu sein unter Freunden. Vor allem durch die Musik (Bücher kamen erst später in mein Leben), tiefe Freundschaften und Liebe habe ich einen Weg gefunden, einigermaßen heil durch dieses Leben zu gehen und mich angenommen zu fühlen.

Jetzt kommen die Menschen (und der eine besondere Hund, Rocky), die mich während der Arbeit an diesem Buch unterstützt haben. Zuerst möchte ich Jana, meine großartige Frau, nennen. Sie hat mir geholfen und mich bestärkt, diese Geschichte zu Ende zu schreiben, obwohl ich (nicht nur einmal) an meinem Weg und dieser Geschichte gezweifelt habe und alles hinschmeißen wollte.

Meiner wunderbaren Lektorin, Carolin Mandel, danke ich für die tolle Zusammenarbeit, den respektvollen Umgang und die Überstunden, die sie für *Mute* und mich gemacht hat. Martin Schäuble und Nina Blazon danke ich fürs Lesen und Feedbackgeben und Motivieren und ihre Freundschaft. Dasselbe gilt für Nadine und Katrin, Nady, Erwin Krottenthaler und Peter (Fu) Fuschelberger und all diejenigen, die ich vergessen habe, weil dieses Buch ganz ordentlich an meiner Seele gerüttelt hat und ich jetzt erst mal eine Pause brauche.

Mehr von
Tobias Elsäßer

304 Seiten. Klappenbroschur. Ab 14 Jahren

Was würdest du tun, wenn es eine App gäbe, die deine Zukunft vorausberechnen kann? Du fütterst sie mit deinen Daten, gewährst Zugang zu deinen Social-Media-Kanälen – und erfährst, wie dein Leben verlaufen wird. Jonas weigert sich, das Ergebnis zu akzeptieren. Er ist gerade mit der Schule fertig und kann es kaum erwarten, sein eigenes Leben zu beginnen. Als das Programm ihm vorhersagt, dass er dieselben Fehler wie sein verhasster Vater machen wird, beschließt er, das Schicksal zu durchkreuzen: Sei unberechenbar! Mit der wildfremden Sun trampt er nach Norden und sucht das Abenteuer. Von dem kämpferischen Mädchen lernt er, das Leben selber in die Hand zu nehmen. Aber Sun verfolgt einen eigenen Plan.

hanser-literaturverlag.de
HANSER